# 高仓健，我的爱

[日] 小田贵月 著

陈多友 译

花城出版社

中国·广州

图书在版编目（CIP）数据

高仓健，我的爱 /（日）小田贵月著；陈多友译. -- 广州：花城出版社，2022.3
ISBN 978-7-5360-9683-7

Ⅰ.①高… Ⅱ.①小… ②陈… Ⅲ.①散文集－日本－现代 Ⅳ.①I313.65

中国版本图书馆CIP数据核字(2022)第043369号

合同版权登记号：图字 19-2020-176 号
TAKAKURA KEN, SONO AI by taka oda
Copyright © 2019 taka oda
All rights reserved.
Original Japanese edition published by Bungeishunju Ltd., in 2019.
Chinese (in simplified character only) translation rights in PRC reserved by
Flower City Publishing House, under the license granted by taka oda arranged with
Bungeishunju Ltd., Japan through East West Culture & Media Co., Ltd., Japan.

| 出 版 人： | 张 懿 |
|---|---|
| 责任编辑： | 刘玮婷　徐嘉悦　蔡　宇 |
| 技术编辑： | 凌春梅 |
| 装帧设计： | 周文旋 |

| 书　　名 | 高仓健，我的爱<br>GAOCANG JIAN，WO DE AI |
|---|---|
| 出版发行 | 花城出版社<br>（广州市环市东路水荫路11号） |
| 经　　销 | 全国新华书店 |
| 印　　刷 | 恒美印务（广州）有限公司<br>（广州南沙经济技术开发区环市大道南路334号） |
| 开　　本 | 880毫米×1230毫米　32开 |
| 印　　张 | 11.625　　6插页 |
| 字　　数 | 242,000字 |
| 版　　次 | 2022年3月第1版　2022年3月第1次印刷 |
| 定　　价 | 68.00元 |

**如发现印装质量问题，请直接与印刷厂联系调换。**
购书热线：020-37604658　37602954
花城出版社网站：http://www.fcph.com.cn

日文题字：小田贵月

若不竭尽全力地活着,有些风景是看不到的。

——高仓健

©taka oda

"为我写点什么吧。"这句话成了我创作此书的缘由。

在自家喜欢的椅子上看剧本。

# 目录

1 序章 "为我写点儿什么吧。"
　　　　——高仓健布置的作业

5 第一章　初识高仓健：开始新的人生之旅

　6　"我是电影演员高仓健。"
　　　　——邂逅于香港

　8　"一路平安！快回头看！"
　　　　——在太平洋酒店

　11　"那个有缘之人，曾经是非常喜欢的人。"
　　　　——深夜的越洋电话

　17　"我虽然也是阅人无数，但是，眼下是单身。"
　　　　——对伴奏者的彻底领悟

　20　"生病的人是我，求你啦！"
　　　　——最后的日子

26 "我已经算是高仓健了吧?"

　　　——出生于煤矿区

31 "搞不好我已经死了。"

　　　——遭到美军飞机机枪扫射

36 "幸福在大洋彼岸。"

　　　——憧憬美国

40 "他们说我没资格做演员。"

　　　——新面孔时代的反骨心

44 "美食在香港,风在夏威夷呀!"

　　　——幻想中的海外移民计划

47 第二章　捻转时间——如影随形的日子

48 捻转时间

49 "我曾经想过开药妆店。"

　　　——人称"药铺阿健先生"

52 吃饭过程不愿被催促

　　　——餐桌八条规矩

57 "老母亲很了不得。"

　　　——不吃鳗鱼的原因

59 "就吃这个,直到吃腻为止。"
　　——蔬菜沙拉,佐以时鲜水果

63 "好好烤哟。 要烤好一点。"
　　——惧怕生鲜鱼肉

69 "今天'饥肠辘辘'!"
　　——高仓风格的空腹指数

72 "'森林的伙伴们'也不错。"
　　——此生最后一次聚餐

74 "这啼声真是越来越好听了!"
　　——与院子里群鸟的对话

76 "夏天就是因为热,才会称其为夏天呀! 傻瓜!"
　　——酷爱短裤的季节

80 "那帮家伙不可饶恕。"
　　——心情如同"骷髅13"

83 "被称赞身板有型还是第一次呢。"
　　——自家的弹性菜单

88 "似乎被人当成行迹诡异的人了。"
　　——夜间溜达惹出来的事端

91 "听不清的话,一定要提醒我!"
　　——滑舌训练
94 "我可是很纤细的呀。"
　　——私家体能管理秘籍
98 "找个什么东西吓我一下吧。"
　　——为打嗝而烦恼
101 "这是注入精神价值的美术品。"
　　——凝神静气的宝刀维护
105 "举棋不定的时候或许才最幸福呢!"
　　——梦想移民理想乡
107 "我就更觉得热血沸腾啦!"
　　——酷爱武道与拳击
111 喜欢有挑战性的工作
　　——热衷于斗牛
116 "在红绿灯路口切勿把车停在最前头。"
　　——驾驶出行心得
118 "还是不合适,换一件吧!"
　　——讲究洒脱

122 "拉链的闭合,是性命攸关的。"
　　——关于羽绒服的独到之见

126 "花点儿功夫也算奢侈一把啦!"
　　——喜爱徽章贴花

128 "似有若无的才算是上乘呢。"
　　——芳香类化妆品的用法

131 第三章　语言的森林
　　　　——作品、合作演出人员及导演的那些事

132 "那架势,才算得上是大明星呀!"
　　——片冈千惠藏、万屋锦之介、石原裕次郎

137 "这哪里还能演戏呀?"
　　——《八甲田山》的内幕

143 "我卡词啦!"
　　——《八甲田山》的惊骇

148 "我是极地演员。"
　　——《南极物语》之残酷

155 "我行精进,忍终不悔。"
　　——江利智惠美女士之死

158 "缓过劲来一瞧,帐篷已经没啦!"
　　——《南极物语》之两度遇难剧
169 "我曾经死于大众传媒之手。"
　　——对于被报道死于艾滋病的愤慨
176 "简直就是爱哭鬼阿健啊……"
　　——泪腺决堤的《铁道员》
183 "为了生存,当上了演员……"
　　——《铁道员》获奖感言
187 "好想拍纪录片啊。"
　　——出演《萤火虫》的序章
195 "我的第二场败仗。"
　　——东日本大地震与遗作《只为了你》
199 "感觉自己就像被人踹了一脚。"
　　——灾区少年的照片
206 "如果能出演黑泽先生的电影,我的人生应该会不一样。"
　　——最终化为幻想的电影演出
215 "本想把导演痛揍一顿,然后放弃演出!"
　　——内田吐梦导演的《爱的考验》

218 "比女演员更有女人味呢。"
　　——牧野雅弘导演的教诲
226 "沉重的雪,压得人喘不过来气。"
　　——成为转机的《网走番外地》
229 "阿胜心思细腻,行为举止是豪爽快直的。"
　　——梦幻的联袂演出
231 "没有替身,也没有威亚。"
　　——出演小人物
234 "哪怕摔下的地方偏了一丁点儿,或许我已经丧命啦。"
　　——在《神户国际帮派》里的违和感
239 "感觉假发并不适合我。"
　　——无法拒绝的《四十七人之刺客》
242 "介绍一位叫胜新太郎的艺人。"
　　——《黑雨》的演出秘闻
250 "我当时就说退出不演了!"
　　——《高手》一片中不愿让步的礼节
255 "我几乎什么都不懂,确实有些汗颜!"
　　——向奥尔德里奇导演的反省

260 "栈桥上挤满了人,还出动了军人呢。"
　　——在中国受到热烈欢迎
265 "我觉得日本完全被落下了。"
　　——何为世界通用的导演?
273 "一开始的印象极其恶劣。"
　　——对电视连续剧的违和感
278 "毕竟我不够能干啊……"
　　——初次被曝光的广告幕后

291 第四章　高仓喜爱的电影（Takakura's Favorite Movies）

325 代后记　树影澹

339 高仓健年谱

# 序章

「为我写点儿什么吧。」
——高仓健布置的作业

那还是高仓健去世两年前的事情。

"这个,你读读看吧。"他不由分说地递给我一本书。

书名为《爱与哀的纠缠》(日本讲谈社出版),作者是作词家岩谷时子女士。近三十年来,她一直担任越路吹雪女士的经纪人。在越路女士三周年忌辰临近之际,她应时地写出了这部纪念性的著作。

在贴着浮签的页面上,一些抚动了高仓心弦的文字,像往常那样用红色的铅笔标注上了印记。

"一名演员的成长,最为关键的是能够邂逅许多具有卓越才能的人士。"这行文字被画上了三重红线。

另外,"从十几岁直到五十五六岁结束自己短暂生命的时刻,她一直是为站在舞台上而生的人,为此不得不背负着超乎常人的悲哀与苦痛。然而,她顽强地克服着这些悲苦,凭借着与生俱来的才华,将形形色色的人生体验化为食粮,在稠人广坐之中一边演唱,一边销蚀着生命"这句话里的"销蚀着生命"被圈上两道红印记。

数日后,我告诉高仓,书读完了。一听此言,他的表情遽然变得有些严肃,说道:"阿贵(这是身为此书作者——我的本名,正确的日语读音是'TAKA'。可是高仓总叫我阿贵,"TAKASHI"),我可能会比你先死……从年纪顺序来看,我会走在前面吧。所以……你为我写点儿什么吧。最了解我情况的,就是阿贵呀。"

野鸟的一声鸣叫,打破了时间的静止。我深切地感悟到,他那貌似稀松平常的日常性话语里，倾注了其人生的最后华章。高仓终究会从这个世界里消失，我将再次被动地面对别人所主张的"生而为人"的命运。而且，我还被他布置了一个令人意外的家庭作业，总觉得自己所过的每个日子都充满着莫名的焦虑与忐忑。

正如当初所言，2014年（平成二十六年）11月10日高仓果然抢在我的前面离世了。

之后，为办理法律上的手续，我忙得焦头烂额。为了不拖延时间，我四处奔走。转瞬之间，光阴就一年又一年地飘然而逝。接下来，我得着手做高仓所嘱托的作业了。

我从高仓的事务所、仓库等处捞得两百多个纸箱，里面保存着各种资料。从其入职东宝电影公司时使用的社员证，到担任演员五十八年间积攒下来的记录材料和实物。例如，粉丝们赠送的剪贴影集、《任侠》电影预售票、夹在电影剧本原作里的手写便条，还有显然是拍摄《南极物语》外景时使用过的当地地图、餐厅里取回来的餐巾等等，形形色色，超乎想象。

这些庞杂的材料上留存下许多文字，在一一触碰它们的过程中，与高仓共同度过的十七年间的一幕幕往事，又历然地浮现在我的脑海里。

高仓厌恶为形态所役，始终忠实于自己的内心。

他从不以身份头衔判断别人的好坏，一向重视以慧心之眼看人。

他分明就是一个性情天真烂漫,却拥有一颗玻璃心又古怪精灵的少年!

沉默寡言却又八卦饶舌……

本来是要说"谢谢",却往往是以忸怩的神情爆出"混账"之类的粗口。

他非常乐意看到别人欢欣喜悦的样子。

之于他,喜欢就是喜欢,厌恶就是厌恶。

不管什么场合,他总有一句口头禅:"早解决早开心。"

见到不认识的人会怯生,遇事却好奇心旺盛。他记忆力超群,对任何事皆能集中注意力,全力以赴地应对。他一生都在不遗余力地拼搏,如饥似渴地吸收着自己身上所需要的养分。

我一边回味着早已铭记在心的话语,一边书写那一幕幕再也无法触及的图景。若是能够将他那挚爱人生的侠骨柔情道与世人知晓,该是何等幸事!

# 第一章

## 初识高仓健：开始新的人生之旅

## "我是电影演员高仓健。"——邂逅于香港

那天,我以自由撰稿人的身份,因公干造访了香港丽晶酒店(即香港洲际酒店,InterContinental Hong Kong),要为某家妇女杂志所办的《寻美之旅》连载栏目做采访。

上午完成了对该酒店附设温泉的采访后,负责人请我来到酒店内有名的中餐馆丽晶轩就餐。

虽然餐厅当时尚未正式待客,却能看到早已有客人围坐在餐桌旁。他们正谈笑风生,氛围很是和睦融洽。我了解到,那位"高仓健先生"就坐在这群人中间。这种场合一般会忌讳有人手持照相器材入内,所以我决定暂时离开餐厅,在门外等待。我觉得这是面对有知名度的人士时应持有的礼节。

所幸的是,接待我的那位负责人与频繁入住这家酒店的高仓先生过从甚密,说明原委之后,我们得以在角落里的一张桌子上用餐。

最后一道甜点就快吃完的时候,高仓先生竟向我们的桌子走了过来。由于事情发生得太突然,以至于我都来不及站起身来。

他打手势示意我:"啊,您坐着即可。"然后向我略施一礼,说道:"我是电影演员高仓健。感谢您今天的周到礼数,祝您接下来的工作进展顺利。那么,我先告辞了。"说完又是鞠了一躬才离去。

这就是我与高仓的初次邂逅,几乎是擦肩而过。就连同席的

人都未互通姓名,一瞬间,事情就发生了。

"失陪一下啦。"那位接待我的负责人紧跟着起身离开餐桌,似乎要追上高仓先生。一会儿负责人又回来了,说道:"这个,是跟高仓先生要的。"于是,在场的每个人都领到一张高仓先生的名片。

说名片,其实就是一方小纸片,上面仅仅用红色字体横向打印着字迹鲜明的名字——"高仓健"。那是1996年(平成八年)3月中旬的事情。

但我仍然记忆犹新。即便在海外,还能够受到如此高规格礼遇。因此,当时我就觉得,不知几时他的身心才能得以放松。

同时,我也为高仓先生目光深处所隐含着的某种"莫名的东西"而感到难以释然。

那就像是在穿越草原或干枯的丛林之后,不经意间发现,在自己的衣服、发髻间残留着细小的种子或者叶片之类的东西……

## "一路平安！快回头看！"——在太平洋酒店

回到国内后，为了表达对高仓先生在香港期间给予自己崇高礼遇的谢意，我将刊载着此前采访内容的杂志寄给了他。

不久，我就收到了来自高仓先生的回信。随函还附寄了他的著作《期待着您的夸奖》（日本集英社出版），以及刊登了他访问意大利时相关文章的杂志 *CLASS X*（日本杂志《太阳》，1996年4月号临时增刊）。

那篇报道的题目叫作《天使来访的早上》。在完成 NHK 电视剧拍摄工作数月后，他来到位于意大利中部托斯卡纳地区的一个小镇。旅行之余，不时吐露起自己心中块垒。

在这篇文章的开篇，他这样写道："……为什么坚持演员的工作呢？……这本不是我特别想干的事情呀……牧野雅弘导演曾经说过：'人啊，活一辈子都坚守着一种愿望：不是要去模仿谁，而是真的希望变成别的什么人！'每个人或许会一直怀着这种想法，在这个婆婆世界上忙忙碌碌地活着。而演员这种工作，说不准就是所谓的人类愿望的突出表象吧？"

说实话，我此前并不是十分了解"高仓健"这位演员的具体情况。

我看过的电影尽是洋片，对高仓隶属东映时期所出演的作品，甚至都没在电视上看过。我 12 岁的时候，电视上热播着电影《八甲田山》（1977年）的广告。但是，给我留下深刻印象的只有北大路先生（即北大路欣也）那句具有强烈震撼色彩的台词："老天爷抛弃了我们啊！"我清楚地知道"高仓健"这个名字，是在看了电影《南极物语》的预告片之后。在范吉利斯①的背景音乐衬托下，主人公紧紧搂抱着看护犬，在浩瀚无垠的雪原上高声呼叫着："大郎——！次郎——！"

读了这篇文章，我第一次触及"高仓健"这位演员职业生涯之外的一些事情，例如，结婚、离婚等。而且在文章的尾声部分，主人公一边抚摸着以前在外地出差时买到手的慨叹天使青铜像，一边谈道："最近我在想，仅有哭泣的天使是不会幸福的。现在我在找微笑天使，却是遍寻无果！"根据这些话，我终于弄明白这篇文章的标题为什么会使用"天使"这个词。

"不会幸福"——从他这句现实况味浓厚且充满感伤情绪的话语里，我可以领略主人公对人生的惆怅。

后来，我经常在旅途中给他寄去绘画明信片，每次还会加注诸如"正在寻找微笑的天使"之类的、表达自身当下状况的话语。

高仓先生的回信内容常常如此："蒙您挂念着天使，十分感

---

① 范吉利斯，Vangelis，生于1943年3月29日，希腊著名音乐家，电子键盘乐器演奏者、作曲家。——译者注（若无特殊说明，本书注释皆为译者注）

激。身为女性，您居然能够在境外精力充沛地开展工作，确实令人吃惊。"两人之间如此漫无主题的书信往来持续了将近一年时间。

不久，某家刚成立的卫星电视台向我递出了橄榄枝。于是乎，此前由于身体原因而敬而远之的电视节目制作工作再次成为我的主业。

很快，为期三周左右的赴伊朗采访任务就下来了。我立即跟高仓先生报告了此事。高仓先生的回信一般是用文字处理机（日本旧式打字机）敲打出来的。这次，他在机打文本的余白之处手写了如下一段文字："关于伊朗，我有话跟您说。得闲时，请给我来电话。"还附上了其移动电话的号码。临近出发之际，我们终于联系上了。

"为了拍摄《骷髅13》这部电影，我去过伊朗。这个国家属于中东文化圈，对女性有很多苛刻的要求。虽然是与其他工作人员一起去，但您工作过程中务必要小心谨慎。就说这么多。"他很严肃地给我提出了以上建议。

1997年（平成九年）4月，出发当天的早上，我在位于品川的太平洋酒店东京分店乘坐机场大巴。车子刚启动，我的手机电话铃就响了起来。是高仓打来的。

我接起电话刚说了"喂"，电话那头就传来了这样的声音："一路平安！快回头看！"我回过头一瞧，发现高仓的车已停在酒店的停车场，他在车上向我做出致敬的动作。我隔着车窗向他点了两三下头，表示回礼。

## "那个有缘之人,曾经是非常喜欢的人。"——深夜的越洋电话

抵达伊朗首都德黑兰的晚上,我正在酒店的餐厅里跟当地的制片人一起吃晚餐,有人过来跟我说:"有电话找您。"

我拿起餐厅里的电话话筒一听,果不其然,是高仓先生打过来的。我想起曾经向他提过自己在德黑兰入住的酒店名称。这的确让我诚惶诚恐。

"您顺利到达了吗?"

"已办完入住手续,但房间还没收拾好,所以就先吃晚饭啦。蒙您挂念,非常感谢!"说完,就挂断了电话。此后,我时不时地会将第二天的作息时间表,连同下一个准备入住的酒店名称都告诉他。于是,他经常通过电话或是传真对漂泊中的我表示关心。

在伊朗当时的第二大城市伊斯法罕,我所入住的酒店正是高仓健先生拍摄《骷髅13》(1973 年)期间曾经下榻的地方。他曾满怀留恋之情地向我讲述了当时的情形:

"我在伊斯法罕拍摄外景期间,入住的是沙·阿巴斯酒店(即现在的阿巴斯酒店)的套房。有位服务生站在房门前给我当保安,看上去还是个少年。到达酒店的第一天,我就把所需小费一股脑儿全给了他。结果每次一回到酒店,不管我人在哪里,小伙子都会飞也似的跑过来,跑前跑后地为我忙活个不停。看那架势,简直是要跟我片刻不离呢!(笑)"

他还跟我聊起非常私密的事情，用他自己的话来说，主题是"与我有缘的人"。

"拍摄《骷髅13》之前的一段往事，在我人生旅程中打下了鲜明的烙印。十月份开机之前长达半年左右的时间里，我一直在海外旅行。待得最多的地方是洛杉矶。

"在那之前的两年前，我跟有缘之人分开了（即离婚）。

"那个有缘之人，是个非常好的人。但是，随着岁月的流逝……尽管如此，我还是认为，我们的缘分并没有断绝。直到有一天，那个有缘之人的律师送来了律师函，自那之后就终结了。

"打那之后，我就不相信纸质的东西了。若真的情意相通的话，那张纸质的东西根本就不需要吧？我开始较劲儿，心想，岂能让一张纸给捆绑住手脚?！重要的是人的心。如今想起这些事情来，我仍然是胆粗气壮。今天光是听我一个人唠叨这么多，对不住呀。以后再跟你接着说。"

后来，高仓先生又絮絮叨叨地跟我聊了更多更深入的话题。我很困惑，但是还是耐心地扮演听众角色，把话听到了底儿。

**"你给我马上回来！！"**

出外景时，基本是靠汽车移动，每天行进300公里，有时每天行驶500公里的情况也稀松平常。德黑兰、库姆、亚兹德、伊斯法罕、波斯波利斯、设拉子……一旦离开城区，接下来的路况就变得非常恶劣，路面没有铺设，也没有安装路灯，我们就是在这样的道路上翻山越岭，日夜兼程。

奔赴里海沿岸城市拉姆萨尔的那天，上午就早早结束了在德黑兰的拍摄工作。我们一边在心中暗自期盼着能够在天黑之前赶到目的地，一边驱车驶入了盘山公路。可是，偏偏就在这个节骨眼上，发动机出故障了！此前，我曾多次通过随行译员向那位当地人司机抱怨："总觉得车子声响不对劲，车内的气味有些怪怪的，能不能趁天还亮着好好检查一下车况？"可是那位司机满脸笑盈盈的，根本不予理会，仍然我行我素地使着性子来。

正上着坡呢，动力却没了，车子开始后溜。好不容易把车子停到了路肩旁，司机才忙着修理车。太阳落山了。好在大家都不是吃素的，常年在外拍摄外景，遇到形形色色的事故如同家常便饭。大家心知肚明，哪怕你急得跺脚也无济于事，所以大伙儿表现得很达观。

遇到这种情况，我的外景地必备品——我称它为"哆啦A梦百宝箱"——该大显身手了。虽然数量极其有限，但是非常顶用。里面备有药品、随机调配的食物点心、糖果等。尽管如此，时间不饶人。一个小时过去了，马上就是两个小时……心里没有底的是，水眼看着快没了；肚子也开始"咕咕咕"地叫起来。弄不好的话，就得在车子上这么熬一夜了。我努力让自己保持冷静，这鬼地方的确令人发怵，甚至脑海里还瞬间掠过了"山贼"二字。

比预定时间晚了五个小时，我们终于抵达了酒店。此时此刻，我脑子里已塞满第二天的工作。

接下来的日子也是问题不断。有时是突然当天变更酒店，有时是酒店里的电话线路不稳定,总掉线,传真发不出去,等等。某天,电话好不容易接通了,高仓先生在电话那头雷霆万钧地咆哮:"我这么为你担惊受怕,你却连电话都没有一个,为什么?!那边情况跟日本不一样,你给我马上回来!"

由于连日睡眠不足,我也稍稍欠缺理性了,口气不佳地说:"眼下这种状况,我不可能放下工作,临阵脱逃。我跟您高仓先生不一样。换作是您,可以回日本了事,但是在工作结束之前,我绝对不能回去。这是我的责任!"

"明白了!你自便吧!"

说完,他就单方面地挂断了电话。打那之后,高仓先生就没有联系我了。虽然心里有些不甘,但是除了逼迫自己转换心情,一天天地数着日子过,我也别无他法。

**"再也别去伊朗了!"**

伊朗的女性必须头缠"希贾布"(即中东式女士头巾),身裹"卡多尔"(即厚重的中东式长袍)。不过,观光客人可以只缠头巾。随行译员也曾告诉我:"这里外国观光客很多,即使穿牛仔服也没问题。"于是,我就试着以头巾配牛仔服的装束外出转悠,不料差一点儿被便衣警察以暴露臀部为由,把我塞进警车里带走。

后来听人说,由于我的面相长得像当地女性,所以警察误会了。自那之后,出于安全考虑,我在当地紧急购买了长袍裹在身上,不过,活动受限制造成的压力之大,是超乎想象的。

回国前一天，官方审核完我们所拍摄的影片，便再次去确认回国手续。不承想，先不提什么超大型行李如何办理托运手续了，就连理应早在出发前就通过伊朗大使馆安排妥当的伊朗航空公司的机票，都没能够拿到手。于是，我一边盯着与日本之间的时差一边展开交涉。

待到落实了摄制组全体人员的回国航班，我身上的能量也完全消耗尽了。

最后一天给安排的酒店，正是抵达伊朗之日下榻的德黑兰那家宾馆。房间里的摆设十分简单：单人床、淋浴间、周长约一抱大小的玻璃桌子，外加一张椅子。我关上门，脱去头巾与长袍。

之后，我很长时间都没能缓过神，瘫坐在椅子里发呆，连行李都不愿收拾。我透过玻璃窗，神志恍惚地眺望着外面由高层建筑拼凑而成的风景。

无论在哪儿，每天都能听到艾赞（信徒们进行礼拜活动的祷告词，每日五次），在这些声音中，我细细回味着在伊朗经历的许多文化体验。

高仓先生是一个能量超乎常人的人，虽然困惑，我还是接受了这一点。伊朗之行也即将落下帷幕。

就在此时，有人从门缝塞进了一个信封——是来自"高仓先生"的传真。

上面写道："你已回到德黑兰了吗？今天我终于意识到，这么多年来自己苦苦寻觅着的'微笑的天使'在哪儿了。我都起了一身鸡皮疙瘩。不管时间早晚,请务必给我来个 collect call①。"

"喂,你好,能听到吗?"

时隔十天了,高仓先生的声音显得低沉稳重。我应了一声:"能。"

"我道歉,那天嗓门太大了。我觉得,你所说的很在理。不过,我那么大声音说话,是因为真的担心你。我希望你再也别去伊朗了。余下的话,可以等你回日本后再说吗?"

我回到自己的房间,天空上原本那么渺小的月亮,不知怎么,突然觉得它变大了。

---

① 对方付话费的电话。

## "我虽然也是阅人无数,但是,眼下是单身。"——对伴奏者的彻底领悟

回国后,我与高仓进行了一次严肃的会面。

他不是那种能够享受现实生活的性格。面孔被人熟悉,名字家喻户晓,一举一动都像竹筒倒豆子一样被人悉数探知,这一切让身为名人的他无处藏身。所以每当疲惫的时候,他只好去海外躲避,试图在那里找回不被人当作明星的自己。

"除了工作之外,我喜欢不被人关注的生活。"从他这句话里,我感觉自己看到了并非"高仓健"的另一种人格——小田刚一。

能够成为我的伴奏者吗(这里的"伴奏者"也有"伴走者"的含意)?

在下定决心跟他摊牌之前,我也毫不客气地将自己并不恢弘的人生经历交了个底。

我身边曾经也有人陪着,也当过几天形式上的演员,演过电视剧。不过,后来我担任了制片人,在海外待了很长时间。再后来,我将自己的人生经历写成书公开出版,如此等等。

而且,我还讲述了由自己名字"贵"(TAKA)引出的一则轶闻。父母去市政府给我办理出生注册时,受理处的人居然把我的名字念成了TAKASHI①。于是,我的性别一度成了男性。

---

① "贵"被读作TAKA时,常作女性名字用,而读成TAKASHI时,就容易被误认为是男性了。

"还有这样的事啊，有意思！"

打那之后，高仓就开始称呼我"TAKASHI"了（自高仓离世之后，我把名字的汉字改成了"贵月"）。

"我虽然也是阅人无数，但是，眼下是单身。"

高仓的回应极其简单。

保持微笑走到人生的终点！我一直朝着这个方向在努力。每当来到岔路口时，我都选择了无怨无悔的那条路。在海外期间，曾经被强盗威胁过"举起手来"，自己乘坐的车辆在行进过程中差一点儿就翻落到万丈深渊，诸如此类，不一而足。我度过了一个又一个远离安心、没有安全的日子，人生中也有过一次足以刻骨铭心的经历。

可是，向高仓迈出这一步，于我而言是一个重大的决策，仿若行将单枪匹马地去攀登一座山峰。地图上没有这座山的记载，更没有人留下进山记录。里面有迷宫，有断头路。一旦发生误判，说不定要遇难，跌落悬崖。

高仓提出的要求只有一个："请不要化妆！"他的理由是："在工作场所（即拍摄现场）的时候身边总有不少漂亮的人，所以平时还是想尽量放松一些。"

在此之前，我的护照注册页不断增补、不断更新。但是，这本护照过了有效期之后，直到高仓去世，我也没去重新申办过。这是我自己设计的断绝退路的做法。他希望我"生活得低调"，我想满足他这个要求。甭提双宿双飞去海外旅行了，我和高仓甚至从未一起在外面下馆子。

**唯一的一次散步**

不过，在高仓生前，我跟他有过唯一一次一起做户外活动的机会。从医院回家的路上，我俩顺便在位于东京驹泽的奥林匹克公园里散了散步。因为高仓请求说："在回家之前，想走动走动。"当时，现场还有医院方面安排的专门负责接送的医务人员，所以也算不上我俩单独相处。

高仓下车的时候，我原本打算像平时一样，待在车里等他回来的。可是，高仓邀我一起走走。他说："今天不用留在车里啦，感觉还挺舒服的。"

高仓已经住院很久了，腿脚的力气大不如从前。我紧跟在后面搀扶着他，和着他的步调一起往前走。那是2014年（平成二十六年）7月的事情。

"这一带的高级公寓绿化好，令人心情舒畅啊。要是有好的楼盘，真想去看看呀。"

我俩沉浸在积极快活的氛围中，步调一致地徜徉着。这是我俩最初、也是最后的唯一一次散步。

每当想起与高仓邂逅、分别的情形，我的脑海里就会浮现这句话："不用瞻前顾后，要去彻底地探究那种让你觉得'自己便是为此而生'的生存方式。"（摘自须贺敦子《遥远清晨的书本们》）

## "生病的人是我,求你啦!"——最后的日子

"早点回来啊。"

高仓最后一次离开自己家去住院的时候,是我开车送他去医院的。当时,他坐在副驾驶席上自言自语似的说了上述这句话。

2014年11月10日,黎明时分。高仓在病榻上迎来了大限。

我一直守护着高仓,浑身的神经还处于绷紧状态。突然,护士对我说:"您和我一起做吧?"于是,我们一起给他清洁身子,并开始为他收拾身上的装束。

在院方的精心安排下,我得以在病房里守护着高仓的遗体直到夜间。由于必须将室温保持在较低的状态,房间冷得像个冰窟窿,我第一次经历了游弋于活人与幽魂两界的切身体验。

男护士离开了,病房里只剩下我了。电子检测仪的声响已消失,四周被寂静包裹着,我几乎能够听到自己的喘息。

天空依旧漆黑一团。

我看着高仓那安详的面容,一边努力克制着自己不要露出悲伤的表情,一边跟他开始了心灵的对话:"我,是否帮到您了呢?"

室内如此安静……任何细微的声音都应该能够听得到的呀?可是……

我想把高仓的音容笑貌镂刻在自己的眼里。

越是这么想,泪眼的镜头里越是渗入了方方面面的图景。

"不用装死啦,再给我大声笑一笑好吗?再粗鲁地说一次'混账!给我机灵点',你可以睁开眼睛的呀!"我用手一摸他面颊,觉得还有点温温的。

搬运进来的行李、物品得收拾,要做的事情堆积如山,一想到这些我就犯难,简直不知道从何处下手。我使尽吃奶的力气,将摆放在床头的那张笨重的沙发挪了位置,找出所有的毛毯将自己从头盖到脚。自十天前他再次入院到现在,我还是第一次能够从容地坐下来喘口气。

为了不让自己慌了神,我重复地做着一个又一个深呼吸。可能是紧张感有所缓解的缘故吧,迄今在病房里经历的林林总总,反反复复地浮现于脑海,最终却又逐渐变得朦胧不清了。

为了尽量满足高仓在家里生活的愿望,我们保留着病房,开始了"住院—出院轮回倒"的模式。当年4月第一次进入这间病房,从窗外映入眼帘的悬铃木刚刚长出新绿,硕大的叶子鲜嫩滴翠。住院期间,每天都从早上的量体温开始一天的治疗流程,接着便是发药。为了做形形色色的检查,主治医生、男护士等医务人员进进出出忙个不停。即使在病房区域的大门外也经常有人来来去去……

反反复复地住院颇为折腾,为了照顾高仓,我干脆全天候在病房里陪护,一秒钟也不敢开小差。我千方百计地想消除高仓心里的焦虑,所以尽量不离开他的床边,让彼此能够看到对方的面孔。我只能见缝插针地寻找机会打个盹、吃饭、上厕所。

恶性淋巴肿瘤其中一个具有鲜明特征的症状就是夜里盗汗。

为了应对这种状况，病人睡眠过程中，每隔几个小时，我就得把一只胳膊插到他后背下面，以半蹲着的姿态托起其上半身。这个动作颇为累人，疲劳感不易驱除。每当我从床上起身做这个规定动作的时候，都会对他喊上一嗓子："我来啦！"然后高仓就满面笑容地呼应道："嚯嚯——这个厉害啦！"

有一天，高仓精神不错。他一边快活地活动着身子，一边以事不关己的口吻给我递上这么一句话："我会因为这病丢了性命吗？"感觉他是在自言自语，又像是在问我。我没答话，只是回以微笑。

悲伤紧紧地萦绕着我，压得我难以喘息。我挨上了剧烈的胃痛，每当剧痛袭来，几乎不能正常开车。这时，高仓就对我说道："生病的人是我呀，求你啦。"弄得我只好苦笑。大半夜的，突然发觉高仓坐在床上，一边嘴里嘟囔着说："睡不着……"我便坐到他身边，不停地给他搓背。他一边抬眼仰望着如轮的满月，一边问我，若是回到家里头的话，第一个想吃的东西是什么……

他的病还在继续，对此我已认命，豁出去陪在他身旁。

一抹朝阳提醒了我，那一直守护着苦难之中的我的悬铃木叶子，已彻底染上了色彩。

这是高仓与世长辞后的第一个早晨。

## 时针指向凌晨三点四十三分

等到夜幕降临，我和高仓一起回到自己的家里。朦胧与清醒的浪潮交互着向我袭来，感觉自己的状态是脚不沾地的。突然，我发现一楼厨房墙壁上挂着的电子钟停了。最后一次去住院之前明明刚换过电池的啊?! 我一边感到疑惑，一边来到二楼洗漱间，看到放在正面位置的电子手表居然也停了！这表本是高仓的好伙伴，他出门前对表就靠它呢。

时针所指向的时间是凌晨三点四十三分。正好是高仓大限的时刻——

我确信，这是高仓的灵魂在天空翱翔的信号。

"演员嘛，待在家里是做不了工作的。为了能够随时出差，必须做好万全之策。否则做不成事情。所以，当你从奋斗的场所回来之时，能够让自己获得解放的地方，就是家。

"迄今为止，我自认为见过了不少建造得极其奢华的住宅。不过，对我而言，奢华中最重要的是居住的舒适度，并不是面积或者家具之类。

"首先，要能够完全遮挡住来自外界的视线，要有个可以晒太阳的院子，外加上暖炉。另外，还得有在等待自己回家的人。能够将 house 变成 home 的，正是人的'气'呐！"

关于家的舒适感，高仓有自己独到的见解。

4月，去医院做复检。一进病房，他就对我说道："快，我们回去吧！"声音虽小，口气却是断然决然的。护士催促道："请您在这儿坐下。"他坐下不到一会儿就坐不住了。采完血，刚一拔掉针头，他立刻就想站起身来，问道："可以回去了吗？"主治医生和护士都强忍住不笑出声，那情形我至今无法忘怀。

凝视着已经定格在固定时刻的手表,我心里不禁冒出这么一句话:"这还是您第一次来迎我吧?"

1965年（昭和四十年）签发的护照，上面的签署名为"小田刚一"。

## "我已经算是高仓健了吧?"——出生于煤矿区

"比起本名,高仓健这个名字用的时间更长呢。我已经算是高仓健了吧?"在自己家的客厅里,高仓一边眺望着夕阳西下的景观,一边自言自语似的嘟囔着。

遗作《只为了你》(2012年)杀青于他81岁那年春天。

高仓健,本名小田刚一,1931年(昭和六年)2月16日,出生于九州筑丰,即现在的福冈县中间市煤矿矿区。母亲叫他"刚宝",学友们称他"阿刚"。他的护照上则署名"小田刚一"。

"据说,我刚出生就得了脱肛症,差一点死掉了。我们家当时雇了好几个用人。以前家里非常寒冷,所以女用人就给我肚子敷上了类似热水袋的东西。可能是太烫的缘故吧,还是婴儿的我只能一个劲儿地哭闹。听说就是一直'哇哇哇'地哭闹个不停。母亲发觉情况跟平时不一样,连忙把我带到医院,看病的医生说,这是得了脱肛症,病因是哭喊过度或是热烫过头。不管什么原因,脱肛症算是很严重的病吧。"

后来他也说过,自己幼年时期身体很弱。

"镇子上有家电影院,到了门口,就大喊一声:'我是小田家的!'然后带着好几个朋友钻进电影院里去,一起看免费电影。这种事儿,是家常便饭。"

少年刚一土生土长的小城——中间市,自明治时代起就因煤矿兴镇并逐渐繁荣。当时,其父亲从事煤矿公司劳务管理工作,是广大煤矿工人的代言人。

少年刚一则是"小田三智家的二少爷",成长在殷实之家。第二次世界大战前,这孩子整天被年轻的用人们簇拥着、呵护着,每天有人接送他上学、放学。据说家里还雇有几个中国籍的小仆人。

"进电影院都是凭脸面冲关的。看完忍者电影或是武打电影后,电影院里的灯就会再次亮起,这时我们便开始上演武打游戏。看完电影很是兴奋,我们在座席间跑来跑去,想干什么就干什么。

"不过仅有那么一次,我被一个陌生男子突然'咣'的一下,当头就是一拳。那拳出得很有力,我当场就蹲在地上了!不是有句话叫眼冒金星吗?就是那种感觉。那家伙握紧拳头,中指第二关节直愣愣地隆起照实给了我一下子。周围还有几个朋友在,但我感觉他单单就是盯上我一个人了。说我是小田家的孩子,得让我知道点儿厉害!"

他带着怀旧的情绪将伴随着些许痛苦的往事向我娓娓道来。

**"打架是见多不怪的事情了。"**

"那时候,煤矿特别得势,有钱,所以人口大量地涌来。筑丰当地人被称作'河道',民风独特,好勇斗狠。打架是见多不怪的事情了。杀人,被人杀。大人们一发怒,嘴里就哇哇乱叫,要去杀人!

"而且,一到早上,路边经常能看到一团东西盖着芦席子摊在那里，说是又有人被干掉了。这做得也太过，不单单是剽悍了吧。有人出来劝架却丢了胳膊，三教九流、诸色人等混杂在一起。《花与龙》刻画的就是那个世界。你不知道吧？"

高仓在电视台就出演电影《任侠》接受专访时，说过这么一段话：

"老母亲伤心了一阵子呢。不愿意我拍《任侠》那种电影。因为要文身，架势吓人。不过，我身上的确有那种东西呢。我身上的血，是那种……怎么说呢，若是生养在京都这种讲究人品规矩的地方，或许根本就演不了流氓阿飞之类的电影吧。"（此段文字出自NHK《Close Up 现代》2001年5月）

高仓小时候身上容易长脓疮，胃肠不好，是个虚弱体质儿。小学二年级的时候，患上了肺浸润。这是肺结核的初期症状。为避免感染，少年刚一被领到伯母家的厢房里隔离，在那里开始了长达一年的疗养生活。

其间，据说他母亲每天都要想办法弄到生鲜鳗鱼，而且自己亲自劏洗收拾。鱼身蒲烧，肝脏和血液兑上葡萄酒饮用，鱼骨要烧成灰吸食。

"母亲在学校里教插花、茶道之类的，回到家里以后，亲自为我做所有事情。她不甘心让这个孩子死掉，想让我变得结结实实的。

"家里除我之外，还有另外三个年龄尚小的孩子，可是她一句怨言都没有。我觉得她很了不起！白天，没人在身旁的时候，我净看一些历史题材的书籍。若是被发现了，就会挨骂。所以，都是偷摸地看。

"多亏当时读了很多书,我的汉字功底大有长进。以至于复学之后,我甚至常常纳闷:为什么大家连这些汉字都不认识。"

他就是这样沉浸在对往事的追忆之中。

**"我心里唯一的法律!"**

"娱乐当数广播。我深刻地记得一个叫《怪谈宋公馆》(原作者为火野苇平)的广播剧,分两天播出。该剧以中国广东一个叫宋公馆的豪门大宅为舞台。剧中主人公多次杀害小妾或用人,将尸体封入地下防空洞的墙壁里,结果引发大宅闹鬼。因为被杀害的人一到夜晚,就化作异形出来作祟。

"母亲要求我晚上听广播只能听到八点半。可是,《怪谈宋公馆》九点才开播,所以我就把声音调小,以防被母亲发现。一边偷偷摸摸地听,一边被故事的内容吓得心惊肉跳。当时我边听还边担心:万一体温又升高了,该如何是好?因此,印象特别深。如今这部剧可能已找不到录音拷贝了,但是真的想再听一遍啊!"

由这些经历可看出,少年刚一在最为敏感躁动的青春期,全身心地享受到了来自母亲的强烈的爱。

"我有时会觉得内疚。生病休养期间,虽然兄妹四人都需要母亲照料,可是几乎是我一个人独占了这份伟大的爱。不过我觉得,这件事让我和母亲之间有了牵挂。

"到东京读大学,求学期间几乎是荒废的。有一次,我对某人实在忍无可忍,心想今天一定给他一点颜色看看,可是就在那时,母亲的面容在我的眼前浮现。

"那时候,我坚持锻炼身体,体格相当强壮,弄不好的话,会惹出天大的娄子。若是自己进监狱了,母亲肯定要伤心的……因此,我就悬崖勒马了。她是我心里唯一的法律!

"很多次我都像是被接通了通往危险境地的电源,但始终没有越过那条线,都是赖母亲所赐的那份牵挂啊。我觉得,从孩提时代就生成的牵挂,比任何东西都来得坚韧。"

## "搞不好我已经死了。"——遭到美军飞机机枪扫射

少年刚一的初恋始于8岁或9岁的时候。肺浸润疗养结束后，他复学了。与此同时，他从远贺郡中间镇（当时的名称）的中间小学转校到了隔壁镇的本城小学，开始复读二年级。

"班主任是小田老师，跟我同姓哦，是位年轻的女教师。后来，那位老师辞职了，说是要结婚了。此前她对转学过来的我非常和蔼可亲。我感觉自己突然被人抛弃了，很是寂寞。于是，我扯着嗓子对老师大声吼道：'你这种人，赶紧哪边凉快哪边去！'就像一个暴戾的小魔鬼！

"老师本来对我很温柔，但是由于我的忤逆行为，就罚我站走廊。当时我有贫血的毛病，早上升旗仪式上若是在校园里站队，都有可能倒下的。那天我也是头昏脑涨，好像没站一会儿就倒地了。

"小田老师发觉后，就过来把我搂在怀里。她身上散发着莫名好闻的气息，我觉得自己仿佛就在摇篮里一般。我和着老师的身体惬意地摇啊摇，那种感觉，你明白吗？我希望永远这样摇着，老师哪里都不要去。我一直假装没清醒，好让老师多抱我一会儿。"

后来，小田老师结了婚，少年刚一也当上了电影演员，但是，他们之间的书信往来始终火热地持续着。

**"个个都是鼻涕虫。"**

少年刚一10岁那年,太平洋战争爆发了。他跟家人一起被疏散到远贺郡香月镇(现北九州市八幡西区香月),同时转学至池田小学。

"那一带的小鬼们上学,都是肩背一种叫作背囊的布制书包,脚底下穿着木屐或帆布鞋。我的行头跟转学过来之前一样,皮革的双肩书包配皮鞋。结果就在放学回家的路上,被同年级的同学团团围住,说我那种穿着怪里怪气。虽然当时我个子在哧溜哧溜地往上长,但是身体颇为瘦弱。被人围着欺负,我根本无力反抗。所以,我对香月这地方没有好印象。

"那个时候,小鬼们无一例外,每个都是糊着鼻涕的。(笑)而且,都是青色鼻涕……"

高仓用手指着鼻子下面。

"一直滴滴答答地挂到这儿。那可不是什么清水鼻涕,而是那种浓稠的青色鼻涕。战争期间,粮食实行配给制,口粮是多少,就只能弄到多少,恐怕是营养失调造成的吧?小鬼们习惯用西装的袖口去擦鼻涕。就这样拧转着手腕去擦拭。所以,浑身上下仅有那地方明晃晃的。如今,看不到这样的啦。

"虽说这样做脏兮兮的,但是,若是不跟着学,人家就不把你当自己人。所以,我也用袖口擦拭鼻涕,把它弄得明晃晃的。可放学一回到家,母亲就会帮我把这里洗得干干净净的。我也倔强地不愿去解释是因为怕被人欺侮,不用给我洗干净,而是用抱怨的腔调,说:'为啥要洗干净?!我不是说过了吗,不用你管!'这种事情时有发生。

"被认作同伴之后,他们就会带我去只有本地孩子才知道的秘密地方,那里好像是他们的地盘。周边有不少树木长着果实,他们领着我去分享,还告诉我'这个可以吃''那个不准碰'。他们还警告我:'要保密哟!'就是这样,我抵抗病菌的能力大大提高,身体变得很强壮。"

少年刚一就读本城小学期间,他的亲戚中有人接到了征兵令。美军的空袭也日渐猛烈。一升上东筑中学,以入伍当兵为目的的"军事训练"成了必修课,上面派来退伍军人当教官。

"大家被迫在校园里操练队形,表现不好的孩子会被不分青红皂白地殴打。为啥要这么凶狠地一阵乱揍人呢?或许那正是大人们发泄内心巨大压力的突破口吧。"

国家又开始动员中小学生勤工务农。年富力强的男子没了,未成年的孩子被迫充当劳动力去干活。低年级的孩子插秧、割稻子;高年级的学生则要参与从大卡车上卸下煤炭的重体力劳动。

"被逼着在八幡钢铁厂附近干活的时候,镇上曾经拉响过空袭警报。刚开始,非常害怕。警报一响,就急忙钻进煤矿的斜坑里躲避。可是,渐渐地也就习惯了。有一天,警报再次拉响,我还在坚持劳动。不承想,火箭 P38(即美军轰炸机)突然袭来,我居然遭到美军的机枪扫射。那声音尖锐刺耳,是迄今从未听到过的。

"当时就觉得可怕,来不及多想,条件反射性地猛跑。就连美军飞机驾驶员的面孔都看得很真切。孩子们全跑到了附近的桥下面躲藏，一个都没有死。搁在眼下能够说得这么轻巧，但是在当时，谁死掉都不奇怪。

"广岛遭到原子弹袭击之后，听说接下来的目标就是八幡了。因为这里有不少兵工厂。但是当天八幡上空能见度低，结果长崎代为受过。如今回想起来，搞不好我已经死了！"

以上是少年刚一对终战日当天的回忆。高仓生前受"我的八月十五日会"（为反思第二次世界大战而成立的民间组织）委托，写过一些回忆战争经历的文章。该协会成立于2002年（平成十四年），其核心成员皆为有战争记忆的漫画家、作家。

**"听说日本战败了！"**

"那天，不知怎么，原本动员去卸货的学生不用干活了，因为从卡车上卸煤炭的工作已停止了。

"同年级的同学中，有一位是寺院住持的儿子，所以那寺院附近的水塘成了我们最合适的玩耍场所。

"我穿上了黑色金吊（游泳时穿的裹裆布），好久没放松了，便与五六个同伴到那水塘里戏耍。

"正中午，一个好伙伴跑来叫我们，他喊道：'听说天皇陛下要在广播里讲话啦！'

"于是，我们大家一起往寺院奔跑，就在此时，广播里传来尽是杂音的声音，有几个大人已经在哭泣了。

"但广播里在说什么，我根本就没听明白。

"朋友说:'听说日本战败了!'

"'嗯,说是投降了?'

"后来,我总算品出了个中的滋味来,在这一瞬间,人生即将发生改变。

"诸行无常。

"在那一刻,我觉得自己第一次有了这种体验。

"十四岁那年,我在福冈县远贺郡香月迎来了八月十五日。"

## "幸福在大洋彼岸。"——憧憬美国

战争结束，一切都彻底改变。

有一天，在上学必去的乘车站——折尾火车站，齐刷刷地站着许多头戴白色钢盔的MP（即宪兵）。因为美国驻留军登陆了。这一年少年刚一正在上初中三年级。他领略了迄今为止从未体验过的、全新的价值观，以及由此带来的解放感。学校制度发生了变化，例如，旧制中学被废止等。拜新制度所赐，少年刚一成为第一批新式高中生，入读了东筑高中。

"因为是新式学校，所以我们就盘算着，好嘛，搞一个自己喜欢的俱乐部吧。于是大家就创办了一个拳击俱乐部。放学后，我们在教室里拉上绳子，做成拳击台。大家想着法子弄来了一副拳击手套。两人捉对对练时，双方只能各戴上一只手套相向对舞。旁观的时候，觉得很好笑，但是，对垒的时候，那是动真格的呀。我被这种个人竞技深深地迷住了。我身高一个劲儿地往上蹿，却是豆芽菜的体格，所以总想变得结实些。我觉得在那个时代，就得考虑这个问题。

"同时，还要搞一个英语社交界（English Speaking Society）。起初，仅有寥寥几个人凑在一起，不承想没多久就增加到80人左右。大家都认为将来英语大有用场，他们的想法跟我如出一辙。"

而且，在美国驻留军小仓营地，少年刚一还结识了第八军副司令舒尔茨的公子。他们年纪相仿，每个周末他都要去舒尔茨家里玩，并住在那里。

"电冰箱、洗衣机、立体收音机……人家家里摆设的电气化产品应有尽有，都是我连看都没有看过的东西。我当时心想，干不过人家呀。跟这样的国家打什么仗啊？晚餐用的是刀子、叉子和勺子，完全是另外一个世界的光景啊！

"在人家家里过夜的第二天早上，舒尔茨的妈妈有时会开着车一直把我们送到学校正门口。美国车，就是宽敞。那时，即便是日本产的车，也很少见。所以当我从车上下来的时候，同年级的同学们一起涌过来围着我问：'怎么啦？为啥要乘小轿车来上学？'

"到了吃中午饭的时候，我拿出舒尔茨他妈妈让我带上的三明治，在大家面前一晃动，大伙儿又开始嚷嚷起来，因为没有谁见过这种东西。上面还抹着果酱，所以甚至有人央求说闻闻味道也成呢！

"于是，我就给全班每个同学都分了指甲盖那么大一点儿的三明治。当时的孩子们就连酵母菌这个词都不知道，当中居然有些家伙真的不舍得吃，只是闻闻味道，就将分到的那份带回家去了；也有人将那东西拿在手上瞅来瞅去就是不吃。在那之后，就再也没跟舒尔茨见过面，我心里在纳闷，他究竟怎么啦？好想见到他呀。"

在少年刚一眼里，毋庸置疑，美国就是他憧憬中的美好国度。

**用男士润发油做了一顿炒饭**

"那时候,父亲就职于一家叫若松第一港运的公司。我就让父亲安排我和五六个朋友一起去若松港港口勤工俭学。工作内容就是给小型领航船(Pilot launch)打扫卫生——这种船是用来将大船拖拽到海湾洞里的。我们清洗甲板,打磨船上镶嵌着黄铜的部位,借此挣一点儿零花钱,但是更主要的是可以在港口玩。

"若松港上的货船穿梭来往,颇为热闹。看着这情景,我心里思忖,幸福就在大洋彼岸的某个地方吧?所以,我特别想从事跟贸易相关的工作,于是就玩命地学习英语了……"

刚一怀揣着做贸易的梦想,踏入明治大学的校门,在东京开始了大学生生活。

"打从进入大学校门,我就几乎没怎么正儿八经地学习。本来只是去观摩一下力士行为规范,却被人强行拽进相扑俱乐部。我根本就没有沾上相扑的边,干的都是些支离破碎的杂事,简直是一塌糊涂。

"夏天,我开始打工,工作内容是到棒球场去卖冰棍。因为学长有要求,只好满口'是是是'地唯命是从。不管三七二十一,总得干点儿什么。甚至还被学长拽去拆老师的家,说是那位老师考试没给学长过。

"因为没有钱买油,在宿舍里做炒饭时,就用男士润发油代替。这不是能吃不能吃的事儿,因为你只有那个呀。大米,也是硬去抢来的,不知是谁的,反正送到宿舍里来了。被迫跟人拼酒，结果喝多了不省人事。我后来想啊，就这烂样儿，大学居然还能够让我毕业呢?!"

高仓几乎所有课程都旷课了，从早到晚尽跟人打架。尽管如此，他非但没有留级，还顺利毕业了。据说，这一切都是有赖于英语成绩突出。

1954 年（昭和二十九年），高仓大学毕业，遇到了二战后就业最艰难的年份。于是，他决定放弃在东京就业的想法，暂时先回家乡。当时，他父亲开办了一家生产道砟（铺设铁路用的碎石、沙砾）的公司。于是，高仓便在公司里打下手。

其间，他跟父母商量，说是想跟上大学时认识的某位女孩结婚。可是，由于年纪太轻，遭到了父母的反对。加上每天重复着单调的工作，他心里更是焦躁万分，心想：这儿不是他该待的地方。

高仓终于熬不下去了。于是，他带上公司的钱，以无异于离家出走的方式再次来到东京，一边待在东京的学长家里做寓公，一边四处找工作。

## "他们说我没资格做演员。"——新面孔时代的反骨心

"泷泽老师（即泷泽寿雄，当时任明治大学相扑俱乐部教练）给我介绍了高岛屋、美国西北航空公司之类的机构，让我去就业。可是，我牛气哄哄地拒绝了，还说：'我觉得还是不太大的机构更适合我！'无事可做的我，整天浑浑噩噩地做寓公。不知不觉间发现自己从家里掠来的钱几乎用光了。于是我开始思考，必须做点什么了。

"那时候，美空云雀女士的演艺公司（即新艺术演艺公司）好像要招聘一个见习主管，叫我去面试。于是，我来到位于京桥的东映总部的楼下咖啡馆。不承想，在面试桌旁的另一张桌子上，很偶然地遇见了东映的专务牧野（即牧野光雄）先生。他突然向我递话说：'你，当个演员咋样？'还说道，'明天，你来一下摄影棚！'"

1953年（昭和二十八年），东映首次招聘新演员。翌年，高仓被录用为第二批东映新人。

男演员的招聘条件是18周岁至28周岁之间，身高164厘米以上。高仓的身高是180厘米。

在当时的日本，电影逐渐成为市民的娱乐方式，各大电影公司都将培养有前途的新人演员看作当务之急。

随后，高仓进入演员培训所开始学艺。横亘在他面前的是，迄今为止既无兴趣又未碰过的未知的才艺世界，什么哑剧啦，日

本舞蹈啦，芭蕾啦，等等。

"不是我胡诌，当时身上没钱。老师让我准备好跳芭蕾舞专用的紧身衣裤，买不起呀，只好穿着泳衣跳。这下好玩啦，我在那儿一板一眼地认真跳，大家却笑得前仰后合。老师对此颇为厌烦，说我这样会干扰周围的其他学员，到一边看着去！日本舞蹈学的是《雨中的五郎》曲目，跳起来的时候，和服的下摆就枝摇叶落、稀里哗啦乱得不成样子，又是挨人一顿爆笑。结果，学日本舞蹈环节也是'挂眼科'，在一旁看别人跳。

"去培训所上了一阵子，有一天，我被老师叫到后场去训话。老师说：'从你的眼睛里能够看出你的意思，凭经验我就晓得。我不想说太难听的话，你还是放弃这个职业吧。'演员的工作还没做一天呢，就被人宣告不配当演员了！可见，在老师看来，我根本是烂泥扶不上墙。他的眼神和态度都在强烈地表明这一点。

"我对那位老师说，现在已没办法打退堂鼓了，我得吃饭活下去。我是真的发火了！那老师又说，那些话不是在针对我。好吧，我懂的！无论如何我都要给你看看我怎么吃这碗饭。没错，这就是我的血性。反骨心把我整个人都点燃了！我对着他说，我不会装孬的，混账！

"如今反思一下，当时被人那么泼冷水也许是件好事呢。虽然和服的下摆绽开了，但是后来有人夸我，说那种简便随意的装束跟角色的气质很匹配呢。我得感谢他。"

**艺名是忍勇作?**

"上培训所学艺才四个月时间,我就和稍后入学的今井健二(东映同期新人)两人被单独叫到摄影棚里,并被要求脱光衣服。当时不知为什么,对方就决定启用我了。紧接着就得试镜,脸上第一次被涂上了化妆用的油性粉膏,当时我忽然想起孩提时代那个定期来我们煤矿小镇演出的流浪艺人剧团。

"由于负责煤矿劳务管理工作的父亲给面子,他们可以在镇上巡回搭建小型戏台。出于孩子的好奇心,我就去偷窥后台内幕,不承想,我看到了不该看的情景。可以说,是感到十分悲哀吧?脱下后的和服啦草鞋啦,就被杂乱无章地扔在那儿,还伴有一种莫名的臭气味!如此林林总总的记忆,在我涂抹上油性粉膏的一瞬间,一下子浮现在眼前。唉,我这是在作践自己啊……想着想着,眼泪不禁夺眶而出。

"我跟父亲说自己要当演员,结果,父亲怒不可遏地吼道:'大学都毕业了,还要当演员?!你不用再回这个家了!'当场断绝了父子关系。"

深怀反骨意识的高仓主演了处女作《电光空手道》(黑白片,片长59分钟)。该片于1956年(昭和三十一年)1月22日公开上映。

"我对处女作那个角色名比较满意。我曾严肃地、试探性地问公司里的人:'我的艺名就叫忍勇作,可以的吧?'可是没想到,对方竟然说:'你在说什么呢?!早已决定啦!你就叫高仓健!'完全没跟我商量过。"

《电光空手道》的片子较长,所以没有刻录成录像带或DVD。高仓健晚年时委托东映将该片转录成了录像,还邀我一起看,所以我们一道看了那部影片。

看到自己身着空手道专业服装出场时,高仓本人似乎也很兴奋,毕竟片中的扮相太年轻太英俊了。他不禁嚷道:"你瞧,忍勇作就是我呀!知道吗?当时好瘦啊——

"简直太过分了呀!那会儿(指拍该片的时候)啥也不明白。导演说了啥,根本不领会。总之,每天很紧张,累得筋疲力尽。晚上还要开夜车加班,所以后来就感冒了。

"由于此前没受过什么像样的训练,连'喝——'这个叫喝声也出不来声势。现在看这架势,也觉得那声音不像是从腹腔迸发出来的。

"为啥当时会想着拿忍勇作当自己的艺名呢?高仓健这名字多好啊!高,仓,健……当年还是太年轻了——"

说着,他突然从椅子上站起身来:

"嘿——哈,吾乃忍勇作……"

他摆出电影里空手道的姿势,接着自己哈哈大笑起来。

他一边满怀深情地回忆"高仓健"的处女作,一边反复回味着自己的艺名,那名字在他嘴里竟被叨叨了好多次。

## "美食在香港,风在夏威夷呀!"——幻想中的海外移民计划

"最初盖房子的时候,还不能够从银行贷款,所以就向公司(东映)提交了借款申请……"

高仓28岁那年与江利智惠美小姐走进婚姻殿堂,而且拥有了自己的新宅。可是,后来这房子被寄宿在他们家的江利女士的表姐故意纵火彻底烧毁,翌年,高仓夫妇离婚。自此时起,很长时间内高仓都没接近过此处半步。

1982年(昭和五十七年)2月,江利女士突然去世,引发媒体对高仓紧追不舍。

"形形色色的事情令人厌烦。于是,我认真地思考,要改变环境,不改变是真的不行啊。去海外呢?把在日本的房地产全部处理掉,彻底地移民。

"俗话说,美食在香港。有段时间,我每隔一周就去香港一趟,找熟络的裁缝店大量地定做毛式衣领的服装。怎么说,那里也是亚洲,可以不显山不露水、轻松地过日子。

"夏威夷呢,就是风多风大。我想,不用去海边,选择靠山的地方居住的话,也可以平静地生活吧?即便在日本,也都是住公寓或者酒店。有活干的时候再回来就行。所以,就是住在海外也没有什么不同吧?总之,选项有很多。

"就在我苦思冥想、举棋不定的时候,有位熟人给我提出了建议。他说:'保留宅基地的做法不够严谨。索性在原址上再重

建一栋房子。若是实在气不顺,到时可以租给别人住呀。'对方甚至还给我介绍了建筑公司呢。

"当时,我已经可以从银行贷款了(即获得贷款信用)。我想,先将日本的家建好,再考虑移民海外也不迟。所以我就照单全收地采纳了熟人的建议。

"有时天黑之后,我会去正在建房子的施工现场,从外头端详端详进展情况。有一天,二楼开始分层组装,房子有了立体感。迄今为止,我一直置身事外,似乎把它当作别人的事情作壁上观。可是,现在突然有了实实在在的感觉,就想着'要去看看,得去看看'。于是,我就约上理发店的老板阿飒一起去了。黑暗之中,我俩竟爬到了梯子上。我还调侃道:'阿飒,你太胖了,注意点,可不要掉下去呀!'

"从那里可以看到夜景,很安静。我不由得想,这儿不坏呀,租给别人太可惜啦。当天我就下定决心住在这儿了。接着,我又请求建筑方就几处我不满意的地方修改了设计方案。

"所以,如今有些地方,也许有人看到了会问,为什么建成了这个样子呢?那都是我后来软磨硬泡央求人家修改的地方。我想,本来是应该听听专业人士的意见的,但是,方案一出来,就没那么容易改变了,所以……得了,这不是很好吗?下次建房子的时候,可以作为前车之鉴呀。"

他兴致勃勃、滔滔不绝地讲述着自己的道理。

二楼的三个小房间做衣类专用房。衣服类的物品越处理越多。每个月都要跟无处收纳的西装们搏斗,对付南极、北极严寒的羽绒服也在逐年增加。

每次买衣服的时候，高仓都很自得，声称："这好像是最新质料的哟！"从袋子里拿出来在身上试一试，比画一阵子之后，就叠好又装回袋子里去了。

"南极啊，看体力已经不能去了，因为你不知道会发生什么情况呀。"

说着，他让我看一楼地板下的收纳物品，里面居然整齐地收放着将近二十个睡袋。

两个储藏室里装满了行李物品，这些都是从他之前所住的公寓里搬过来的。这些地方的门一旦打开，基本就再也关不上。

地下室是鞋子、包之类皮革制品的存放空间。这里的温度与湿度全靠空调控制。极寒地带专用的长靴年复一年地增加。

"都说我是极地演员，现在你明白是怎么回事吧？"

高仓对工作的态度，就是调整好身体状况，做好随时能够出发的准备。

话是这么说，但准备的东西过多，连他自己也时时觉得惊愕不已。关于这一点，他说：

"这些都是为了消解压力呀。我心里是明白的。战争结束后，缺吃少穿，物质真的很匮乏啊。后来凭自己挣的钱可以喜欢什么就买什么，可是又被一把大火几乎烧光了。所以嘛，只要眼前没备齐所需的东西，我就会觉得六神无主。"

对高仓而言，家是一生中不想被别人看个究竟的圣域。

受这种想法影响，随着高仓的离世，他家的大门也宣告封印。

# 第二章 捻转时间

## ——如影随形的日子

## 捻转时间

配合着高仓生活的节奏,我给家里通了风。

春天翩然而至的信息,从黄莺雏鸟的鸣叫声中得知。

夏天躺在院落里的休闲床上,穿着沙滩短裤晒日光浴。夜晚在海风的吹拂下,享受着线香烟花带来的愉悦。

秋天,火棘的果实(即常磐山楂子)成熟了,蓝鹊飞来啄食,主人便拿起玩具枪,朝着鸟儿做出单挑的架势。

初冬,无边落木萧萧下,令人不忍目睹。说时迟那时快,主人操起扫帚,以雷霆之势奇迹般地横扫落叶。

仰望着妖娆的月光,难以自持。露台那边传来犬吠声,反反复复,那么遥远。

树木的果实在玻璃屋顶上弹跳着欢快的曲子,雨滴拍打着厚实的油纸伞惹人泛起会心的微笑。

润物细无声的瑞雪安详地包容着小镇的喧嚣,主人凝视着它出神。

斗转星移,四季轮回,馨香、音色伴随着时光的脚步,融化进喁喁细语。

无尽的欢颜,无恙的岁月,累积成记忆的殿堂。

这一切皆是我收藏在玉匣里的宝物。

## "我曾经想过开药妆店。"——人称"药铺阿健先生"

"早上,要么自己泡咖啡,要么去体育馆喝一杯鲜果打成的果汁。肚子饿得受不了的话,就拿点卡路里伴侣充饥。

"另外也会吃一些蛋白质辅食和营养品。唯有晚餐才吃正儿八经的饭。

"我酷爱中餐(几乎为此而做过移民香港的计划)。此外,外出吃牛排的情况比较多。在体育馆做剧烈的锻炼时,每天仅肉类就要吃 300 克以上。一天所需的卡路里全靠晚餐摄取。"

初识之际,高仓就主动告诉我其饮食生活的真实状况。在他自家厨房的置物架上、卫生间的药物架里,形形色色的营养品辅食、药瓶等琳琅满目,仿若药房里的陈设格局,这生动地反映出高仓做事一丝不苟的作风。

"我成为自由身之后,有一段时间突然对营养辅食类入了迷,迷到不能自拔,甚至蠢蠢欲动地准备开药妆店。以前我经常往来于洛杉矶与日本之间,在洛杉矶的体育馆里锻炼时,有人给我推荐了一些营养辅食。我就一边自己运动,一边尝试着服用。由此,我明白了什么叫持久力,了解了疲劳感的差异性。我想,今后我可以改变日本。其实开店的计划有实质性进展,甚至店铺的位置都想得很具体了。若是当时真的开业了,我在那个行当会是响当当的先驱者呢。

"不过,跟要好的朋友一说这事儿,对方却给我泼了冷水,说：'高仓先生做事讲求认真二字，一旦开始那种营生，就会一头栽进去出不来。这样一来，我担心，演电影这个饭碗你可能就端不住了。所以，我不赞成。我还想多看几部阿健的电影呢。'

"我的确是有些心血来潮。听了那些建议，就放下了开店的事。

"然而，像我所从事的工作，说一千道一万，养生健体是首要的。不用补品是最好不过了，但是，备一些符合自己体质的药品还是颇为重要的。跟我一起干活的工作人员，不管是谁，若是身子骨出了问题，总会惹出麻烦的。拍摄《铁道员》的时候，有个工作人员突然发烧，我立即拿出随身带去的布洛芬（解热镇痛药）给他一吃，第二天人家便喜笑颜开地跟我说：'多亏您搭救，这药真管用！'我当时别提多高兴啦。其实任何事情都是一个道理：想象力与时刻准备着。"

对高仓而言，不生病、不向他人寻求帮助是一大原则。在出门拍摄外景之前，高仓会按照自己开列的清单准备大量的药品，就像药铺搬家一般。据说，他因此被同行的工作人员亲切地称作"药铺阿健先生"。主要药品包括：前面提过的布洛芬，治疗花粉症等过敏性毛病的抗组胺剂盐酸苯海拉明，罹患刀伤、烫伤等伤痛时用于防止细菌感染的新孢霉素软膏；还有漱口水，鼻腔清洗剂；防止断水时的泡沫免洗洗手液或速干性手指消毒剂；等等。

不只是能够叫得出商品名称，就连其成分的名称他也十分清楚，这让我再次感受到高仓有多强烈的自我管理意识。

里面也包含一些稀奇古怪的东西。例如，法国产的离心分离器。这是一种简易装置，若是被蜜蜂之类的昆虫蛰了，这个东西能够迅速将毒液吸出。高仓常常会一边浏览着野外类杂志，一边指着上面的商品样板广告说："这个好啊。马上让他们邮寄过来，马上。"接着就是往上面贴标签，眼里洋溢着熠熠光芒，那情景至今还保留在我的记忆中。

## 吃饭过程不愿被催促——餐桌八条规矩

"以前在家里吃不上饭,必须出去吃。每到一处,店家都对我客客气气的。有时饭后自己不便开车回家。"

高仓向我讲述了到酒楼里吃晚餐的事情。他一天吃一顿,百分之百地依赖在外面下馆子。对这种生活方式,我以前颇有违和感。

我认为,食物创造体魄,养育心灵。摄取营养平衡的一日三餐,可以造就稳健的思考。

能够让身心自然放松的家里,还有可以直接满足自己身体所求的餐桌。我并不是主张要限制食物,而是想提醒一下,难道就不能下点功夫找准对自己身体更体贴的进餐方式吗?——听到高仓讲述的状况,我不禁思绪万千。

首先我想到的是从祖母那里学来的一个词:火候。

我出生在父母为双职工的家庭,有一个比我小四岁的弟弟。打出生之日起,跟我最亲近、照顾我最周到的就是父亲的母亲——我的奶奶。我们住在同一片区且两家的房子相邻而建。她总是悉心照料体弱多病的我。老人家出生于 1905 年(明治三十八年),本来从事专门为人梳理头发的职业,我出生的时候,她便退休在家颐养。她乐于助人,非常勤快。

从祖母身上,我学到了很多有益的东西:"女孩子要温婉体贴""要尽量接触美的东西""要记住花草树木的名称""烫伤的话,就采摘院子里那些款冬花的叶子煮煮敷上,可管用啦"。

祖母还教我:"任何时候都要把'御不净(即洗手间)'收拾得干干净净。"后来我明白了,祖母并不单纯是有洁癖,弯着腰打扫、搞卫生,是防止腿和腰部肌肉老化的最佳运动。

而且,我最为惦记的就是祖母的拿手好菜——蔬菜锅。这道菜对胃有亲和力,味道也令人放心,怎么吃也不会腻烦。母亲也用相同的食材做这道菜,但是两相比较,滋味完全不同。

到了小学高年级的时候,家政课上开始学习做菜,我慢慢地对调味这个工序讲究起来。于是,当祖母在做炖南瓜的时候,我紧盯着锅里,向她问道:"奶奶,调味的时候,砂糖和酱油的比例咋把握呀?"

不承想,祖母是这么回应的:"欸?被你这么一问,我倒是发懵了。要看当时的火候呀。"

接着,她又提醒道:"明白了没?做炖菜不能着急慌乱,敷衍了事。要多做,做着做着,你就知道这里的窍门啦。"说着,她又先后往神龛和佛龛上摆了供品。

我虽然还是个孩子,但是已经晓得"美味的秘密就在于火候"。当时我就想,将来要成为一个懂得心平气和地做菜、能够掌握火候的人。

我对做菜那么感兴趣,是因为我曾经体质虚弱,这一点影响甚大。直到上小学低年级之前,几乎每个月我都会因病缺席几天。大白天躺在家里看电视,节目内容大多是教人如何做饭菜。起初只是不走心地瞅着,但是,看到老师教人做富有个性的饭菜时，其厨艺那么精湛，烹饪方法那么高超，我便被深深地吸引了。

做菜的基本知识一点点地入脑后，从白天到晚上，我着了迷似的追着看各个电视台的厨艺节目。多亏了这点爱好，我觉得自己一天下来，也获得了跟在学校学习滋味不同的充实感。真是塞翁失马，焉知非福呀。

到了小学高年级，我已经能够在母亲下班回到家之前完成晚餐的准备工序。虽然我的厨艺是随意拜师学来的，却也是各电视节目烹饪大师直接传授的。历经无数次失败，我逐渐掌握了如何根据食客的身体状况去调整火候的诀窍。

**回避生鲜食品，杜绝酒水**

由于有上述经历，有一天我向高仓主动请缨。我说："吃饭的事，我能够帮上忙吗？"不承想，这一问竟成了我改变高仓饮食生活的第一步。

一日之中，要尽量避免分量、食材等有所偏颇，要花心思吃得营养均衡一些。为此，我首先从了解高仓对食物的喜好以及讲究等方面入手：

（1）尽量避免生鲜食品，但鸡蛋盖浇饭的生鸡蛋和水果例外。

（2）饭菜和饮品要常温或温热的。冰冷的东西几乎都不要。偶尔吃的冰激凌例外。

（3）饭菜上桌了就别想剩下，所以分量要适当调整。

（4）没有鱼类食物也不要紧，肉食第一主义。外出就餐时的寿司例外。

（5）蔬菜类没有忌口。

（6）碳水化合物类最爱吃的是白米饭与意大利面食。

（7）就餐时上一个吃一个，一个没吃完不急着上下一个。

（8）杜绝酒水。

高仓常年偏好加热处理的饭菜，即便夏天也执着于常温或温热的饮品，是因为他想保持胃肠的平衡状态。他认为，这一点对职业演员来说是最低要求。

我牢牢记住这些要素，在配菜之际灵活运用。

偶尔有一天他会突然说："今天真想吃冰激凌啊！"其实，这话里面隐含着某种难忘的记忆。

"我一直很喜欢去一个叫东府屋（指静冈吉奈温泉）的旅馆小住。拍电影之前与伙伴们去合宿，或是拍完电影之后去解乏。这家旅馆主人有三个小孩，我一去，最小的那个儿子就边嘴里嚷嚷着'阿健、阿健'边跑到我身边来。入池泡温泉时也跟我粘在一起。

"来来回回次数多了，主客之间就心意相通了。有时，我会突然想起，当时我客串旅馆厨师，专门负责往苏珊薄煎饼里淋上含有橘子酒味的糖浆，并放在餐桌上烤热的工序。还经常往薄煎饼上盛放香草味冰激凌呢。一想到这些往事，我就想吃冰激凌啦！"

我想，但凡健康的人觉得想吃什么的时候，就是说明他身体希望摄取什么。因此，我会在控制总体卡路里的前提下，积极地回应他的呼声，灵活地做一些调整。

"去到馆子里，只要店方有人说'这是哪里哪里的什么什么，属于很难搞到手的食材……'，我就想出人意料地回应说：'我嘛，只要平常能够搞到手的好吃的东西就成。'你不觉得奇怪吗？先吃着看，我自己感兴趣了，自然就会问。在我没尝出味儿之前，不希望别人来多嘴。当然，为了不破坏场面上的氛围，我尽量做到不多说难听的话刺激对方。（笑）

"一道菜还没吃完，紧接着又端上下一道菜，这也是我忌讳的。总之，我不愿着急慌忙地用餐。下馆子嘛，饭菜做得好吃是天经地义吧？几个人一起撮一顿的时候，餐桌上的交谈也非常重要呢。"

受拘束的时间长，或是因拍片子生活不规律的情况常有，所以，一旦摆脱了工作，高仓最看重的就是吃饭的时间。总觉得，他不只是关注味道，更想调节好用餐的氛围。

## "老母亲很了不得。"——不吃鳗鱼的原因

少年时代，高仓体质非常虚弱。正如前面已经提过的，8岁的时候，他患上了肺浸润（肺结核初期的旧称），被迫休学一年。我从他口中得知当时的饮食生活在他成年后也产生了持续性的影响。

"老母亲很了不得！除了照料其他兄妹三人的吃喝之外，还要单独给我一个人开小灶。每天都是鳗鱼。是每天哟，从无例外。我想，多亏母亲的特别照顾，我的身子骨才没有垮掉。我居然还能够去南极、北极。先声明，我是去工作（指拍摄电影《南极物语》）！可不是去旅游观光哟！不过，主角是狗狗。（笑）"

我轻轻地点着头，以稍带调侃的口吻回应他说："是的！关于这件事，小人非常明白。"

"每当有人劝说'有家很好吃的鳗鱼店，我想领您去试试'，我也丝毫不感兴趣。这可不是站着说话不嫌腰疼，原因很简单，我就是不想吃。因为孩提时代吃腻啦。不管多么美味的东西，连续吃上三天也会腻烦的。何况我是连续一年呢……以前，连看到鳗鱼的图片都恶心。不过，现在看到别人在一旁享用鳗鱼，我也不觉得怎么样了。所以，你要是想吃的话，不要客气，尽管吃吧。尽管我消受不了。（笑）

"而且，母亲还言传身教节俭良俗，说，饭不能剩，一定要吃光！吃饭中途不可以离席。当时我正上中学，处于青春叛逆

期，所以常常在跟妈妈较劲儿。为啥呢？因为我对腥味变得比常人加倍敏感，鱼类菜肴实在难以下咽啊。

"尽管如此，家里毕竟还有其他兄妹在，不好一个人使着性子犟到底，最后的最后，我还是勉为其难地把它硬塞进嘴巴咽下去。这种吃法，根本谈不上好吃不好吃了。而且，每当这个节骨眼，鳗鱼的小骨头会经常卡在喉咙里。

"'嘴里满满地含上一口饭，一口气把鱼刺给我带下去！'母亲劈头盖脸地说，我却根本不听。'都怪妈妈！'我当时还敢顶嘴呢。总而言之，我对吃鱼这件事没有好印象。

"成年之后，我都不愿见到鳗鱼的影子。虽然表面颇为光鲜，可是去骨后的鱼身往往隐藏着骨头或刺儿。即便瞅一眼也会知道究竟，所以吃着吃着就没有食欲了。这都是儿童时代受到的精神外伤所致吧。

"所以，碗里无鱼也无所谓。寿司还是吃的。事先做过处理，没有鱼腥味，而且不带刺，我就信得过。不过，也只限于表面不怎么光鲜的那种。"

这些话听着也是十分实在的。

## "就吃这个,直到吃腻为止。"——蔬菜沙拉,佐以时鲜水果

配合他生活的节奏,一日备两餐,再加些轻便的夜宵。
第一餐,早午餐。

> 西式配餐一例
> 豆浆
> 西瓜汁
> 蛋类菜肴:煎蛋卷(纯蛋)加脆质熏咸肉的摊鸡蛋
> 吐司　橄榄油　抹陈皮果酱或覆盆子果酱或无花果果酱等
> 蔬菜沙拉　水果为杧果、核桃、开心果、杏仁做点缀
> 芳香醋与橄榄油沙拉调味汁
> 酸奶　添加蜂蜜

"对我们这代人而言,面包类的吐司,属于'大洋彼岸'的味道。我以前在一次偶然的机会下跟驻日美军军官的儿子舒尔茨结为好友,被人家邀请到家里做客,有幸品尝到了他母亲烤的面包。当时我心里在想,美国人平时就吃这么美味的东西,真令人羡慕!还有黄油的香气……我声明一下,那可不是人造黄油哟!

那种香味和吐司的味道相得益彰！是用我们那时候朝思暮想的脱脂奶粉做的。

"所以啊，对我来说，从面包店飘出的吐司香带着和平的意象。若是别墅的附近有家面包店该是多么棒呀！我会梦想着每天去买刚出炉的吐司。我以前想过，咖啡可以自己动手泡的，只要有家面包店，一个人怎么样都可以过日子。那种放了干果、不太甜的面包也挺好的。"

高仓喜爱吃全麦和干果类面包。因为他本人提出类似的要求，所以我在控制卡路里的前提下，在家里给他烤过形形色色的面包，例如，葡萄干奶油面包卷、肉桂油面包卷等，甚至还有丹麦风味的面包。

主食面包最好是那种咬起来没什么嚼劲儿，能够发出爽脆声响的。面包的最理想厚度如何把握？经过反复尝试切厚片、改薄片，最终定格在 13 毫米。

高仓最讲究怎么使用领豪（Russell Hobbs）弹跳式面包烤炉。烤制的时候，面包片见一点儿黄即出炉，然后蘸上橄榄油、蜂蜜，外加几种果酱。

"果酱嘛，只要眼睛看到面前摆放着各种口味的这类东西，就觉得幸福指数陡升。我们兄妹有四人，所以吃饭前，总得对自己要吃多少心里有盘算。因此，若是母亲说'这些是你的哟'，并分给你一份多的，那就是出人意料的奢侈了！如果果酱只让选择一种，我会选哪种呢？应该是陈皮果酱吧。我喜欢稍微带点苦味的。"

秘制果酱和甜点之类的要考虑如何控制甜味,于是我会辅以酸奶等,制作出浑然天成的、应时风味的品种。

至于饮品,每天早上都是鲜榨豆浆和用葡萄柚、橙子等柑橘类以及苹果现榨出的新鲜果汁。

"这果汁,很有夏天的感觉呢。红色很长人的精气神呢。"高仓尤其钟情于西瓜汁。为了让红色更醒目,我就把西瓜籽去掉。蛋类食物和厚片火腿或脆爽熏咸肉也是必上桌的。根据他当天的要求,还会给他做纯蛋煎蛋卷或西式炒鸡蛋(在鸡蛋中加入牛奶等搅拌,再用黄油煎炒)或温泉蛋……

极其费心劳神的是煎鸡蛋的火候如何把握。要做到比半熟还要稍软一点儿。高仓喜欢掬一些从中缓缓流出的蛋黄,蘸着面包有滋有味地慢慢品尝。

要是火用得太大了,他就会非常严肃地检测,并说:"今天蛋黄没流出来哟。(笑)"

**枫糖浆必须放在大水罐里**

寒风刺骨的季节,我就将饮品换作蔬菜汤,不过,除此之外的季节,主角还是蔬菜沙拉,用深口大碟子装得像座小山似的。

"就给我来这个,直到我说吃腻了要换别的为止。"

叶子菜中的主打是芝麻菜。其次,是从叶用莴苣、莜麦菜、菊苣、白菜等蔬菜中选出三四种拌在一起。还有,我会根据季节变化,在里面加上枇杷果、哈密瓜、洋梨、苹果、葡萄、无花果之类的水果;再从核桃、松仁、杏仁、开心果、腰果、榛果等坚果种类中选出数种拼凑成配菜。

调味汁采用精炼特制的橄榄油和意大利摩德纳产二十五年窖藏年份的芳香醋,加上几滴酱油做隐性作料,再撒上现磨的胡椒粉,均匀地搅和在一起之后,经典的调味汁就成功了。

以上就是高仓去世之前我几乎每天都给他做的沙拉。饭后,他还要喝滴滤式咖啡。

一到周末,还经常烤制面食点心。

高仓有个特殊癖好,要求"枫糖浆必须放在大水罐里"。面食点心的尺寸为大人的手掌大小,厚度要控制得当,烤好后,将两三片叠放在一起,然后上面放上邮票大小、厚度为5毫米的黄油。在确认黄油已融化,并渗透进去之后,他便说:

"你看,我会自己往上面浇枫糖浆,为啥呢?——因为我特别喜欢!"

这就是周末一种微不足道的乐趣。

"明天早上,我想喝粥,好久没喝了呀。提到粥,在日本给人的感觉是身体不舒服的时候,才捏着鼻子喝下的。可是呢,在外面(海外)则不同哟。配粥的食材多达几十种呢。在我的印象里,粥本身倒无所谓,主要是配料,那个奢侈啊!"

高仓有时出差去中国台湾地区、韩国之类的地方,他常回忆起那里的粥,以及冷天吃的杂烩煮。为了能够满足他前一天晚上提出的要求,我便开始着手准备食材。

## "好好烤哟。要烤好一点。"——惧怕生鲜鱼肉

晚餐,至少要花一个半到两个小时。

喝茶嘛,就配合着饭食性质,从绿茶,焙茶,茎茶,荞麦茶,中国茶(茉莉花茶、乌龙茶、龙井茶、铁观音等)的茶叶之中选择合适的,茶叶不同,杯子也要跟着变换。

高仓不喜欢把冷盘、副菜、主菜一股脑儿地摆放到餐桌上。所以我尽己所能地把全套工序提前做好,然后一道一道地做。用餐时,我俩一起吃完一道,再做下一道。

除日本菜之外,我尽量把菜肴搭配得丰富多彩一些。例如,中餐、意大利菜、越南菜、泰国菜等,以及以上述菜系为主的亚洲菜系的复合菜式。

举例如下:

中餐菜单

豆腐

粉丝沙拉(木耳、火腿、黄瓜、炒白芝麻)

橙汁炒茄子尖椒

橄榄油酱焖大葱(最后撒上手磨白芝麻)

辣味番茄酱啫对虾(一两尾)

腰果炒鸡肉(放红辣椒粉、青椒、大葱)

蛋炒饭(放榨菜)

中式汤

杏仁豆腐


意大利菜菜单

生火腿配无花果

卡布里沙拉（番茄、乳花干酪和生罗勒叶，精炼特制橄榄油）

蒜盐炒扇贝芦笋

羔羊肉排（芳香醋与覆盆子果酱沙司）

意大利面食（用精制橄榄油炒热大蒜、红辣椒，再炒意大利细面）

浓咖啡（Espresso）添加橘皮巧克力伴侣


"我喜欢意大利面条，尤其是正宗风格的。你能在面条的粗细方面下点功夫吗？"

高仓吃得最称心的是直径为1.4毫米的长面条，通称意大利细面条。哪怕是午餐，有时他也会说："好想吃意大利面条啊。"每当这时，亮相频率最高的还是用上述方式炒出来的意大利细面条（大蒜和鹰爪椒是主要提味作料。大蒜不是切成薄片，而是剁成粗粒儿，这样它跟面条拌在一起会更融合一些）。

其次，出场比较多的是热那亚面条（罗勒叶、大蒜、松仁做配料）。高仓酷爱坚果类。为迎合他的胃口，我会掺进比较多的大粒松仁碎，浇盖大量现磨碎的帕尔玛风味奶酪。

一年之中，排在配菜单上首位的是凉拌豆腐，与人体肌肤一般暖温的绢滤豆腐撒上生姜末和大葱碎，再浇上酱油，有时会做另一款秘制芝麻豆腐。在做好两三种蔬菜类的小菜之后，我不做他不爱吃的鱼类，而是用扇贝、乌贼、八爪鱼之类的做配菜。

贝类，不能做得太硬，而且一定要彻底加热。生牡蛎他不会碰，但是油炸牡蛎尤其爱吃。看到我戴着劳动手套剥牡蛎壳，他会说：

"噢，做得真起劲呢，牡蛎没有骨头，可以放心吃。"

说这话的时候，他的声音很轻柔。

将鲹鱼剖作三片，去骨，用油一炸，立刻大变身，成为他喜爱的美味佳肴。

有时，高仓又会提要求说：

"很久没尝过金枪鱼刺身啦，很想吃。"我会马上满足他的愿望。但是，他往往只是取一点儿放在碟子里，吃上一口就停下，说：

"这个嘛，还是帮我煎一下比较好。不……与其煎，不如'好好烤一烤'。"

这句话的意思就是他改变主意了。他想让我马上用橄榄油或葡萄柚籽油，将这道菜加工成意大利风味的蒜香烤鱼。

**"有股岩滩的气味！"**

我总会一边确认高仓的偏好，一边花着心思配菜，但有一次也做了一件乱出馊主意的傻事。事情的开头源于我在水产店里看

到了外表闪闪发光的时鲜秋刀鱼。于是,我不动声色地递了一句话给他:

"眼看着就是美味的秋刀鱼上市的季节啦。"

"我忌讳秋刀鱼。"果然不出我所料,他的回答很冰冷。

"我会剔掉鱼骨和鱼刺的,要不要尝尝鲜?"我冷不丁地切入了正题。

"不,不用了……"

"就一次也成,吃吃看嘛。"

"……"

"喂,就试一下嘛。"我甚至有点不罢休了。

"……这个嘛,你都说到这个分上了,尝一下也无妨。"

他居然做出了让步。

虽然如此,考虑到在我动手之前他有可能会说"还是算啦"之类的话,我还留了一手,告诉他会多备一些肉菜……

但是,高仓对那气味真的太敏感了。

烤面包的时候,整个家都弥漫着吐司的香甜气息,他总是满脸欢欣地说:"多好啊,多祥和的气息……"可是,眼前这个情况就大为不同。我在厨房里处理海鲜,食材已收进冰柜内,案板及水槽等地方也都用酒精除菌剂擦拭干净了。但高仓从一旁经过时,还是会瞬间停住脚步,问道:"呃?怎么有股岩滩的气味?"看他的反应,好像我要处理什么危险物品。

"闻得出来吗?"我这样问道。

"可别瞧不起人!你以为我是谁呀?(笑)"

听他这么反唇相讥，我不由得大喊一声"属下知罪"，向他表示歉意。

烹饪秋刀鱼的工序如下：

烧烤时要尽量控制烟雾量。对高仓来说，秋刀鱼那闪闪发光的外表是天敌，在盛放到碟子里之前要彻底剥去，其次，骨头与刺要悉数剔除。为了控制袅袅升起的烟雾，我用了长柄平底煎锅。看到这种架势，高仓会略显不安，不失时机地提醒我说："要下锅啦！好好烤哟。明白吗？烤好一点。"

秋刀鱼越是新鲜，烤好之后的皮就越好剥，就像脱去外套一样，毫不费事。我将鱼身左右开成两片，在确保整体造型不散架的前提下，用专门的剔骨器具剔除鱼骨、鱼刺。

不管做得如何，我还是希望高仓能够趁着温热吃上鱼肉，可是，鱼骨、鱼刺比我想象的还要多，我不得不面对这个现实。此时，心头不觉掠过阵阵悔意。为啥偏偏要选择自己爱吃的秋刀鱼去做烤鱼的头牌标的呢？！若是当初挑些体型更大一点儿的、刺少一些的鱼该多好啊！我心里就这么天南海北地胡思乱想着，可是也为时已晚……

秋刀鱼总算烤好了，再加上代代酸橙和萝卜末，所有工序宣告结束。当我把盛放着（貌似）无骨无刺的秋刀鱼盘子放到高仓面前的托盘时，他两眼直勾勾地猛盯了一阵子那盘子，之后下了很大决心似的操起筷子吃了第一口。

我目不转睛地看着这一切。他似乎已有察觉，就笑着对我说："不要看我，吃自己的吧。"我心头的一块石头总算落了地，便开始大快朵颐地吃起自己那份连骨带刺的秋刀鱼。盛到高仓盘子里的秋刀鱼在顺利地减少，可就在我以为烹饪成功时，不承想高仓突然指着盘子说道：

"吃完啦——！多谢款待……代代酸橙和萝卜末真好吃啊！"

顺着他所指的方向望去，确实发现盘子上残留着一小口带有几根小刺的秋刀鱼肉。我"哦"了一声，深深地叹了一口气，连忙低下头赔不是："实在不好意思！"

在弄砸这项挑战之后，电视上才马后炮似的播出渔业协会人士介绍如何一气呵成地剔除秋刀鱼骨头的节目，但是打那以后，我再也没有提及秋刀鱼的话题。

尽管如此，有时我还会向他说明鱼的脂肪对身体如何如何好。有人从北海道寄来一种用喜知次鱼（大翅鲪鲉的别名）晒得半干的海鱼肉干。但凡是大骨头的鱼，我就会将占了鱼身一半的骨头和鱼刺部分全部剔除掉，然后做成蒜香风味的烤鱼。

我就是用这种方式，使尽浑身解数，不让高仓关闭对鱼肉食品的兴趣之门。

## "今天'饥肠辘辘'!"——高仓风格的空腹指数

高仓外出之际,需要确认的事项有:车钥匙、手提电话,以及"今天晚饭吃啥"。

"还没确定,不过,肉是必需的。"

听到我这样回应,他原本有些紧张的面部表情又变得缓和了,说道:

"真开心,有肉呢。快点定菜单吧。"

每周七天肉菜的具体内容是,鸡、鸭、猪、牛、羊、牛、猪,我会尽量安排得不重样,同时会考虑与其他配菜之间的相生相克。

及至高仓晚年,牛排分量经常会在 100～150 克之间调节。我会用比肉菜多一倍分量的蔬菜,或蒸或烤做成配菜,均匀地掺入一些色彩,而且尽量多地配上大蒜片或豆瓣菜之类的辅助食材。

烤肉的火候,常态模式是"烤好一点"。高仓若是表现出一丁点儿不对劲,我就马上返工。为了能够将烤肉的味道保持长久一点儿,我对盘子的温度也十分注意。

高仓吃牛扒喜欢蘸着芥末和酱油。

高仓每天早上会定时测体重、体脂以及血压。他似乎已经养成控制每天食量的习惯,因为他明白为了维持正常的体重和身体状况,再喜爱的食物也得适量摄取。

外出过程中，若是吃了什么东西，包括零食类，回到家里他都会一一报告。例如，去了固定的那家理发店回来后会说，"今天吃了益力多和饼干"啦，"只跟某某人一起吃了中式鸡肉荞麦面"啦，如此等等。

**"今天还'有点饿'。"**

回到家里的第一句话，基本上不是"我回来啦"，而是报告饥肠辘辘的指数（这是高仓形容饿肚子程度的方式）。有时他会说："今天饥肠辘辘，能吃点什么吗？"有时则会说："今天还'有点饿'。想先喝点茶。"他会以这种方式告诉我肚子饿的程度。

高仓去海外拍摄外景时买回来的东西，基本上都是自己用的衣服、鞋子和包包。有时也会买一些餐具组合（刀子、叉子、勺子），说是"看起来太漂亮啦"。可以看出高仓对饮食的兴趣在与日俱增。

高仓觉得在餐桌上弄出"咔嚓咔嚓"的声响会令人厌烦，所以我基本上是将食物切成块状盛放在碟子里，这样就可以用筷子尽情享用。不过，有时碰巧了，就摆上高仓喜爱的餐具组合。这时候，就能够听他愉快地讲述在外景地的奇闻趣事了。

有些时候，他也会一边看杂志或电视上的烹饪节目，一边心血来潮地突然提出特别的要求：

"你来一下！我想试试这个。做得出来吗？"这种情况不在少数。

只要食材能够备齐，我就说："我准备一下，做个山寨版的吧。"我会留心减少油分，把味道尽量做得清淡些，然后尽己所能地在晚上的餐桌上再现出他所期待的新菜式。

"速度快，我才喜欢哟！"这是高仓的口头禅之一。其实，这只是后半句话，完整的意思就是："慢活儿谁都会。速度快，我才喜欢哟！"

## "'森林的伙伴们'也不错。"——此生最后一次聚餐

"假若有人问,死前最后一顿饭菜吃什么好,我会如何选择呢?有很多,很多……选'森林的伙伴们'也不错,咖喱也令人难以割舍。嗯——真不好选啊。对了,就是它了!多加一点点酱油的鸡蛋盖浇饭。拜托啦。"

"淋在鸡蛋上的酱油",是高仓饮食菜单上当家元素之一。

所谓"森林的伙伴们",说到底,就是中餐咕噜肉的牛肉版。用猪牙花淀粉把肥牛肉码一码,披上一层面衣,先用油炸一下定型;然后以大蒜为底料,加上灰树花、红辣椒粉、银杏以及西兰花等食材一起爆炒,最后用甜醋酱油调味,这道菜就成了。高仓酷爱这道菜。为了控制热量,我没有采用油炸的办法,而是用烘烤。

刚开始做的时候,他问道:"这道菜叫什么呀?"这道菜根本不需要鱼贝类食材,出于这一个纯粹的理由,我就给它命名为"森林的伙伴们"了。这道菜简单方便,只用森林里采集的食材就可以办妥。

我非常注重菜肴的营养平衡,蔬菜占据其总量的六成,其余用鱼、肉以及碳水化合物补充。高仓也很喜欢吃大米,为了让他能够吃到刚出锅的米饭,我会细心留意他用餐的进度,适时地接通电饭煲的电源。他一般都是白米饭配味噌汤和咸泡菜。

在主要的菜肴上完之后,我还做一些他当天随机选择的爱吃

的主食，诸如意大利面条、荞麦面、乌冬面、米粉等面食，或者炒饭等，以确保他每天用餐都有满足感。

**"有点儿占了便宜的感觉呢。"**

"听着就觉得舒坦呢。"

高仓喜欢砧板与菜刀碰撞的声响。

他在家里最常坐的地方，就是厨房里白色圆桌旁的椅子。据我了解，他从来没有打开过冰箱的门。

晚饭后，他就在客厅里看电影。电影结束后，还要吃夜宵。这是他垫肚子的密钥，似乎有些悖理。

热牛奶配一小块吐司，或者脆饼配卡芒贝尔干酪和果酱做搭配，或者随手抓几块硬质奶酪或帕尔玛风味意大利奶酪。或者来点儿小分量的烤饭团，外加味噌汤，或者小钵稻庭乌冬面……

"吃夜宵的时候，这些东西能够迅速端上来，确实让人有点儿占了便宜的感觉呢。（笑）"

这是我一整天跟高仓围着餐桌表演对手戏的谢幕环节——

"谢谢款待。"

餐桌上总是洋溢着高仓的笑声。

## "这啼声真是越来越好听了!"——与院子里群鸟的对话

"喂,你听听……"

高仓对着院子里的树上吹起了鸟笛。

"啾——啾——啾啾啾啾啾,啾啾啾啾。"

他模仿得活灵活现,那简直就是小鸟在鸣叫,令我惊讶不已。看到我这表情,高仓莞尔一笑,便又来了一遍:

"啾啾啾啾啾啾啾啾。"

他拿在手里的鸟笛,有锂电池那么大小,是一种将金属螺栓插入圆筒形木棒正中间做成的小物件。玩的时候,把螺栓那头攥在两手掌之间,然后快速地左右搓动,发出鸟鸣的声音。

高仓总是这样,用出差时顺便买回来的形形色色的笛子,分别与不同的鸟儿对话。

"院子里就这么几棵树木,鸟儿们却啾啾啾地聚过来。我呢,又实在不愿意被人偷窥家里的情况,所以起初想用混凝土建一面跟房屋一样高的护墙。但是,当我跟负责设计的人说出这个想法时,对方却说:'呃,这个——请让我再考虑考虑。'在其他事情上,对方都能很爽快地满足我的要求,可是,关于这件事,他的态度就变得很慎重了。总之,舍弃混凝土高墙,改成今天这样,种上树木,才是人间正道啊。"

新建这栋房子的时候,为了阻挡外人的视线,我们种下了冬青、小叶青冈之类的小树苗。历经十年岁月,它们成长了,也充分发挥了绿色护墙的作用。

早上,将房子四面的窗户全打开,让穿越在树木间的风吹进室内。斗转星移,四季变换。种种音色、香气随风潜入,与高仓之间的对话也因此变得兴致更浓。

**年历里的"莺初啼"**

"咦?'嚯——嚯——'之后就没声儿了呢。看来并不是上来就能得心应手啊。"

高仓竖起耳朵在细心地听着报春鸟黄莺的鸣叫声。橄榄色的小身段黄莺躲藏在树冠里,很难看到它的身影。不过,它反复发出"嚯——嚯——""嚯——嚯——"的清脆悦耳的鸣叫声,让我们感觉到了春天的气息。

"莺初啼",每年随着鸟类挂历刊出,高仓都会在上面写上这几个字。差不多再过两周到一个月,几乎在每天上午和傍晚的相同时间段,黄莺都会来。

"嚯——"高仓颇为欢欣,"这啼叫声真是越来越好听了!"他屡屡停下手来,侧耳细听。接在"嚯——嚯唧唧"之后,又是一阵"唧唧唧唧唧唧唧唧"的声音。

落叶树又抽出嫩芽,随着绿叶日渐青翠欲滴,黄莺的鸣叫声也逐渐变得有力。

春风裹带而来的是岁月静好。

## "夏天就是因为热,才会称其为夏天呀!傻瓜!"——酷爱短裤的季节

到了盛夏时节,家里吹进风的机会逐渐减少。尽管如此,他仍然说:"要不今天,开开门窗吧?"执意要往室内通通外面的空气。我打开客厅的玻璃门,一股热腾腾的气流便扑面而来。看到我"啊"的一声、欲开又关的样子,高仓便大笑着说道:

"在日本啊,夏天就是因为热,才会称其为夏天呀!若是冷了,那就吓死人啦。傻瓜!"拍摄拍立得相片是高仓的业余爱好。他会在拍立得照片的余白处写上"笑击"之类的评语,以此代替图文并茂的日记。

那一天,他对我说"给我拍一张",要我给他拍张生活照。于是,我就拍下了他身穿保罗衫的照片。照片出来后,他在上面写了几句话:"夏天,就是得热!傻瓜,加油哟!"

夏天是高仓非常喜欢的季节,因为他可以穿上自己心爱的短裤。"很合身呢!"就是这样,他每年都要再买一些短裤,也会处理掉一些,总之,要常备三十条左右。其中最多的是亚麻色系的麻质料短裤和牛仔短裤,裤长都不过膝盖。高仓的腿长且直,这样穿着,更凸显其挺拔帅气的气质。

另外,夏天也是一年一度泳衣总盘点的季节。他的泳衣不是用来游泳的,而是在自家院子里晒日光浴时穿的。

为了使那三十余件的泳衣能够一目了然地分清花色,我将专

用抽屉仔细地整理了一下，方便每次从抽屉里挑出他想穿的那一件。我记得，高仓在65岁之后的某一天对我说："这件是四十来岁的时候穿过的，今天就挑它吧。"这倒是让我想起，他身穿红白相间的泳衣，或鲜绿色条纹状两件套，尽情沐浴在夏日阳光里的情形。

虽然他的腹肌没有呈现六大块的形状，但肚子上也没有松弛的赘肉，保持着颇为健美的体型。

"很久以前（指高仓还在东映的时候），有段时间，每到周末我都要往返于日本和夏威夷，在火奴鲁鲁的怀基基沙滩上把浑身晒得焦黄了才回来，来来回回就为了这个。在海边一躺下就仿佛昏睡了过去，根本没意识到会被阳光灼伤，简直贻笑大方呢。不过那时候太累了。集中精力地拍电影，拍完了，就想一刻不耽误地换一个环境，离开日本，不用被人整天死死盯住。

"然而后来去怀基基的日本人也逐渐增多，感觉待着也没那么舒服。如今不用去夏威夷了，在这儿就可以好好休息了。（笑）"

高仓会搬出折叠床，铺上大码浴巾，然后躺在上面听弗拉明戈吉他或伴着潮音的草裙舞之类的音乐，或者浏览杂志。享受了个把小时日光浴之后，再做做伸展运动、跳跳绳，最后冲个澡。

手里拿着本书作者秘制的面包,绽放出灿烂的笑容。

拍立得照片上写着"笑击"的评语。

残暑未消的时节,他就上身穿着夏令针织套衫,下身配上短裤。即使在寒冬腊月,只要和煦的阳光给面子,他有时也会披着毛毯去享受朔风的清凉。

**"那帮家伙不可饶恕。"——心情如同"骷髅13"**

"那是啥声音?"

高仓抬眼望着书库的玻璃房顶。于是,我也竖起耳朵跟他一起细听。只听到"砰——砰——""咣当——""乓乓乓乓",各种各样的声响不绝于耳。

真相是橡子在捣鬼。伴随着树叶飘落,隔壁家那棵巨大的橡树上,开始气势汹汹地掉落长达2厘米的橡子。

"砰——砰""咣咣咣""咔嚓——"。

橡子先是在屋顶上弹跳,接着滚落下来,掉到地面的落叶上,便发出了这样奇异的声响。

橡子的帽子碰到玻璃时,声音会变成沉闷的"咚咚"声。

也能听到啄木鸟用鸟喙敲打树干的"笃笃"声。

"居然能听到这么多不同的声音,真是奇声喧哗,耳不暇接啊!"

高仓倚在书库里的扶手椅上,一边看书,一边领略着不速之客——橡子热情送来的悦耳声音,惬意地度过秋日。

"眼看着,快能喝上可可茶啦。"高仓说。

**"种得值啊!"**

"这火棘树(即常磐山楂子)嘛,是我去阿馆先生(即馆丰夫,当时任三菱汽车工业公司会长)府上做客时一眼看中的。

那天树上正好挂着红红的果子呢。我向阿馆先生请教：'原谅我不学无术，请问这是什么树？'回来后，我立即在院子里请人栽了一两棵，如今长得很喜人。一看到这红红的果实，我就特别长精神。"

火棘树到了五六月份就会开出白色的小花儿，过了十月中旬，枝杈上便挂上直径 5~7 毫米的红色、橙色或是黄色的果子。高仓最爱的这两棵树果实累累，直径 8 厘米左右的枝条居然被压弯了。树长着长着，竟形成了一个"红色隧道"的造型。

"真不错呀，就凭这一点，种得值啊！"

高仓志得意满地望着它们，不过盼望果实成熟的，并不只高仓一人。

似乎斑鸫、绣眼鸟以及鹎鸟们等不及果实释放毒素，便开始来摇晃树杈了。

"也没人帮它们尝尝是否有毒，那它们是怎么知道的呀？就这么眼巴巴地看着这帮家伙把果实给吃完，总觉得心有不甘啊。（笑）有什么好法子？"高仓的野性终于原形毕露，我不胜欢欣。

高仓还为此作了一首俳句：

> 满树山楂子
>
> 微微染上斑斓色
>
> 百鸟来聒噪

可能是环境变化所致吧，成群的蓝鹊也来啄食果实了。它们会发出极其刺耳的叫声吓唬其他鸟儿。有一天，高仓回到家里，十分惊讶，忙问："火棘树怎么啦？"原来，仅仅一天时间，树上的果实几乎被鸟儿们吃光啦！

打那之后，一听到兰鹊的叫声，高仓便单手端起玩具枪，吼道："那帮家伙不可饶恕！"说时迟那时快，他一闪身，便隐藏到了玻璃门的后面。

此时此刻，他的心情如同"骷髅13"。

"别出声！"他做出架势比画着，动作是那么认真，脸上还洋溢着天真无邪的笑容。这一刻，他的形象铭刻在我的眼里。

## "被称赞身板有型还是第一次呢。"——自家的弹性菜单

"来吧,今天早上也测测吧。"

他说的是体重、体脂以及血压。

高仓的自我管理始自每天早上定时测量上述三大基本数值。

每个月都根据记录在日历上的数据制作出折线图表,一旦有大变化,马上就能够察觉。

早餐前,高仓会花上半个小时左右放松身体。在体育馆健身房里,高仓做的都是高强度训练,所以在他眼里,我偶尔做的伸展运动反倒显得格外新鲜,似乎颇有兴趣。我十几岁的时候学过新体操系列的准备体操,如今我把它改编成了具有自己风格的健身运动。

下面是伸展运动一例:

(1) 深呼吸,目的是让刚睡醒的僵硬肌肉重启;

(2) 放松手腕;

(3) 颈部伸展运动,前后摆动、左右摆动、左转、右转;

(4) 肩部扭转和手腕扭转;

(5) 立定前屈和前屈扭体;

(6) 四股①和绷肩;

---

① 相扑的基本动作之一,双腿呈叉开姿势,手置于膝上,交替高抬两腿,用力踩下。

(7)大臀肌肉运动,两脚前后错开,下沉腰部;

(8)坐式前屈与单腿前屈;

(9)叉腿伸展运动与侧身运动;

(10)扭体姿势(瑜伽体式之半鱼王式)。

有时,高仓可以轻而易举地完成双腿分开的坐体前屈运动,还会兴高采烈地说:"今天胸部很轻松地触到了地面呢。"但是有时就没那么顺利了。于是他又略显懊恼地抱怨道:"唉——今天太勉强啦。"我们经常反思动作编排的优缺点,不断完善运动项目。总之,我俩早晚会各进行一次面对面的运动。

最后的结束动作,是我俩背靠背,相互缠住对方的手腕,轮流背起对方做"背部拉伸运动"。

高仓会要求:"总得喊喊号子什么的呀。"于是,我对他发号令:"一——二,一——二。"这样一来,真有点儿参加社内体育运动训练班的感觉,我们很享受这快乐的时光。

高仓晚年的健身目标是练出柔韧肌肉,以防受伤。他非常注意这方面的锻炼,甚至会一边看电视,一边利用伸展运动专用的橡皮圈,认认真真地活动自己的胳膊和腿部。

高仓身高 180 厘米,体重一直保持在 70 公斤左右。

有一天,我端详着高仓挺拔的腰杆和左右对称的上半身,以及毫无瑕疵的笔直大长腿,对他说道:"您的身材真有型呢。"

"若是夸我'性格真好',或是'声音好听、有魅力',我会非常开心的。可是,被称赞身板有型还是有生以来第一次呢。仅凭这一点，就得感谢父母呢。"高仓笑着回答说。

"若是在外景地拍电影，就去不了健身房，只好一个劲儿地跑步。我做事一向从身上的穿戴着手（笑），试穿过各种品牌的鞋子。一旦喜欢上哪双鞋，即便穿破底了，也会换个鞋底继续穿。所以即便鞋子破了底，也会因为对它有感情而不愿处理掉。这里摆着的都是我穿旧的。"

鞋柜里横向排列着一大串慢跑鞋，有二十来双。每双鞋子上都铭记着一段美好的回忆："这双曾经带去过××地方，这双是在巴黎慢跑时穿过的……"高仓记忆力惊人，对鞋子如此讲究，也让我不胜惊奇。

**"不去健身房，心里就不踏实。"**

"像我这种，不去健身房，心里就不踏实的人，不能说是幸福之人。总是对自己紧追不放，这样对精神上没有好处。

"在东映拍电影达到顶峰的时期，我会经常去注射维他命——那时候称之为大蒜针，注射了这东西，还要跟公司打着马虎眼儿坚持工作。长此下去，身体会垮掉的！我已经预感自己身体快达到极限，所以打那以后，我就开始去健身房正儿八经地锻炼身体了。

"我玩命儿似的健身。后来，外界知道了我去哪家健身房锻炼，就一起跑来看我健身，导致我难以从容淡定地干自己的事情了。

"在结束漫长的外景拍摄之后，久违地去了一趟健身房。到那儿一看，肌肉的力气已大幅回落，根本做不到以前的次数。反正身旁也没有竞争对手，要说状态凑合也还凑合。但是，一想到被人大眼瞪着，说不定心里还在想着'阿健怎么回事，动作跟以前不太一样啊'，我会觉得别扭，于是就不想去了。你说，我这么想是不是很奇怪？

"建这房子的时候，为啥就没想到弄一间健身房呢？如果再翻新宅子，一定要造一间专用的健身房，要把四面墙都做成镜子。这样的话，一整天都可以活动身子骨喽。"

他没有失去雄心，一直致力于打造"魅力四射"的身板。

实际上，为了能够"魅力四射"，不仅要做活动身子骨的锻炼，保持气力的要素也不可或缺。高仓的盥洗室墙壁上挂着日历，那也是他的备忘录记事板。上面主要记着日程表以及每天的健康情况参数。此外，还标记着有雪人形象的"大雪""春一号"①"入梅"等气候信息，以及十分感动的话语、令人气愤的事情等。总之，上面密密麻麻地写满了各种各样的记忆。

肚子有点状况的时候，就是"弗拉基米尔·克利钦科"；提不起精气神的日子就成了"老态龙钟阿吉"。还有什么"嘎吱嘎吱骨"啦，"癞蛤蟆垫腿——硬扛着的平家蟹"等，这些都是高仓自主研发的独特话语。每当回看这些的时候，我都会情不自禁地绽放笑容。

上面还记着一些激励自己的警句：

---

① 日本立春后最早刮起的强劲南风，被视为春天到来的象征。

"老骥伏枥，志在千里"。（出自中国东汉末年曹操的诗文《龟虽寿》，意为：骏马衰老，被拴在马厩里，仍然不失驰骋千里的志向。）

"疾风知劲草"。（出自《东观汉记·王霸传》，原文为"颍川从我者皆逝，而子独留，始验疾风知劲草"。意为：遭逢苦难，才知道人的节操之坚，意志之强。）

"艰难困苦，玉汝于成"。（演变自北宋哲学家张载《西铭》，意为：经得起劳苦、困难，才能造就杰出的人格。）

"若没有忍耐与努力，就不能变得成熟，只会变作纯粹的老朽——刚一"。

各种文字，体量颇大，若是全部照录，足够编一本书了。

## "似乎被人当成行迹诡异的人了。"——夜间溜达惹出来的事端

高仓本人正如他所扮演的人物形象一样,在私生活方面也始终贯彻着斯多葛派信徒式的作风①。据说在东映工作的那段时期,他曾每月造访一次京都的某寺院,进行淋瀑修炼(即"泷行"②)。

"隆冬的水,寒冷刺骨!好冷好冷的。你没试过瀑布修行吧?(我回答:'是的,没试过。')瀑布旁边很难靠近。可不能小看它哟!(我连忙抢着话头说:'不敢不敢。')

"最需要注意的是什么呢?是呼吸。身体会有生理性反应。水太冰冷了,人的呼吸会一下子停住,一下子就失神了。大声念诵经文是为了保持呼吸,总之就是要大声念出来。所以我从一开始就先学会怎么念经。"

总之,瀑布修行的经验之谈屡屡成为我们之间的热门话题。

"木刀素振"③ 也是高仓的日课之一。

---

① 古希腊斯多葛学派,由塞浦路斯人芝诺于公元前300年创立,也作斯多亚学派。该派信徒坚守禁欲主义信条,由此称信守此类作风者为斯多葛主义者。

② 日本人传统修行方式之一,在瀑布底下进行的修行,是密教、修验道、神道的修行方法之一。有时也用在武道团体测试根性或电视节目的处罚游戏。

③ 日本传统的技击训练项目,空舞木刀。

"听着,首先要吐气!把废气吐干净了,人就会自然地深呼吸啦。第一,吐气。知道吗?记住啦!若是感觉气虚,你就试试看。呼了再吸,有意识地重复这个动作,你的呼吸就会变得均匀,就会越来越深。"

呼哧呼哧,呼哧呼哧——只要不下雨,他每天早上都在院子里一边大口大口地吐着气,一边舞动木刀上百次。他事先准备好数柄重量和粗细程度不同的木刀,每天根据自己的身体情况随机选用。

"有点眼花啦。"

高仓晚年常去的那家健身房停业了,以此为契机,他的居家锻炼项目在原有的耍木刀、跳绳、玩哑铃、盘健身管等健身器材的基础之上,又增加了晚餐后漫步项目。

"目标是每天一万步。要是有个计步器就好啦!"

高仓的座右铭就是"快乐始自工具"。平时的代步工具是小车,所以一天走一万步,并不是一个轻而易举能逾越的难关。但是高仓每天起床后,就将计步器往裤子口袋里一揣,连在家里移动的步数也算进目标总账了。

"今天是××步哟。"回到家里,他会马上确认计步器上的数据。若是不满一万步的话,晚饭后会以漫步方式补上。

"今天,跟一个人擦肩而过,对方居然对我点头打招呼了。"有时他会遇到这样令人愉快的逸事。但是,有时也会惹来意想不到的"麻烦事"。

"糟糕!好像被人误认为行迹诡异的人了。今天我按照平时设计的路线走,明明看到前方很远的地方有一位女士,我还是呼哧呼哧地一边喘着粗气,一边鼓着气地往前走,眼看着我跟她之间的距离缩短了。那女士意识到我的动静,略微一转身回过头来,一刹那,在那不知她眼睛的余光瞅着我了还是没瞅着,就突然加快了步伐。所以,我便放慢了速度,马上换了个路线回来。我是不是吓着人家了?"

回到家中的高仓一直在反省自己。身材修长的男子,头上戴着无檐帽,有时脸上还蒙着口罩,深夜在道路上游荡,这架势的确有些令人头皮发麻。发生过这件事之后,他就改变了做法。比如,一发现自己前面有人,立即变更漫步路线。

他会每个季节变换一下运动行头。鞋子挑选 Patrick、Newbalance 或 Puma 之类的牌子;为了防止夜间在道路上发生事故,还想了个办法,在上面分别贴上反射条。

下暴雨或大雪的日子,他就在脚脖子上裹上沙袋,在自家的楼梯上来来回回走动当作锻炼。他会一边大幅度甩着胳膊,一边在室内快步转悠。有时走到一半突然喊一声:"啊!有点晕头了!"便调转方向继续转悠。

看他那神情,真快活呀。瞧见我笑着看他,他似乎特别满足,说:

"这有啥好笑的呀!——该运动的时候就得运动!可别掉以轻心哟!(笑)不过呢,差不多就行了吧?"

## "听不清的话,一定要提醒我!"——滑舌训练

"我记得,在拍摄电影《海峡》的时候,录音组的红谷愃一先生曾提醒过我,说:'阿健先生在说台词的时候,总是有意识地用低音。'我的声音嘛,听起来好像含含混混的,听不清楚。不过,据说戴上耳机再听的话就非常入耳。他还颇为肯定地说:'我们可以通过声音判别演员的身体状况。阿健先生,您平时养生做得很到位呢。'红谷先生对台词要求极其高,能被他这么说,真的让人印象深刻。"

从《野性的证明》到《铁道员》,共七部片子,都是红谷先生为高仓服务的。

或许是真的对"入耳舒适度"有所意识吧,高仓进行的自主训练菜单里,也包含着滑舌训练。

(1)舌部肌肉训练。

反复将舌头使劲伸出来、卷进去;

用舌尖左右交互并缓慢地划拉上下嘴唇内侧;

张大嘴巴,发出"啊,欸,依,呜,欸,噢,啊,噢"[①] 等元音。

(2)绕口令。

出演电影《高手》时,他接受了语音训练师的特别训练,

---

① 日语元音绕口令,日本演员训练台词时必做项目。

要求他以最快的速度复述如下英文文本内容：

She sells seashells by the seashore.

If a dog chews shoes, whose shoes does he choose?

The rain in Spain stays mainly in the plain.

Luke Luck likes lakes.

Luke's duck likes lakes.

Luke Luck licks lakes.

Luck's duck licks lakes.

Duck takes licks in lakes Luke Luck likes.

Luke Luck takes licks in lakes duck likes.

Peter Piper picked a peck of picked peppers.

A peck of pickled peppers Peter Piper picked.

If Peter Piper picked a peck of pickled peppers,

where's the peck of pickled peppers Peter Piper picked?

（3）朗诵初次阅读的文章。

晚年的高仓又增加了这项训练，成了他早午餐之后的必修课。

"准备好了就给我信号示意。"等我发出指令之后，他便用书店里买来的朗读训练书开始训练。每次一定要测时间。按理说上了岁数语速会相对较慢，但是，他总是能以超越年龄的预期快速完成，从而更激发了斗志，使训练进入良性循环。

朗读无意间翻开的报纸、杂志页面上的文章也是重要的训练手法，每当这时，他同样意气昂扬。他说："要是听不清楚，或是我读错了的话,一定要提醒我哟!要是我不能字正腔圆地讲台词了,那么就算再哭着喊着说想工作,也只会成为被人训斥的混账,巴不得我别再去片场了呢!这可不行呢,所以你得好好陪着我练习。"

高仓还让牙科医生制作了厚度不一的数种牙套,根据需要分类使用。为了不让大牙咬合力衰退,他又进一步锻炼下巴,确保自己的面部线条不松弛。

## "我可是很纤细的呀。"——私家体能管理秘籍

体能管理当然也包括不受伤、不感冒。如果不得不去稠人广坐的场合，口罩是必备品。

"去外面购物时，一定要戴口罩，别忘记啦！"

确保高仓不感冒的责任，理所当然地落在了我的肩上。

高仓在家里最为注重的是光脚进出的盥洗室。那里除了镜子之外，不能有锐利的东西。比头部高的地方不可以放置刀具，这些方面都要做得很彻底。

刷牙时用的杯子是抗菌塑料制品，它跟抗菌洗手液凝胶一样，都成了他拍摄外景期间的必需品。

为了不让手腕或身体其他部位被撞伤，以至于出现青肿，家具要么削掉四个角，要么贴上护角。对付不知什么时候形成的青肿，就用具有促进血液循环和保湿功能的喜辽妥软膏；撞伤或轻微的扭伤则用经皮复合消炎药 ELADERM 软膏治疗，这些药品也都是他的常备药。

高仓防卫本能的天线始终是敏感的。哪怕是盥洗室的一两厘米微小的段差，他都十分在意。为此他会抱怨："这里，就不能想办法解决吗？"所以，为了不磕伤他的脚指甲，我就用橡胶垫把那里铺平了。室内穿的拖鞋也不是凉鞋风格，一年到头只穿着那种连脚趾尖儿都能稳妥裹实的款式。

"还是这双穿着舒服，帮我缝一缝！"高仓已经多次请求我

为他修补这双羊皮居家拖鞋了。据说,那还是他拍《南极物语》的时候连同其他东西一起买回来的,是最后一双断码拖鞋。

每当鞋子的脚尖接缝处绽开之际,我就会问:"这次用什么颜色的线缝呀?"然后我换成他所希望的颜色的线,给他缝得仔仔细细、服服帖帖。

"穿着它,心里踏实啊!"

那双能够保护高仓脚趾不受伤害的好伙计,在去拍摄外景的时候也会与他同行。

**超级干燥的肌肤**

"不行啊!得走点心!我可是很纤细的呀。(笑)"

高仓的弱点是肌肤超级干燥,因此,全身保湿护理是不可缺少的。

"这是别人送给我的,叫我试着用用,也不知道适不适合我的皮肤。"

了解高仓肌肤特质的亲友们给他推荐了五花八门的保湿护肤品,但是,对他肌肤最有亲和力的还是巴尔茨护肤水(即甘油液)。这是明治时期来到日本的欧文·冯·巴尔茨①医生研发出来的,对皲裂和皲裂性湿疹等有治疗作用。

---

① 欧文·冯·巴尔茨(1849—1913),德国医学家,1876年到日本,在东京医学校任教师,为现代医学做出贡献,1905年回国著有《巴尔茨日记》。

据高仓说,以前经常看到他母亲给父亲涂抹巴尔茨护肤水,由此可见,他似乎是遗传了父亲的干性肌肤体质。

"是很久以前的事情了。为了掩盖脚后跟的龟裂,我贴上了肤色系的创可贴,靠这种土办法拍摄了《任侠》系列的电影海报。唯有母亲看了这些海报,发现我贴着创可贴。母亲非常心疼我,心里一直惦记着:这怎么老是治不好呢?无论在拍摄现场,还是在看了海报之后,没有一个工作人员看出破绽,可母亲就是不一样,真让我心存感激。

"皲裂这毛病,就跟过年时镜饼①上的裂纹一样。我可不是什么饼子,是活生生的肉体凡胎,肌肤一开裂,血马上就渗出来。可是拍电影的过程中,我是必须走动的,所以那个痛呀,简直受不了!

"然而拍摄《千里走单骑》的时候,工作人员总是夸我,说:'高仓先生的脚后跟,比女人的都漂亮!'那人始终跟前跟后地为我精心护理,的确不容易啊!Thank you!"

高仓一从中国拍完外景回来,就喜不自禁地跟我说了这些话。

为了找到对症高仓脚后跟皲裂的软膏,我可花费了不少时间,但价钱跟疗效未必能够成正比。而且,若是涂抹了不对路的软膏,创可贴就得再次出马了。

就这样,我好不容易找到了一种含有芦荟成分的软膏

---

① 日本家庭在新年祭祀神灵时供奉的扁圆形年糕。

ALOINS Eaude Cream S。在穿袜子之前，先用巴尔茨护肤水将患处渗透一下打个底，然后涂上这种软膏就行啦。到了隆冬，干燥会加剧，这时就将 ALOINS Eaude Cream S 换成 Schrunden cream（德国产）。总之，一年四季都要坚持不懈地护理。功夫不负有心人，后来，他的皲裂毛病总算彻底治好了。

## "找个什么东西吓我一下吧。"——为打嗝而烦恼

"要洗手哟。"

高仓一回到家里,就立即漱口,并认真地洗手,这是雷打不动的习惯。之后,在手上涂上一层薄薄的护手霜。每当这时,我总会看着覆盖在他两只手背上的"污渍"。

有一次,他可能发现我在看他,便盯着自己的手背注视了一会儿,然后冷不丁地对我说道:"这可是我的勋章哟。"

关于手背上的"污渍",高仓在接受访谈时这样说道:

"我觉得,这双手就是我本人的履历书。不过有一次,有个人觉得我手上有污渍,便心生怜悯,还专门为我写了一些文字。我感到很意外。男人的手如果跟女人的一样,像条白鱼般细长白嫩的话可怎么行?

"若是把手放进橱柜里保存起来,就不会出现皱纹,也不会有污渍了,还得配好卫生球呵护着呢。但是,我是用这双手工作的。无论我去八甲田还是网走,或者非洲,或者南极、北极,这双手始终跟我在一起……

"我们演员的工作,完完全全是体力劳动。而且,在我拍的两百多部片子中,80%都是违法、犯罪题材的内容:犯罪嫌疑人、杀人犯……

"想到这些,我觉得,那位可怜我的家伙才应该被可怜,所以我对他嗤之以鼻。"(摘自杂志 *Friday*,1993 年 2 月 19 日)

"我这个人啊,就是这么驱使着自己的身体努力工作到今天的。今后也会这么一路做下去。也不知道还能够拍几部片子?这可不行,碌碌无为怎么成啊?所以拜托你啦……"

他对我也是这番眷眷话语。

在《我的手在述说》(本田宗一郎著,GRAPH 出版社)一书里,有一段话被高仓画了红线:

"比较一下手掌的大小以及手指的形状,左右手之间存在如此大差异的情况,应该是很少见的吧?右手是工作的手,左手是协助它工作的副手。所以,左手经常被折磨,指尖之类的地方也被磨得厉害。

"我的手了解我所做的一切,它也在讲述着我的一切。我要说的,就是我的手要讲述的。当我这样思索的时候,方才深切地感觉到人生体验的可贵和强悍。"

**"难受的人是我啊!"**

"嗝……呃……你别做出那么痛苦的表情看着我呀。难受的人是我啊!什么办法都行,快给我止住这'嗝嗝'声吧。呃……找个什么东西吓我一下吧。"

偶尔困扰高仓的小毛病就是打嗝。我尝试过各种手段:惊吓、憋气、用力摁耳穴、拽舌头、喝冷水……可是几乎都不见效。过了四五天,这种"呃""嗝"的声音依然故我,非但次数没减少,反而似乎还在增加,令人烦躁不安。

高仓只得很不情愿地去医院接受医师的诊疗,抓了处方药。

但是,药喝下去了,一时半会儿也没看到有什么动静。

我陪伴高仓拍摄的第一部电影是《铁道员》(1999年)。我清楚地记得,就在准备开机前不久,他打嗝的毛病又犯了。我急得团团转,不知道有什么法子去帮助他。第二部电影《萤火虫》(2001年)开机前夕,又遇到完全相同的情况。这时候,我终于弄明白了,这毛病是高仓本人无意识之中给自己施加了太大压力所致。

每次打嗝,会持续数日,长的时候有一周左右,之后又会毫无征兆地止住。似乎打嗝已成为高仓直面工作之际的必备仪式,是一种极其奇妙的生理反应。

"嗯?打嗝停下来了……"

打嗝止住后的笑脸,便是高仓的拍摄即将杀青的信号。

## "这是注入精神价值的美术品。"——凝神静气的宝刀维护

"委托阿惠（刀匠宫入小左卫门行平，本名为宫入惠）打造的短刀已经完工，我去送给张艺谋。"

高仓曾经到中国北京访问过。

2006年公映的电影《千里走单骑》封镜之日，正好是得知张艺谋导演被选定为北京奥运会开幕式与闭幕式总导演的那一天，是一个值得纪念的日子。偶然到场见证这个时刻的高仓健，为了激励导演，向他送上贺礼，便是那把凝聚了日本美术工艺之精粹的"护身刀"。高仓健委托的刀匠是居住在长野县坂城町的宫入师傅。

"维护日本刀的方法也教给他们了。在场的差不多有十个人，包括张艺谋在内的工作人员都探出身子观看。因为他们大都是第一次亲眼看到日本刀的维护方法。张艺谋也向他的同事们介绍了我的情况，好像说了我以前出演过《任侠》系列的很多影片，对日本刀非常了解。

"看到收纳着宝刀的桐木箱用包袱布裹上了，有一位工作人员说：'这颜色跟藏僧的僧衣一样呢。'这东西表面是柿油色，里子是姜黄色。他们观察得真细致呢。

"回国之际，对方邀请我出席奥运会开幕式，但是我非常郑重地婉拒了，只说了：'我会在日本全程关注的。'（笑）"

这种回应方式源于高仓的基本原则：不接受特殊待遇，做人

行事不高调。

他还向我讲述了自己孩提时代与日本刀相关的记忆。

"我经常看到父亲坐在檐廊上维护日本刀。他总是将刀尖朝上，单手握着刀。父亲身材修长，体格健硕，手里握刀的姿态十分帅气，让我幼小的心灵十分向往。

"我常跟哥哥在院子里玩对打的游戏。家里有短刀之类的东西，就不知轻重地随意拿出去挥着玩。刚开始的时候，还有点儿害怕，两个人会拉开一段距离对着挥舞。可是，挥着挥着就忘形了，距离越来越近。在我挥刀的一瞬间，哥哥的手指上刷一下喷血了！这可是闯了大祸啊！当时我真的吓得脸色铁青。

"哥哥一向对我很和气，这种时候仍然对我说'不要紧'。如今回想起来，当时真是不知什么叫可怕！虽然哥哥没受什么大伤，但是的确吓得不轻，原来刀真的会劈伤人！"

**是否了解每把刀的个性**

对高仓而言，给日本刀做维护，是可以使他离开日常，进入某种境界的特殊时光。

"日本刀这种东西，从室町到江户，一直是明晃晃的武器。后来战争越来越少，打造出的刀，刀锋到底能有多锐利呢？于是锻刀匠们便利用犯人的遗体测试。收在刀柄中的部分叫刀茎，测试的结果就被镶嵌在这个刀茎上，刻着两具胴体，或三具胴体的字样，一般都被刀柄遮住了，别人是看不见的。

"那么，不再作为武器的刀又如何呢？它已经成为注入了工匠们精神价值的美术品。锻刀匠用玉钢锻造刀身之后，再由其他工匠通过打磨、外饰、制刀鞘、涂饰以及制作护手、鞘笄等步骤，将自己的技术与魂魄注入其中。

"说起来是很早以前的事情了，我搞到了一把'肋差'，但刀的状况不是太好，所以送出去请刀匠再打磨一下。修理费居然跟我买刀的费用差不多高，真是吓到我了。（笑）不过呢，那刀修过之后的确跟以前大为不同了。忘了是什么时候的事，我跟阿惠聊到磨刀的事，他提醒我：'收藏日本刀，需要专业的磨刀师。磨刀，就是被禊。即便那刀杀过人，也是可以净化的。'

"我纯粹是因为喜欢才购置了几把。最近，我越来越觉得自己这种想法挺粗鄙的。现在跟以前有翻天覆地的变化，那个武士为了生存必须拥有日本刀的时代早已成为历史。重要的是，你是否了解每把刀的个性，能否感受到一种类似气场的东西？到了这个岁数才明白这个道理，也许迟了一些。（说到这里，高仓将一只手搁在腿上）这一点我得反思呀。"

维护日本刀需要心平气和。高仓的动作极其严谨，仿佛正在触摸许许多多工匠的精神与灵魂。

高仓遗留下来的刀剑及其相关书籍，我已捐赠给长野县坂城町的"铁之展示馆"。

高仓在家里给日本刀做维护。

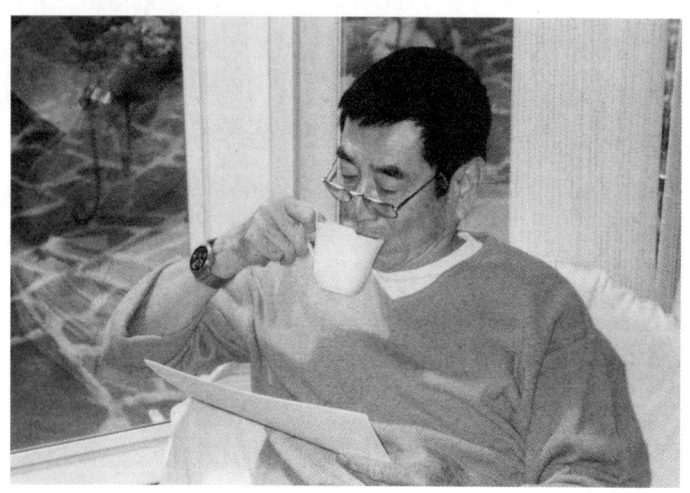

坐在沙发上边品尝咖啡边浏览杂志,这是高仓每天必做的事。

## "举棋不定的时候或许才最幸福呢!"——梦想移民理想乡

"今天,好沉啊!"

有一天,高仓回到家,从车上卸下了一个纸皮袋。一瞧,里面装着满满的杂志,几乎要把袋子撑破了。

高仓好奇心十分旺盛,只要顾得上,他就会去书店,大量购买杂志,一次扫货扫回二十来册也不稀奇。

除了车、帆船、狩猎、野外用品等之外,他对建筑、室内装修之类也十分感兴趣,还从海外订购了许多杂志。看到感兴趣的报道,马上拿笔画上红线。我就分门别类地剪裁下来,做成专门的集子。他会如此关注建筑、室内装潢之类的,是因为他曾经有过移民"理想乡"的梦想。

其中,他多年来一直在阅读美国一本发刊于1920年的室内装潢月刊杂志《建筑文摘》。他经常一边瞅着名人豪宅访谈页面,一边面带苦笑地跟我说:

"什么时候我才能住上这种地方?!我好歹也算得上日本著名演员吧?"

他苦笑着调侃日本与欧美之间的格调差异之大。

1998年,该杂志的增刊上刊登了一篇介绍美国电影导演马丁·斯科塞斯在纽约的住宅的报道。看着人家家里客厅的图片,高仓叫道:"啊!这个,是我赠送给他的。这么精心地保存着呐!"原来他发现了自己馈赠给马丁先生的马镫。

初次邂逅斯科塞斯导演，是1979年。当时，纽约的日本协会举办高仓电影特集上映仪式。斯科塞斯导演邀请高仓去自己家里做客，这成为两人结识的契机。

在40—50岁期间，高仓优先考虑的候补移居地是中国香港或夏威夷，或美国某地的牧场，清一色的海外世界。可是，后来他的目光逐渐地转回了日本国内。若是寻求能够一眼将牧场尽收眼底的山间小屋，首选北海道；若是乐于聆听大海的波涛声，则去西表岛；若是想住在以暖炉为主角的湖畔别墅，那么山梨等地会比较理想……为此，他可谓绞尽了脑汁。

虽然没有实现移居憧憬之地的梦想，但他还是从杂志上裁剪下许多符合自己想象的建筑物图片，以此过把瘾。"宅基地的石门，若是这种感觉该多好啊！"他会一边把剪下来的图片放进相框，一边笑着说，"选哪里好呢……说到底，举棋不定的时候或许才最幸福呢！"

## "我就更觉得热血沸腾啦!"——酷爱武道与拳击

高仓对武术也有浓厚兴趣。他常叮嘱我:

"今天有日本全国剑道资格赛转播,录下来,别忘啦。"

看比赛录像时,他的眼神是那么严肃认真。他会订购《剑道日本》杂志,学习技术要领,也热衷于琢磨武道的精神。哪怕是普通的杂志,只要有专家讲述武道精髓之类的文章,他都会积极地剪下来辑录成册。

有一次,他在看电视上的空手道表演节目,看着看着突然嚷道:

"这眼神,多好啊!这孩子有前途!"

说话间,整个身子都探了出去。

"虽然还没有拍片子的计划(笑),但如果有空手道电影要拍,我想让这孩子上。他的名字,你留意一下。"

居然为"将来某天"的不时之需提前做准备了。确实,后来真的有拍此类电影的需求。

"永岛先生(即永岛达司,当时任 KyoDo 东京协会会长)找我出演空手道小子(《最佳小子》,1984 年)。少年角色由史蒂夫·麦奎因的儿子扮演;导演是约翰·G.艾维尔森,他曾执导过电影《洛奇》。我的角色是空手道馆馆主。我答应了说:'我想演呢,往下推进吧。'可是,久久不见下文。再次接到对方电话时,人家却说:'您就当没这回事儿吧。'(说到这里他笑了)

对方还说：'制片人独立去拍摄啦，不想在经费方面给您添麻烦。'

"在好莱坞拍片子一切是合同说了算。所以，必须让律师介入，对详细琐碎的条款都要一一过目。哪一个行当赚钱多，形形色色的制作者就会蜂拥出现。我听说，有的还不肯给演员付片酬呢。我很幸运，迄今为止没遇到过这种事情。永岛先生对海外业界情况十分了解，算是救了我一把。不过，我原本真想出演那部片子的呢。"

**"能给观看的人带来什么感受呢。"**

高仓从高中时代就开始练拳击。从40岁到50岁的那几年之间，身为演员的他工作极其繁忙，但是，为了观看拳击比赛，他居然能够频繁地专程去拉斯维加斯。

"我对拳击的热爱几乎到了狂热的程度，所以有时会跑去拉斯维加斯观看。当时的入场券我还保留着呢。

"伊万德·霍利·菲尔德、马贝拉斯·玛宾·哈格拉、舒格·雷·伦纳德、拉斐尔·马尔科斯、埃里克·莫拉莱斯、曼尼·帕圭奥……如今回想起来，尽是些如日中天的杰出选手，真是人才辈出的时代啊！

"我觉得，拳击手就是现代角斗士。但是，拳击既不是打架，也不是单纯的互殴。它有规则，按照体重分出不同的级别。"

高仓最为欣赏的拳击手是巴塞罗那奥林匹克运动会轻量级金牌得主、墨西哥裔美国人奥斯卡·德·拉·霍亚。

"奥斯卡·德·拉·霍亚这位选手转型当职业拳手之后，比赛风格仍然非常干净。而且，他颇有实力，面部从未遭到严重击打，也就是说，他不是常见的拳击手面孔，总是一脸洁净的样子。自从他出道并正式参加比赛以来，女粉丝的人数就一路飙升。

"他逐步增加体重，实现了六个级别的大满贯，被誉为拳坛金童。我认为，奥斯卡·德·拉·霍亚是将拳击这项体育运动往上抬升了几个台阶的人物之一。

"无论什么体育比赛，接近最终回合时，选手都会觉得十分痛苦。此时，肾上腺素会大量分泌，选手为了取胜，可谓不择手段。有的会疯狂地将全身重量压向对手，或者趁着宣告回合结束的锣声响完之际挥拳击打对手，甚至还有人会咬住对手的耳朵直到撕裂。拳击终究是一项体育运动，那么做是绝对不行的！（笑）

"所以，在德·拉·霍亚那场比赛上，看到他唰一下挥出一记漂亮击打之后，我就更觉得热血沸腾啦！（说着，高仓将右拳快速缩到肩膀位置，紧接着尽力挥出去，重复着击打的动作。）

"拍电影也是一样的，并不是把片子做出来就行了。关键在于，能给观看的人带来什么感受。"

晚年的高仓专注于WOWOW电视台播放的国际拳联职业赛事，从中享受观战拳击的快乐。出门之前，一定不会忘记确认一下："今天的比赛是谁和谁对打？"

原拳击手滨田刚史先生，是日本著名拳击赛解说员之一。有时他跟不上比赛的节奏,无法在有限的时间内说完评论。这时高仓便会对着电视屏幕大喊:"滨田先生,解说简短些!重要的是用滑舌音!滑,舌,音啊!"在贬损人家一番之后,他又来了一句:"可不能光说不练啊。"然后他就突如其来地练起绕口令。

需要长时间拍摄外景的时候,他会随身带上喜欢听的音乐CD,也要将录好的拳击比赛内容刻录成DVD捎上。那是他提振精气神的秘密武器。

## 喜欢有挑战性的工作——热衷于斗牛

高仓喜爱纪录片，在他那些百看不厌的 DVD 影碟中，有一部追踪葡萄牙骑马斗牛习俗的纪录片《光与风 Sole Vento》。所谓骑马斗牛，就是斗牛士骑在马背上去挑衅公牛的一种竞技。该片制作于 1975 年，以严谨手法描述了著名斗牛士德维多·特雷斯先生的形象。

特雷斯家族自其祖父那辈开始经营一个面积广大的牧场，并在牧场进行骑马斗牛的训练。完成了一整天训练的斗牛士后备军们从高达十多米的巨树下穿过，身上洒满了从树缝间射下的阳光。看到如此情景，高仓低声地自言自语道："真希望在日本也能找到这样的地方啊！"

在勇猛的斗牛镜头间隙里，穿插着男女老少齐心协力在海边拖拽地拉网的身姿和收割金黄色小麦的场景。当地民众那安逸、朴素的生活样貌，都被生动地刻画出来。

在葡萄牙骑马斗牛竞技中，牛角的尖端部位会被事先切除，以防伤及骑手或马匹。不过，该竞技与危险互为表里，常常发生落马事故。

在节目的尾声部分，身兼斗牛士和演员两种职业的特雷斯先生独自发表感言。高仓目不转睛地盯着这一幕，看得出神。

"我对自己所选择的职业倾注了全身心的精力。我不知道自己的斗牛技术是否已经超越从前。不过，为此连续奋斗长达三十余年,至少我从中获得了满足。因此,我是幸福的。

"只要大家让我战斗下去,而且我自己也没落下笑柄,那么,我就不打算放弃。

"但是,如果大家是出于同情而让我继续出场,那我就马上作罢。

"倘若失败了,你们可以像对待其他斗牛士那样,朝我嘘声满场也成。但我不会放弃战斗。可是,若是感到有人同情我,我就立马住手。"(摘录片中由葡萄牙语翻译的日语配音解说。)

看完这个节目,高仓得出了以下的总结:

> 不要想着去找一份吃香喝辣的工作,
> 而是要懂得享受具有挑战性的事。
> 一定会有好的结果。
> 我也要致力成为那样的演员。

他要求我把这段话记下来,于是我在后面加上落款:2005年师走(日本的阴历12月)。74岁那年,他拍完《千里走单骑》之后,又决定拍摄下一部电影。

"不要说我炫耀哈。(笑)其实我是那种急性子的人。之前对斗牛很着迷,一度想过去西班牙的马术学校接受专门训练,就在当地量体裁衣,制作了非常合身的斗牛士骑手服,连帽子都定做好了。虽然,最终没能去学,但是那些行头都保存着呢。(笑)"

高仓离世之后,我立即着手整理那个保存着大量海报、招贴画之类的集装箱式仓库。发现其中就有斗牛士服饰，还有一张长96厘米、宽52厘米的斗牛海报。

上面印着预定出场的斗牛士的名字：KEN TAKAKURA。

高仓说他没有正儿八经地学过真正的表演，之于他，"表演教材"就是著名的莎士比亚戏剧演员劳伦斯·奥利弗所著的《关于演技》（早川书房出版）一书。

书上的这些内容被高仓画上了红线：

"人生是戏剧，戏剧就是人生。

"演员，必须懂得控制自己的身体，从头顶直至脚趾尖。演员要像拳击手一样健康；像斗牛士一样帅气。不仅仅是身体，精神也必须保持着温润且敏捷的状态。"

我觉得高仓之所以曾经沉迷于斗牛竞技，背后肯定有劳伦斯·奥利弗这些话的作用。

**"重要的是，能跟这幅画不期而遇。"**

"啊——看着不太对啊。听好了，要对准这儿。就是右边脸颊这儿。"

高仓的要求是，一令既出，就要"快速、准确地完成"。暖炉旁墙壁上挂着一幅绘画作品，需要从上方打聚光灯。他想调整一下聚光点，所以立马就开干。

那画的题名为《戴金盔的男子》。这是一幅胸画像，画上的男子是一位头戴做工极其考究的黄金头盔的老将。高仓对之非常珍视。看其面相，恰似日本古代闯荡于生死之境的武士一般，目光里带着决绝的神情,这更衬托出人物的存在感。

"有一次,三菱汽车委托我给他们拍商业广告。去看了巴黎的车展之后,又赶往德国的保时捷研究所(即魏斯阿赫研发中心),途中,我们在一个叫威登堡的小城找了一家酒店住下。酒店是一栋三层建筑的小旅馆。早上去食堂吃饭,刚一下楼梯,我就注意到舞厅里挂着这幅画的原图。

"射进室内的阳光正好照在画中人物的脸部,让我不由自主地停下了脚步。我本来对绘画毫无兴趣的,所以自己也感到意外。我一边吃早饭,一边跟人聊那幅画。

"最后,我干脆通过翻译人员向店主提出请求:'能否把那幅画卖给我?'

"对方回答:'是父亲那代留下来的东西,不可以转让给您。'不过,店主告诉我们,这幅画是伦勃朗创作的作品《戴金盔的男子》。"

回到巴黎之后,在一次很偶然的机会,高仓与画家到津伸子女士聚在一起喝茶。席间,高仓眉飞色舞地跟对方谈起那幅画的事情,于是到津女士建议他请人临摹一幅。

"女士说:'如果真的如此钟情于那幅画,请人临摹一幅如何呢?'据说,美术馆允许一些专门的临摹画家从事这种业务。我说:'那就一定要临摹一幅不可了!'于是就让人临摹,得到了这幅画。当时没有遇到津女士的话,这件事就不可能进展得如此顺利了。画的背面还有临摹画家的背书,写着'此画为复制品'。你瞧——"

Wilhelm Korber

Kopie

Berlin-Dahlem

"Der Mann mit dem Goldhelm"

Rembrandt Kries

Katalog Nr. 811A

韦尔赫姆·科巴临摹于柏林达莱姆区，《戴金盔的男子》。伦勃朗工作室，目录编号811A。

高仓喜爱的《戴金盔的男子》的复制品（实物为彩色）。

"过了很长一段时间我才得知，这幅画并非出自伦勃朗本人之手，好像是其弟子所画。不过在我看来，无论是谁画的都没有关系。重要的是，能跟这幅画不期而遇。因为看着它，我就能平静下来。"

在整理高仓那些照片的时候，我眼前出现了2013年（平成二十五年）文化勋章受勋之际，他身穿早礼服的身姿。仪式结束，高仓回到家里后，破天荒地提出了这样的要求："给我拍张纪念照吧。"那张照片就是我拍的。

忽然间，高仓的面容与那位老将重叠在一起了。

如今我深切地感到，高仓似乎已经融入《戴金盔的男子》之中。

夜深人静之时，我还会缅怀高仓的音容笑貌。

## "在红绿灯路口切勿把车停在最前头。"——驾驶出行心得

"我想,今天会晚点回来。路上给你电话。"

说完,他就开车走了,有时行程很远,甚至会跑到位于关西的二手车交易市场。高仓就是如此喜欢车,也享受一个人单独驾驶的快乐,这是他日常生活中不可缺少的元素。

车子里一定会收着驾驶员手套、太阳镜、口腔喷雾器(防止干燥用)、糖果、帽子、口罩、驱除疲劳困倦感的口香糖、备忘便条和文具、手巾,以及装着哨子的专用筐,遇到灾害时可以用。

高仓最初购买的车是美国产奥兹汽车(1908年被通用汽车公司收购),据说是一辆破旧车,本来有四个门,但是只有两个门能够打开。不过,后来高仓连续用过八辆保时捷,对车的发烧程度也是不断升温。以至于在1980年(昭和五十五年),专程去加利福尼亚一所叫鲍勃·邦杜兰的驾驶学校,接受标准拉力赛讲习班的培训。

2014年,高仓需要做健康检查,我开车往返陪他去医院。有一次,车子正在路上行驶着,他就连珠炮似的给我说了许多提醒。他说:

"听好,在视野有死角的地方转弯时,要大幅度减速,以确保能够随时刹车!开车最为重要的是预判路况。要提早打方向灯,根据路况提速。最最关键的是刹车。即便在路口等信号灯,手也不可以离开方向盘。明白吗?千万别忘啦!"

那严肃程度简直就像驾校教练在训导学员。而且,他经常在同一路段做同样的提醒,以致如今我开车经过那些地方的时候,耳旁仿佛还响彻着魔鬼教练高仓的叫喊声。

"也许是因为我习惯了左舵驾驶,总觉得左侧通行时,左方向盘驾驶似乎更合理些。不过,当我驾驶左舵车的时候,有一点必须注意:在单车道路上遇到信号灯时,不要停在最前头。

"若是左舵车,从人行道上容易看到驾驶席上司机的脸。以前我经过这样的路段时,路边店铺里的人一看到我,就朝我挥手,我又不能佯装没看到。对方使劲跟我挥手,我只好轻微地点点头回应。结果从第二天起,人家就会在那家店的窗边等着你。让人家为你分心很不好,所以啊,我常常故意改变路线。"

还有一件事让高仓觉得不可思议:明明换了车子,为什么还会被人认出来呢?

"后来我想明白了,问题还是出现在等信号灯的时候。我一把车子停下来,就被面包店的老板发现了。他手里还抓着店里的面包就飞也似的冲过来,拍打我的车窗呢。(我回应了一句:'对呀,我以前还问过你,为什么带面包回家呢?')对,就是那些面包。

"当时我对他说:'您跑得这么急太危险啦……让您费心,太不好意思啦。'然后就把面包收下了(笑)。那家店的面包我确实拿了不少回。我跟对方说'面包很好吃',还给人家送了电影海报。我不是去给人送过电影海报吗?总之切记:在红绿灯路口切勿把车停在最前头。"

一讲起自己的驾驶逸闻,高仓就口若悬河。

## "还是不合适,换一件吧!"——讲究洒脱

"还是不合适,换一件吧!"

高仓有一个习惯,就寝前要准备好翌日穿的衣物。晚上总会问一句:"明天天气咋样?"简直就像一个渔民,必须提前了解第二天的气象,连上衣(防寒服等)都得搭配好。手帕是绣着姓名的那种,总是将折缝叠成斜角露出一点儿,放在裤子屁股后面右口袋里。

而且,到了第二天,他又会把已经穿好的皮带拽下来,从头到尾,重来一遍。

"重要的是现在的心情。"

他尤其讲究腰带,总是从皮带专用架上挂着的几十条腰带中精心地选出一条。

有一天,他手里拿着一条西部牛仔风格的腰带,向我讲了这样一则逸闻:

"这是拍摄《高手》(1974年)的时候,美国那边的工作人员配牛仔服穿戴的行头,带扣也很有型,我一眼就看中了。于是,我央求人家:'这身打扮真潇洒!可以的话,能不能把这腰带转让给我?'自不必说,对方拒绝了。人家说:'这是特别定制的,不能转让。'但是拍电影期间,我反反复复地找他絮叨:'经你这么猛造,这皮带越发有型啦!'对方被我烦得没辙,便说:'真是的!阿健果然是个怪人!不过,就凭这个,以后你也

不会忘记我了吧？'电影拍完之后，他便把这皮带赠送给我了。优质的皮革，你越用它就会越服帖。"

西部牛仔风格、科尔多瓦皮革、原生皮革、网眼人造皮革……高仓的皮带加在一起，总共有一百多条！有时要清除上面的污渍，有时要擦擦油，平时打理它们，我从来不敢怠慢。

**"最近，没赚什么钱嘛！"**

高仓平时穿着频率较高的是便服，因此十分讲究这种服装的亲和感。

"今天开会的时候，有人注意到我保罗衫的领口破旧了，便提醒了一句：'高仓先生，衣服那地方破了……'后来，那伙计还很难为情地低着头不敢抬头看我。我对他说：'谢谢你特意提醒。最近，没赚什么钱嘛！（笑）'"

回到家里后，他一边笑着，一边把这件事讲给我听。他去开会时穿的是一件无品牌标识的黑色保罗衫，是他最常穿、也是最爱穿的短袖衫之一，难怪领口都有些磨破了。

拉尔夫·劳伦斯说过一句话："我是在追求风格，而并非去追逐时尚。"高仓很认同这句话。他非常喜欢那种保持着清洁感，而不受品牌拘束的独特洒脱感和风格。

高仓买来的新品衬衫、保罗衫以及长襟衫等衣服，都会反复地用水浸泡，花了一年多时间加工处理之后，穿的次数也多了。

全棉或麻质地的长袖白衬衫，配蓝色调牛仔裤，脚下蹬着英国产约翰·罗布（John Lobb），或者法国产威士顿（J. M. Weston）

品牌的黑褐色皮鞋,这是高仓的标配服饰。

高仓会用双手轻轻揉搓衬衫的领子,让折痕变得松软、柔和,袖口要卷起一道。这是他为不妨碍戴手表专门设计的袖口线。他曾说"衬衫是要靠胸部撑起来的",所以,锻炼胸部肌肉也是不可或缺的。

一旦遇见合脚的运动鞋,高仓就会一下子买两三双。

"我的购物方式非同寻常。对此,我自己也很清楚。孩提时代,我体验过物质匮乏的焦虑。如今,世道完全变了,物质泛滥,用不着着急慌忙去买东买西,脑子里是明白的。但是,到了这个岁数,以前残留下来的不安,仍然没有消除。

"刚当上演员那阵子,兜里没钱,身上穿的也没有体面像样的。所以,一有时间就拽上同伴去上野的阿美横街。特别想弄一身皮革运动服穿穿,于是就去专门贩卖美军二手货的店里淘货。狠下心砍价,终于买到手了。其实,那也算不上什么了不起的物件,但是一直当着宝贝儿似的穿着,穿到有感情了。不承想,却被一场火毁了呢……"

高仓对皮革系运动服似乎怀有特别的感情。

"在巴黎看到这个的时候,觉得设计别致,就买回来了。可是在日本,这种颜色也穿不出去呀。就想着请人染成黑褐色吧。"高仓有一件宝蓝色的皮革运动服,但是自从买回来,一次都没穿出门。而且,他还说:"如今轻便、保暖性能好的羽绒服啦,羊绒织品等,市面上多的是,这皮革类的东西哪里还能穿上身呢?但是,这设计我真的太喜欢了!"可见,光是用眼睛瞅瞅,他也能够获得满足感。也因此,他手头里的皮革运动服储存量就变得相当可观了。

所以,在房里晾晒皮革运动服,就成为盛夏时节的例行公事。高仓会将皮革运动服吊在采光好的窗边,先晒前襟,后晾背后,每隔数日调换一下朝向。他非常讲究那类似旧衣服的肌肤贴合感,以及那些晒到褪色的斑斑点点,所以总是很有耐性地晾晒着它们。

在拍电影的现场,若是遇见心意相通的工作人员,他便毫不吝啬地将这些皮衣送人。这也算是一种挥金如土的行为吧!

## "拉链的闭合,是性命攸关的。"——关于羽绒服的独到之见

高仓消解压力的方式之一,就是购物。大部分购物都是在海外进行的,在那里他不用担心人多眼杂,可以自由自在地行动。购物的种类五花八门,从日常生活用品到服装衣帽都囊括了。

有一次,他从东京一家室内装修用品商店里买回了一个藤艺篮子。那个又大又笨重的篮子可以整齐地装下五六个人野炊用的餐具组合。篮子的内侧贴着红白相间的彩格布。很明显,比起其他物件,高仓是被那内饰的模样吸引了,因为他太喜欢这种质地和花纹了。

而这次,他带回来的礼物实在是出人意料。"……这个,怎么弄?在院子里试一下吧?你不至于要去野炊吧,也去不了呀?(笑)"经我这么一问,高仓似乎恍然大悟,苦笑着回道:"说不准什么时候会用上……先收起来。"

"没有一套正式的西装也确实不好办。不过,我不喜欢在那种场面抛头露面,所以没想着去主动购买。但是,的确很多情况下是出于冲动购买的。就是为了发散压力嘛。

"量尺寸的时候,店员会一个劲儿地推荐:'还有这样的布料。'我觉得挑来挑去太麻烦,就跟人家说:'那全要了。'经常去的那家店,顾客名单上记着迄今为止我所购买的东西。有时会被人家提醒:'这个和这个是您以前买好了的。'这下人家就知道我买了衣服却没穿。这一点要反省啊。"

高仓的西装和夹克类服装实在是太多了，若是想数一数有多少件，那一定是徒劳。这些衣服不是刚刚定做出来的，不过高仓的体型基本没什么大变化，所以，除了可以追求潮流而特别剪裁的之外，其他都还穿得上。

"我以前经常去美国西海岸。那里有一条叫'DORSO'、号称罗迪欧大道最好的男性服装店街。其中，就有号称百货商场之王的马戈宁家商店。这里的加盟店是由朱莉和阿伊兄弟经营的。我听说拉尔夫·劳伦斯刚出道的时候，就是马戈宁家族的人在给他撑腰的。

"此外，我还常去逛刘·丽塔店。这家店是经营男性时尚用品的，后面兼营鞋店和理发店。房间里仅摆放着一张理发专用椅。那不是用来赚钱的，而是专门为那些被选中的顾客所准备的奢侈空间呢。据说，还上了一家叫 *Brutus* 的杂志创刊号封面呢。我去的时候，这家店还是在靠近威尔夏·布鲁巴德的韦斯特伍德时尚用品店旁边的位置。那天刚买完东西，天突然下起雨来，正在犯难的时候，刘·丽塔老板亲自驾驶着奔驰车过来，把我送回了维巴利·威尔夏酒店（当时酒店的名称）。人家对我可热情了。

"此外，还有 MR. GUY 啦，将军等销售圣诞用品的公司，它们的经营者都是电影电视节目制片人。我曾跟电影《四十七人之刺客》的市川昆导演聊起 Carol Company 的服装，对方说：'嚯——阿健先生也在穿 Carol Company 家的衣服吗？'怎么说呢？当时好像这些同道经营者相互间有不可思议的默契，整个氛围就是彼此认可呢。"

在他的美国西海岸购物经历中,似乎盛满了美好的回忆。

"这条领带很不错的哟。那些店铺的人都记住了我的面孔。我一去,他们就会从里面拿出我想要的东西,说:'给您留着呢'。(笑)"

高仓心仪的领带品牌大多是多米尼克·弗兰丝或夏尔拜之类。他总会说:"这条有肌肤贴合感。"据他说,衬衫的舒适度也是夏尔拜家的最好。

**夹克外套的内衣袋也得有拉链**

高仓的西装、夹克等衣服的内衣袋都装有拉链,而且,他对拉链的钩扣也很讲究。户外用品的拉链的钩扣大多数都是红色、黄色等比较显眼的色彩。但高仓提了要求:"能否有不显眼的颜色呢?"为了满足他的这个要求,我自己手工制作了大量大地色的钩扣。

关于羽绒服,高仓也有自己的独特见解。

"这种衣服啊,天不冷就不会穿。如何御寒是关键,所以拉链的闭合,是性命攸关的。我并不是危言耸听哟,若是你有极地体验,你就不会当我是在开玩笑了。

"在防寒服的拉链上加钩扣,是最近才有的设计。这么重要的地方,为什么不想想办法让它容易被抓住呢?最好是戴着手套都能够轻易抓住。所以说,做出来的东西必须让人马上意识到该怎么用才行嘛。在这方面,巴塔哥尼亚厂家非常下功夫呢。

"我可以给厂家提出很多建议。虽说也没什么人来问。(笑)像我这样有丰富极地体验的人,理应不多。"

《八甲田山》《南极物语》等电影是在极寒地带拍摄的,这些体验后来似乎影响着高仓。

## "花点儿功夫也算奢侈一把啦！"——喜爱徽章贴花

"在拍摄《南极物语》期间，无论去北极还是南极，这个东西我都是随身携带的，是个好帮手。我特别想把它放在随时可以拿出来的地方。它就是我的战友。"

那是一件宝蓝色的全棉帕克衫。左胸处缝制着一枚原创徽章，上面有"TAKAKURA PROMOTION"的字样。跟帕克衫一样，是高仓非常亲密的物品。正是有它们贴身守护和陪伴，高仓才能完成艰苦悲壮的南极外景拍摄。

"能给我在这上面缝个徽章或贴花之类的吗？"

刚买回来的衣服，他喜欢在上面绣上徽章或贴花什么的，以此彰显自己独特的洒脱感。

原创设计的徽章有两个种类。黑色字体的椭圆形正中绣上金色的"TAKAKURA PROMOTION"字样，这是"南极徽章"。还有一种是在橄榄绿色的长方形布料上绣上金色的字样"Ken Takakura"。这些徽章的尺寸都差不多，可以放进手掌大小的空间里，一般缝在羽绒服或者夹克衫的外面。

另外，为了醒目地识别其本名，高仓将"刚一"的首字母"G"用稍大一些的字号绣成图章的样式，红色的刺绣还可以给毛衣等服装增添色彩。

他的手帕上也会绣上自己的名字，不同的手帕用不同色彩的丝线绣。使用的时候会根据当天的心情随机选择。对高仓来说，享受自然舒适的穿着带来的愉悦,就是日常生活。

高仓对包包的讲究也超出常人一倍。他定制了一些旅行包及肩挎包,却特意找人加工,将LOGO印制得非常清晰的名牌包表面藏到里面,这样便能享受到洒脱的乐趣。内袋的尺寸也要求做成自己喜欢的大小,连位置也要一一指示,甚至对包锁的搭扣也颇挑剔。

"除了姓名之外,能否加上别的什么刺绣呢?而且拍外景的时候,包里装着什么也能够一目了然的话,该多好啊!"

从形形色色的备选图案中,高仓最终选择的是蜜蜂。翅膀是象牙色,胴体是黑褐色和棠棣色,眼睛则弄成红色。作为旅途中的标配,剃须刀盒、口琴袋、雨具袋、香具盒、袖珍相册袋等物件的内外两面都绣上蜜蜂和表示各自内容的图案。

到了晚年,高仓说"要考虑到那些印记很小的东西",于是法式夹克衫的领尖、西服上的插花孔眼,以及前胸衣袋的上半部分都用刺绣锁边,并以色彩突出重点。

"注意到这个刺绣的人会问:'那是什么标志吗?'而我一概回答:'保密!'因为我也没法解释出什么所以然。(笑)我觉得,在这些地方花上一点儿功夫,也算是奢侈一把啦!"

摄制组工作人员的帽子,也会因作品不同绣上有特征的关键符号。《南极物语》绣白熊的面孔,《千里走单骑》则绣上中国面具之类的标识,似乎这样做有助于提升工作人员的连带感。

## "似有若无的才算是上乘呢。"——芳香类化妆品的用法

"那种似有若无,又不张扬的香气才算上乘呢。就是在擦肩而过的时候,让人不自觉地'哦'一声。要注意,不要喷得太浓啦。"

高仓对芳香型香水的使用窍门也十分讲究。长围巾的两端、夹克衫的两只袖筒的内侧,分别喷一下即可。以化妆水为主的芳香型香水,是高仓护理身体的必备品。

盥洗室和衣橱间的置物架上排列着三十多个个性洋溢的香水瓶,这是高仓数十年来所收集的东西。

"这几瓶呀,太古老了,我想现在已经买不到啦。(笑)那个藤艺包装的是'ANTONIO PUIG. Aqua Lavendo',还有这个'St. JOHNS' Indian Gold'。很漂亮吧?光看着就觉得舒服。(说着,他摇一摇瓶子)啊——!还剩着呢!这得小心收着呀。"

当我调整好心态,开始一一整理它们的时候,隐约觉得这些都不是我记忆里储存的香气。据说,香水的香气是不停变化的,从头阵香到中段香,最后是末尾香。最终它与人身上的体味混为一体,化合为原生态香气。我想起来高仓曾经讲过:"以前总有人问我今天喷的是什么香水,怎么跟之前高仓先生的香气不一样。"

我能够深切地感受到货真价实的"高仓之香"。那是不可能再次出现于这个世界上的"时代之香"。

唯一与胜太郎共演的作品《无宿》。(TAKAKURA Promotion)

装裱在书房相框里的南极外景快照（已故藏原惟缮导演拍摄）。

# 第三章

## 语言的森林
——作品、合作演出人员及导演的那些事

## "那架势,才算得上是大明星呀!"——片冈千惠藏、万屋锦之介、石原裕次郎

我手里有高仓生前一直保管着的、供职于东映期间的工作证。

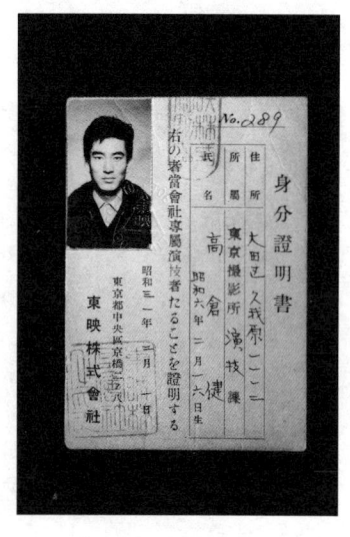

昭和三十一年二月一日
单位:东京摄影所演技科
编号:NO.289
姓名:高仓健
兹证明上述人员为本公司专属演员

东映新人时期的工作证。

上面还贴着高仓将近25岁、刚刚入职不久时的黑白照片。

"当年我跟阿裕(即石原裕次郎)一起获得了新人奖呢。不过,因为有'五社协定'(即松竹、东宝、大映、新东宝、东映等五家电影公司之间签署的禁止互相挖对方演员及其他要素的协议),我跟他未能一起演过电影呀。尽管这期间有过好多次机

会……

"有一次,在横滨附近拍摄,我正忘我地工作着,突然看到许多年轻的女孩子一边叽叽喳喳地喊叫着,一边在拼命地奔跑,一溜烟地就不见了。我问工作人员发生什么事情了,他们回答说,好像是裕次郎先生在拍片子呢。我不由得嘟囔道:'那架势,才算是大明星呀……'没料到,对方马上安慰了我一句:'总有一天你也会成为他那样的演员的。'"

高仓与石原裕次郎先生、川口浩先生等人一起获得了第一届日本电影电视制作人协会新人奖(即黄金飞翔奖)。

虽然没有实现与裕次郎这种大腕一起演出的愿望,但实际上高仓与裕次郎先生确实有过从,还把人家当作自己憧憬的对象。在裕次郎23周年忌辰时,他送上了一番情真意切的感言:

阿裕:

在我的心中,您的笑容仍然栩栩如生。

记得那时刚刚买到奔驰300SL,您兴致勃勃地拿来让我一起看。您特意从日活公司打电话到东映叮嘱我:"眼下正爆发流行感冒,阿健要注意。"您平易近人的形象如此鲜明,乡野出身的我根本望尘莫及。

战后的日本人都憧憬您身上那种完美无缺又桀骜不驯的狂狷气质,以及那俊朗的男儿风采;您闲庭信步般地越过一道道难关,像太阳一样始终绽放着明媚的光芒。您就是名副其实的璀璨明星。

谢谢您那灿烂的笑脸。

2009 年 4 月

高仓健

## 与锦之助一起去交涉加薪事宜

获得新人奖之后，高仓也没有机会出演卖座率高的热片，一天又一天地重复饰演着既非美男子又非滑稽小丑的角色。其间，他在出道当年与江利智惠美女士联袂出演了《恐怖的空中杀人》（1956 年）。1959 年（昭和三十四年），两人走进了婚姻的殿堂。当时，江利女士 22 岁，其处女作歌曲《田纳西华尔兹》一炮打响，而且她出演的电影《海螺小姐》也获得好评。所以，当时的她堪称顶级的明星之一。高仓迎娶声名远远高出自己的伴侣，招致当时媒体的揶揄，戏称他是"海螺小姐的丈夫""江利智惠美的达令"等等，尽管如此，他每年仍然能够推出十几部片子。

那时在东映，市川右太卫门先生、片冈千惠藏先生是历史剧大腕，也是君临上界的公司要员。地位仅次于这两位天皇级人物的巨擘，是初代中村锦之助（后来的万屋锦之介）先生、东千代之介先生，以及大川桥藏先生。他们出演的历史剧依然人气颇高，以至于电影院经营者们也强烈希望能够"一次上映两部历史剧"。可见，那是一个现代剧不太受人待见的时代。

"即便去了京都,我也是两点一线,来往于酒店与拍片子现场,从来没有旅游观光过。空闲之际,就去品尝美味的咖啡……哦,对了,有一家叫'键善'(即键善良房)的店铺,那里的葛根凉粉非常出名,东西也特别好吃。我常跟阿邦(即田中邦卫先生)一起去呢。

"那家店铺的女老板似乎对我颇有好感,有时特意把外卖送到摄影棚里来,那些东西本来是非到店里去吃才行的呀。后来一了解才知道,送外卖过来是给我们的特殊待遇。真希望能够再吃上这些美食呀。"

有一次饭后,他一边吃着甜点,一边满怀深情地回忆起葛根凉粉。

他与片冈千惠藏先生合演过许多黑道题材的系列电影,以《恐怖的空中杀人》为代表,包括《多罗尾伴内:十三魔王》(1958年)等所谓的多罗尾系列,以及《那家伙的枪口通地狱》(同年)等,多达十五部影片。

"不知为啥,老大(即片冈千惠藏)对我非常和气呢,方方面面照顾有加。他担心我平时吃不上好东西,就请我去下馆子,还说:'这家馆子的肉真的很美味,多吃点!不要客气!'对我真是呵护备至呀!"

另外高仓也说过,他跟比自己小一岁的中村锦之助先生也很合得来,两人联手出演过历史剧《千姬与秀赖》(1962年)和《宫本武藏:二刀流开眼》(1963年)。表演历史剧,许多动作都偏离重心,跟现代剧的劲道大为不同,为此高仓吃了不少苦头。

据说，在这些方面，锦之助给过他不少建议。

"人与人之间，有合脾气和不合脾气之说。在京都期间，阿锦真的为我费过不少心思呢。有一天，他突然地问起片酬的事情：'阿健，现在你拿多少钱呀？'我照实一说，他居然就陪我一起上东映公司去交涉加薪的事儿呢。

"他还常常把我叫到他那个京都的家。当时，锦之助家里养着一只躯体庞大的狗呢。我以前即便喂养小型犬，都要请驯兽员好好规训它们的。所以，我就提醒阿锦，从一开始就得给狗好好上规矩。可是当时阿锦工作非常忙，哪里有工夫忙活狗的事呢？不过我记得，每次去他家的时候，我俩都会聊规训狗的话题呢。"

## "这哪里还能演戏呀?"——《八甲田山》的内幕

高仓最后观看的自演电影是《八甲田山》（1977年）。有一天，他正搜索有线电视频道，偶然发现正在播放这个片子。高仓不是那种主动看自演片子的人，所以当他没换频道，还说"就看看这个吧"，我就觉得情况有些蹊跷。

镜头一切入雪中行军画面，高仓便开始解说了。但是，当看到里面的天气逐渐恶劣，高仓突然神情专注起来，话语也变得磕巴了：

"……这已经是纪录片啦。哪里是在演戏呀……"

看着这种寒冷风暴仿佛扑面而来的画面，他又说：

"这哪里还能演戏呀？大家在等待暴风雪过去呢。尽管这样，工作人员还说雪下得不够猛烈，给我们人工降雪哟。就是用手抛洒雪。再说那台词，嘴巴都张不成型了。兜帽都压低到了眼眶附近，外套的领子也要使劲地往脸上拽。那可不是演的哟，当时就想尽量地背对着风暴，那完全是求生的本能呢。

"啊——你看这个画面……看着就难受啊。干得真够狠呀！居然用雪狠狠地砸我们，当时感觉就像是被那雪狂扁了一顿。而且，那场戏的候场时间之长，简直史无前例了。但凡有一丁点儿差错，我就可能跟摄制组的工作人员一起遇难。像这种状况，其实是常有的。

"有一次，在北海道拍摄《网走番外地》，去之前我就预感寒冷不可避免，但是没料到那么天寒地冻，有时甚至找不到休息的地方。当时心里只有一个想法：混账！岂能向你认输？！我们穿上防寒服（包括防寒内衣），用上了小怀炉——就是那种一摩擦就会暖和起来的东西，还备好了特殊食品，例如巧克力之类的。另外食堂架子上不是会摆放很多裹着皮革的扁平小酒瓶吗？我们就往里面装上白兰地或利口酒，带在身上。"

**"接到片约时，心里真的很震撼呢。"**

"接到《八甲田山》的片约时，心里真的很震撼呢。在一家茶馆里第一次会见桥本先生（即桥本忍，制片人兼剧作家）时，对方说，导演森谷先生（即森谷司郎）要求，剧中的德岛大尉这一角色务必请高仓先生饰演。当时食堂的餐桌上摆着一沓写着德岛大尉角色饰演者推荐人选姓名的卡片，让导演与野村（即野村芳太郎，制片人）先生从中挑选，据说他们不约而同地将除我之外的所有候选人卡片都翻成了背面朝上，结果是我当选。我当时真的喜出望外呢。心想，迄今为止自己饰演的角色尽是一些流氓阿飞之类，虽说已经出道自立了，但是，能否切切实实地端住这个饭碗，心里没有底儿，正焦虑着呢。就在这个节骨眼上，能够被委以重任……说真的，我根本没想到会有这么好的大运啊。"他边看着电视上的画面边苦笑着道。

《八甲田山》的摄制时间连头带尾长达三年，其间跨越两个冬天。青森八甲田连峰主峰大岳的海拔为1587米，而且纬度较高。其自然环境向以严酷著称，足以匹敌3000米级的北阿尔卑斯山。

日俄战争爆发前夕的1902年（明治三十五年）1月，日本陆军推演了在天寒地冻的西伯利亚作战的情形。为了训练军队的耐寒能力和确保交通补给，就制订了计划，誓要踏破冰封之下的八甲田山。

该片以对比手法讲述了两支训练部队的不同遭遇。神田大尉（由北大路欣也饰演）以大部队出击，率领多达210人的青森第五联队进山，结果导致199人死亡；相比之下，德岛大尉（由高仓健饰演）率领的弘前第三十一联队，则以小部队出击，在熟悉雪山情况的本地人引导下，他们联队的37人小分队（剧中为27人）顺利完成任务，而且全部生还，无一人倒下。

"拍摄这部电影的第一个冬天，大雪并没有照我们的预想降临。天气可不会配合着你拍电影而改变自己的节奏。只有等待暴风雪的到来，而且还不是那种半吊子的暴风雪，必须是那种猛烈到可以横扫一切的。可是，任我们怎么等也不来呀——结果，我们没有能够与想象中的暴风雪遭遇，只好顺延到下一年的冬天。

"当时我莫名其妙地跟自己较上劲儿，心里打定主意，这个片子不杀青，就不接任何商业广告代理的活儿！你明白吧？这就是某种莫名的执着。只要定下来不干了，就是你拿杠杆来顶，我也不干（这是高仓的原话）。就不接广告。

"不过呢，刚开始的时候，我压根儿就没想到会拖延这么久呢。其间，我在金钱方面没有任何进项。我再次体会了没有工作的苦楚。没有办法，只好卖掉瓦胡岛（位于美国夏威夷）上的公寓，暂且渡过难关……那可是个好地方啊，从那里可以看到钻石头火山呢！

"尽管这样，还是挺不过。京都大原那边不是有个位于三千院的房产吗？我把那个也置换成现金。那个地段也极其好，出手了就别指望再买回来。时至今日，卖掉那里还是有些后悔呢。"

他跟我讲述了那段痛苦的经历，由于拍摄时间大幅拖延，为了筹集三年间所需的经费，高仓的确做出了很多牺牲。

**"吃什么都是硬邦邦的。"**

"拍片子过程中的一日三餐，午饭、晚饭及夜宵，都是在大雪里进食。最常见的饭食就是咖喱饭，但这饭一冻，吃起来就硬邦邦的。另外，还有猪肉酱汤和饭团。那饭团也冻成块儿了。结果只留下一个印象，吃什么都是硬邦邦的。"

高仓滔滔不绝地向我讲述当时的逸闻趣事，以致我无法集中精力观看电影里的故事情节。我不由得陷入一种错觉，似乎自己也身处雪中行军现场，看着看着，就感到脑袋和身体变得越来越沉重。

"在拍摄雪中行军画面时，由于我是主角，摄制组专门为我准备了代步用的雪地车。但是，我不可能一个人坐车吧？还有一大堆演员呢……所以在拍摄现场，我跟大家一起行走，摸爬滚打，一起徒步回宿舍，日复一日地重复着同样的行动。每天早上五点钟起床，六点钟出发，有时会拍摄到深夜两点钟。那感觉呀，与其说在行走，不如说是在雪中游泳。

"有人问那些年轻演员:'你们为啥要参演这部电影呢?'他们回答说:'因为听说高仓健先生会出演。'多么令人感动的信赖感啊!所以,我觉得自己身负某种责任呢。听到前面这些年轻演员的话语,我坚定了自己的信念:'我岂能服输!'

"我们不是在雪地里随意行走,有时半路上要停下来等待,调整好摄影机的位置之后再开步走。整个过程中,即使工作人员说'请休息一下''大家喘口气吧',四周全是皑皑白雪,你能往哪里躲藏呀?走过的路上,连足迹都留不下来,大雪齐腰深,站在原地不得动弹。这种时候,唯有靠斗志!不用说,嘴巴也不好使了,只感到火辣辣地痛。'在暴风雪来临之前,大家都原地等着——'就这么一句命令。导演有时会没心没肺地让你等上半天左右,还跟我说:'工作人员也是一样觉得冷啊。'"

据说,高仓的老母亲知道这次拍电影的艰辛后,心里也非常难过。

"老母亲看过这部电影后,说见不得我这种在雪地里那样摸爬滚打的电影。还叫我快点多存些钱,别再干那种活儿了。(笑)其实她想说的意思是,电影的故事内容什么的无所谓,就是希望我别再做那些在暴风雪中摸爬滚打的拍摄。

"我反复苦口婆心地解释:'妈,演员这职业呢,不能你自己说想干什么就干什么,人家问你,这个要接吗?只有去接拍电影了,你才能够拿到报酬。'可是,不管怎么说,母亲就是不理解呀。我在后背上刺青的时候,母亲也说过很痛心。

"所以啊,我想拍一些诸如在南方某小岛上乘着帆船,哼着小调之类的电影……都是想让母亲放心啊。我寻思着拍一些能够让母亲高兴的电影。希望母亲看过之后能夸我一句'真棒',哪怕只有一次也好啊!可是,最终也未能拍上一部这样的片子。"

## "我卡词啦!"——《八甲田山》的惊骇

我认识高仓的时候,他就是一个极其讨厌二手烟的人,其中契机也是因为《八甲田山》这部电影。

"虽然嘴上充硬汉说不能服输,但是人置身于严寒之中,体力消耗非常厉害,这对身体极其有害。也不知道这电影究竟拍到何时才算完了。所以,我就发了一个誓,烟也是在这个时候彻底戒掉了。总之,当时我的信念只有一个:必须顺利地完成这部电影的摄制任务。为了这片子,我在精神上真是受尽了各种各样的煎熬啊。

"自横下一条心宣布'我要戒烟'的翌日(即1976年元旦)起,直至我接拍LARK的商业广告(1995—1997年),我一支烟都没有抽过。我跟身边的人说:'我把烟戒啦!'对方很吃惊,问我:'为啥你能说戒就戒呢?'我便反问:'为啥说戒却戒不掉呢?'重要的是态度要严肃认真。"

那时我才知道,原本他一天要抽七十多支烟呢。在即将45岁的时候,他成功戒烟了。

"拍这部电影期间,北大路欣也带领的青森第五联队,有好几个年轻演员中途逃走了呢。听说逃跑之前就常听他们说'撑不住,要死了',然后趁着半夜天黑,悄悄地溜出宿舍,但是在火车站被逮住了。这事儿说起来也正常,毕竟不像现在这样,一天中有很多班列车。我自认为也做过不少工作,不过从未听说过有人逃走呢。"说着，高仓露出了苦笑。

**"欣也就在里面呢！"**

"以后就在风雪交加的八甲田山某个地方擦肩而过吧。"但是，神田大尉没能实现这个誓言便一命呜呼了。这场戏描写的正是主人公与死者尸骨面对面的画面——

"拍这场戏时，我的台词卡住了，真是急死了。棺材盖一挪开，真实的欣也就在里面……我当时就在想：怎么回事？这究竟是怎么了？在拍摄这场戏之前，我已经等了好几个小时，一想到欣也也是早就钻进棺材，甚至都冻到粘在里面了，我就说不出话了。为什么会冷成这样呢……我很痛苦地想着，心情坏到了极点。

"欣也饰演的是死人的角色，不能出气。在零下的寒冷环境中拍摄，一出气就会出现白雾。是我推荐欣也来演这个角色的，所以当时百感交集。

"这场戏拍完之后，我对森谷导演道歉：'对不起，刚才我卡词了。'森谷导演却回道：'就这样，挺好。'当时流的眼泪，那可不是演的哟……

"这场戏，真的让我终生难忘啊！"

高仓珍藏着一张照片，那是他在拍摄《八甲田山》期间，与摄制组的工作人员的合影。

"看到它，我就想起八甲田。这位是阿西（即西田忠光，负责大道具），青森人。《八甲田山》是我俩第一次合作，而最后一起拍摄的片子就是《四十七人之刺客》（1994年）。打从东宝离职以后，很长时间没见过面。不过，为了拍摄《只为了你》（2012年），我去了东宝的演播室。不承想，这位老兄和夫人一起并排站在影棚的门口，双手合十，毕恭毕敬地迎候我呢。我当时半开玩笑地道：'阿西呀——我还没死呢。'

"接下来，这位是阿护（即森护），在东映服装部任职。当时他说：'那么可怕的地方，我怎么可能让老哥您单枪匹马去受折腾呢？'于是，在我们拍摄《八甲田山》的第一个冬天，他未经公司（即东映京都分公司）同意，就一个人跑来助阵了。他原本就是东映的职员，居然擅自旷工跑来了。

"假若不让他早点回去，有可能会被开除的。于是我劝导他：'我已经不是东映公司的职员了，你在这里也做不了什么事情，来这里是白费呀！'可他还是赖着待了一段时间。阿护平时不怎么锻炼身体，加之天寒地冻，害他疲惫得不成样子。由于环境太恶劣了，第二年冬天他便没再来了。（笑）但是人家的心情嘛，难能可贵……就是这样，在工作人员强大的精神力量鼓舞下，我才能百折不挠地工作到现在。"

**"面朝向导阁下，向右——看！"**

在电影的最终，画面呈现着迎来春天的八甲田山周边安静祥和的风景，并附上了反射式字幕：

> 三十一联队德岛大尉率领的雪中行军分队，和五联

队的仓田大尉、伊东中尉等人，在两年后的日俄战争中，于零下二十余摄氏度、处于极寒状态的黑沟台，连续两个昼夜滴水未进地持续战斗，最终取得奉天大会战的胜利，最后全员战死疆场。留存于今天的，唯有本州最北端大地上逐渐淡薄的记忆，它还在继续述说着八甲田山雪中行军的故事。

"故事中那些原型人物的子孙们给我寄来了信件，说他们看过了这部影片。信里还写道，我在影片中的说话方式，感觉有点反人类。电影是虚构出来的东西，归根结底演员必须照着剧本讲台词。不过呢，演员能把角色演活。你瞧，这字幕……

"经历过雪中行军考验，在雪地里摸爬滚打并生存下来的军人们，最终还是被送往前线，继而战死。所以，饰演这些真实的人物，负担是很重的。重到难以想象……

"我非常喜欢这场戏：所有人面对着秋吉女士（即秋吉久美子，戏中的向导，由浇口泽饰演），随着一声'向向导阁下敬礼'，大家一起致敬。军人不会对普通人做这种事情的。不过，通过这个剧情，可以折射我所饰演的这个角色的人格。"

高仓在接受杂志社访谈时，也有这样一番回应：

"电影里的台词，有一些是无法忘记的。例如在电影《八甲田山》中，农家媳妇秋吉久美子女士在给我们军人做向导那场戏的台词。柔弱的女子冒着暴风雪走在最前面，为军人们带路。那场戏是我对全体成员发出号令，向顺利完成向导任务的秋吉女

士表示谢意,当时的台词就是:

"'全体列队!'

"'面朝向导阁下,向右——看!'

"大家列成一队,齐刷刷地敬礼。当时,每个演员都感到一阵电流从身上涌过。这是本部片子里给我印象最深刻的一幕。"(摘自 *PRESIDENT* 2006 年 2 月 23 日)

《八甲田山》,一部改变了高仓人生的电影。

现在是凌晨两点四十九分,所有记忆都鲜明地复活了。

## "我是极地演员。"——《南极物语》之残酷

"喂,给我打开这个。"脚刚跨进家门,高仓就嚷嚷道。他从车上卸下一个硕大的塑料袋,足有一搂抱大小。打开一看,里面装的是睡袋。我先把它拿到客厅里展开安顿好,之后,换上家居服的高仓对我说:

"那个是最新材质的。据说既薄又暖和。今天我就用它睡睡看!"

看他的神情,恰似一个准备去冒险的少年跃跃欲试。

院子里的树木开始落叶飘零的时候,对高仓而言,就是盼望已久的暖炉季节要到了。他喜欢在客厅暖炉前的地板上放上一张与身高等长的垫席,随意地趴卧或躺靠在上面。

他对薪柴的堆放方式也十分讲究,就像没当上火锅指挥的添柴指挥一般,一直堆到舒心才算完事。用火种给薪柴点上火,等火焰稳定了,薪柴便在炉膛里爆裂,发出噼里啪啦、噼噼啪啪的声响。再过一会儿,又会出现类似"噗"或"咻"之类颇有节奏感的声音,之后火焰便开始摇晃。他会一边品尝着咖啡,一边享受着安宁的氛围,似乎这是人生的最大快乐。等火焰变小了,就该轮到睡袋登场了。

新款的睡袋每年都在增加,每次高仓买回新的睡袋,都要用它睡一晚。不知何时起,这成了他的一种习惯。

"因为不知道什么时候能够再次接到去南极的通知呀。"这

就是他购买睡袋的动机。只不过试睡的地方却是自家的客厅，这也太天真可爱了。过了70岁之后，一遇见天气晴朗的日子，他会笑着说："这个岁数去南极，感觉会咣唧一下子死掉啊。"然后又十分卖力地去晒睡袋，生怕里面长出虫子来。

另外一个作为季节性必备物品的是羽绒外套。这个也不是穿着逛街的，而是为了应对去南极之类寒冷的地方。

"这个真的很不错啊！"他常会志得意满地穿上新买回来的羽绒外套，问我，"怎么样？"为去南极而准备的东西，是保护生命的重要物品。我对南极气象条件的严酷程度不了解，担心回答得不到位，所以仅止于表面的层次，例如："尺寸还挺合适。"等他脱下来之后，我便应一声"好的"，恭恭敬敬地接过递来的羽绒服，仔仔细细地装进专用的袋子里，之后挂上写着购入年份和生产厂家名称的标牌，把它横着摆放到羽绒服专用的搁物棚上。

"《南极物语》可是一部纪录片哟。零下五十摄氏度，你能够想象吗？无法想象吧。拍《八甲田山》的时候，确实也受过严酷的煎熬，但是南极啊，如今真的去不了啦。那地方，仅凭魄力一点儿用都没有。没有体力根本不成。我想，在北极和南极都拍过电影的演员，只有我一个了。所以说，我是极地演员。

"耳朵冻伤了，溃烂得严重。我还担心再恶化下去的话，会不会脱落呢。（笑）后来耳朵没掉，只能说是运气好啊。

"脸上还长出了痣一样的黑色斑块，就回日本的医院里诊疗，医生说：'不排除皮肤癌的可能性，得做活检。'但是当时正在拍电影呢，不可能中断工作呀。所以，我对医生说：'明白了。下次来的时候再告知我结果吧。'我这反应给人的感觉有点敷衍。后来我去问结果，又说没问题。患者是弱势方，哪有自己的立场呀。即便人家说'是癌症'，你自己还是无可奈何啊。

"因为一时疏忽，我忘记戴上保护眼睛的护目镜了。结果患上了雪盲症（因雪的反射光造成的眼部炎症），眼睛突然看不见了。状况一个连着一个发生，身体一点一点垮下来，简直是在做人体实验啊！"

我想正因为有了这次体验，后来高仓才不敢懈怠防寒的准备功夫，连内衣都要认真对待。他常常一边做准备，一边念叨："再去一趟南极，太勉为其难了。去不成啦……"

**"不管是什么地方，演员都得去"。**

书房的固定电话机旁边放着一个相框，里面的照片浓缩着高仓一份特殊的记忆。

"这张照片，你瞧。眼睛在哭呢。一想起当时的心情啊……就觉得没有什么是不能够忍受的，觉得什么都可以做到。所以我把它放在每天都要使用的电话机旁边，是极其有意义的。"

那是一张拍摄《南极物语》外景期间的照片。当时只有四人获得批准去南极拍外景。拍摄过程中，他们遭遇极地大暴风雪，好不容易捡回了性命。那张照片就是为了纪念劫后余生而拍的，摄影师是藏原惟缮导演。这照片可以映射出高仓的灵魂。

《南极物语》（1983年）观看人数达到1200万人，实现了日本电影史上第一个票房收入超百亿日元的目标，这项纪录在之后的14年间都没有被打破。

在森谷司郎导演的作品《海峡》（1982年）开机之后，高仓被试探性地问及能否出演《南极物语》，当时已经进入仲夏假期。据说，当时藏原导演直接打电话过来询问，后来初次会晤时，导演又热情洋溢地解说了整个拍摄计划。

藏原先生亲自执导过多部由石原裕次郎和浅丘波利子合演的作品，是支撑起日活电影公司黄金时代的金牌导演之一。从日活离职后，他与弟弟惟二先生一起成立了藏原制片公司，曾推出热门大片《北狐物语》（1978年）。

《南极物语》是富士电视台电影部时隔十年拟推出的一部重头戏，制作组达成共识，力推高仓出演的谈判进入议事程程。继藏原导演之后，负责谈判的是富士电视台电影部制片人角谷优。由于当时电影《海峡》的拍摄作业再次启动，角谷导演需奔赴外景地青森龙飞岬去会见高仓。

1982年（昭和五十七年）1月下旬，因普降大雪，日本的交通系统出现混乱，角谷先生抵达外景地时已是晚上。在如此严寒的环境下，过了深夜零时，拍摄作业仍然在进行。据说，高仓在完成自己的戏份之后，没有回宿舍，也没有去取暖，而是一直守护在一旁，看着其他演员把戏拍完。

当时，角谷导演就在附近，他目睹了高仓的所为。后来他在自己的著作里留下这么一段回忆的文字：

我一边吸着清涕,一边走近他,说:"好冷吧?"

他回答:"确实挺冷。毕竟已经不年轻啦……"

"我已知道角谷先生委托我出演的事情,为啥来找我的电影都是一直在往北走啊?寒冷的地方好寂寞啊,感觉身体和心情都会被冻僵。

"结束一整天的工作后,心想这下子解放了。可是万一有哪里出了差错,就得在冰上躺睡袋。一想到这些呀,我的心情就是,去南极干活这事儿,还是放过我吧。"

说完,他就倏然离开现场。

(摘自《感谢电影之神》,扶桑社出版)

当时角谷先生给高仓留下一封信,然后离开了外景地。

藏原导演在奔赴南极的船上不幸肋骨骨折,尽管如此,他仍然不改初衷,缠着绷带继续前行,目前正在现场拍摄实景。弟弟惟二担任制片人,黑暗的北极正处于极夜状态,新年期间还在训练雪橇犬。我不想说什么不会让高仓先生受苦之类的冠冕堂皇的话。不过,为了把这部片子拍成全体国民都愿意观看的作品,我们实在很需要您的帮助。我们都将热情倾注于这部电影,恳请您加入,成为当中的一员,好吗?

(摘自《感谢电影之神》,扶桑社出版)

之后，尽管《南极物语》制作发布会的准备工作在继续推进，但是主角迟迟定不下来。同时，高仓那部《海峡》的摄制工作也在如火如荼地进行。

"为了商谈《南极物语》，角谷先生来到龙飞岬，感受到了天寒地冻，领略到了强劲的冷风。我从接拍《网走番外地》系列剧开始，先后又出演了《八甲田山》《车站》（这部影片是迎着大风拍摄的），还有《海峡》。确实都是被寒风吹打的苦活儿。风一吹，身体就容易疲劳，体力消耗大，不仅如此，精神上也是紧张到僵化，对人当然不会和颜悦色喽。

"我又不是受虐狂，并不是什么都能甘之如饴，也不是只愿去寒冷的地方。演员是体力劳动，不管是什么地方都得去。离开东映之后，净是在这种寒冷的地方工作，真不知道过去造了什么孽，是出于偶然吗，还是某种命运之类的使然？

"同样是风，夏威夷的风肯定是令人心情舒畅的！夏威夷多好啊。总是让人心情好到可以沉沉睡去。只有在那里，心情才能够彻底好转。然而在拍《八甲田山》期间，因为缺钱，我把那里的房子卖掉了。（笑）

"在龙飞时，每天被要求早早上班，还被提醒：'千万不要用手把住车门或建筑物的门端。万一突然刮来一阵狂风，你的手指头会被夹断！'这种地方，单是走路都被吹得东倒西歪的。那个弥老爷子（即森繁久弥），在大家聚餐之后，心情大悦，唱起了《知床旅情》。但是唱着唱着就说：'我呀，岁数也差不多啦，这种地方就别让我来了吧。'这是他的心里话呀。那地方的风真的很猛。不是开玩笑的哟,在龙飞这个偏僻之地有位姓秋滨的医生都说曾经诊疗过好几个被夹断手指的患者呢。"

一年四季,高仓经历过形形色色有关风的故事,经由他面带笑容地娓娓道来,电影的鸿篇巨制难以传达的严寒、强风等鲜活景象,便历历在目。

## "我行精进,忍终不悔。"——江利智惠美女士之死

1982年(昭和五十七年)2月13日,高仓与森繁久弥先生在一档名为《周日客人》的节目里进行对谈,他们是在初次共演的电影——《海峡》里结识的,自那之后就过从甚密。就在节目录制过程中,事务所的经纪人传来消息,已跟高仓离婚的江利智惠美女士自杀身亡了。

1959年(昭和三十四年),歌手兼电影演员江利智惠美女士与高仓结婚。婚后的第十一年,他们家遭遇火灾,房屋全部烧毁。

"我当时就在家里。火势不大的时候,我想着各种法子试图扑灭它,但是不管用。人们说,火是转着圈蔓延的,比想象快得多,一瞬间就烧开了。我没办法对付,就跑了出去。

"家里有八只狗,我可喜欢了,还专门给它们配了驯狗师呢,但是都烧死了。四十分钟……仅仅四十分钟,就这么没了啊……就在自己眼前,刹那间都化为了灰烬。实在是令人愤懑啊!"

高仓仰视着天空,跟我讲述了那段陈年往事。

高仓对收拾电源插座、佛坛和神棚上的蜡烛火源等,几乎到了过于神经质的地步,我终于明白了个中原因。打那之后,尽管非常喜爱狗,但是无论环境如何完善,他也不愿意饲养。火灾造成的精神伤害,一生都在刺激着他。

事实上，当时江利女士的表姐与他们夫妇居住在一起，这次火灾暴露了一个线索，他发现江利表姐在非法侵吞他们的财物，最终发展至对簿公堂。后来，江利一方提出离婚请求，第二年离婚成立。

江利女士享年45岁。前妻的讣报来得太突然，各路媒体纷拥上门，要求采访高仓，让他发表意见。高仓始终三缄其口，并独自离开了东京，前往比睿山的寺院。

"那时，我去了阿阇梨先生（即酒井雄哉，大阿阇梨）那里。我只是双手合十坐在阿阇梨先生身后，不由得想起各种各样的事情……

"有一天，我诵完经，静静地睁开眼睛一看，发现阿阇梨先生点燃的线香冒出的烟正笔直地升起。我感觉自己窥探到了另外一个世界（说到这里，高仓两手合围做圆筒状）——就是这种感觉。那烟，笔直笔直的，可那里是佛堂啊，理应会有穿堂风的。可是，那烟却是一条直线直冲天井。

"我把这事儿跟阿阇梨先生一说，他沉默不语，倏然露出温润柔和的神情，说，那是缘于一种气的聚合吧？据说，阿阇梨先生身上有某种类似能量的东西，可以让那道烟直线升腾……那能量还挺强劲的。

"当我离开饭室谷（即阿阇梨先生的居所）时，向大师说起有人请我出演《南极物语》的事。阿阇梨大师对我讲了一句话：'我行精进，忍终不悔。'在回家的路上，我一边开车，一边在脑子里反反复复回放大师这句话……说起来，听说这部电影会去北极拍摄来着……对啦，大师是说，要让北极的风好好把我涤荡一下。"

"我往之道乃精进，隐忍以行终无悔"（我行精进，忍终不悔）。这句话是《大无量寿经》里"阿弥陀如来的话"，意思是：纵使此身深陷极限苦难，亦得隐忍以行，求道致悟，砥砺修行，无怨无悔。

从那时起，高仓似乎就以这句话为尺度，度过了一个又一个日子。

就在《南极物语》开机发布会即将举行的前一天，即3月4日，高仓决定出演了。为了去美国打头阵，他只身前往成田机场。就在半路上，他打电话给藏原导演，表达了自己的意愿。他说："我突然有个想法，导演，请让我和你们一起去北极吧。"据说，藏原导演和制片人角谷当时立即奔赴成田机场，在机场的VIP休息室里与高仓握手欢谈。

就这样，高仓本人带着极其私密的心情，开始了《南极物语》的新征程。

## "缓过劲来一瞧，帐篷已经没啦！"——《南极物语》之两度遇难剧

"太郎，次郎！"

高仓对着在冰原上迅猛奔跑的狗儿大声喊道。电影《南极物语》的广告使用了范吉利斯的电子音乐，音色纯朴却能够给人以强烈的震撼。

太郎和次郎是两只桦太犬的名字。1956年（昭和三十一年），文部省南极地域勘察队第一次越冬队赴南极进行越冬考察，那两只狗便一同前往了。由于气象条件极其恶劣，带去的器材派不上用场，勘察队的交通手段只有靠狗牵引的犬橇。所以，对队员来说，这些狗是不可分离的伙伴。

两年后，由于气候条件不善，第二次越冬队只得中止。同时，第一次越冬队的队员们撤离南极，结果，十五只狗被迫遗弃在关门闭户且无人看护的昭和基地。狗儿们的野外生存能力挑战拉开了序幕。当第三次越冬队抵达南极的时候，与队员们会师的只剩下太郎和次郎了。

高仓的拍摄工作从北极启动。他们从加拿大阿尔伯塔省埃德蒙顿市北上，经过西北地区耶洛奈夫市，乘坐定期航班抵达最终目的地雷索卢特湾。摄制组以这里为据点，从1982年（昭和五十七年）冬末至翌年春天，逗留了五个月的时间。

在北极极地，高仓遇见了一位印度人——拜赛尔·杰斯达逊先生。他毕业于当时仍隶属联邦德国的某工科大学机械专业，是

一名工程师。据说是为了参与雷索卢特湾的发电设施建设而来到此地的,能用印地语、英语、德语以及因纽特语与人交流。

他积极迎合那些玩遍全世界也不在话下的超级富人,满足他们提出的愿望,有时是用直升机追逐北极熊,有时是为探险家提供援助,这些副业做得比其主业还要成功。他还建立了号称探险者之家(Explorer House)的住宿营地,担任本地导游、商务顾问等,简直发挥了三头六臂的作用。

"最初打招呼的时候,我心里就在犯嘀咕:'为啥会有印度人住在这么寒冷的地方?'但是,你不觉得奇怪吗?这可是从热浪滚滚的国度来的人哟!不过,多亏这位拜赛尔先生的帮助,我才捡回了一条命啊。"

高仓在北极拍摄外景过程中,曾经遭遇过危及生命的险象。

"我们的昭和基地室外布景,位于雷索卢特湾的前头。完成通宵的工作之后,我们乘车返回宿舍。就在此时,我们遭遇了猛烈的风暴。当时已根本弄不清车子是从哪个方向来的,朝着哪个方位去的,只能停在原地发愁。本打算开足电瓶运转功能取取暖,一动手,车子却死火了。若是在平常,我们肯定知道这个操作会导致电瓶断电。但是现在我已经深有体会了,一旦遇到那种情况,人是无法淡定的。

"由于身处极地,磁石失去了功能,无线电也成了无用的东西。大家都非常焦急,所有事情都朝着坏方向演变。在这个节骨眼上,奇迹出现了。

"当时户外有零下五十摄氏度左右吧。车子眼看着就变成冷库,身上都麻木了。这样下去会被冻死的。我们无计可施,这种情况持续了两个小时左右。要是被冻得硬邦邦才有人发现的话,我可就待不住了。就在那时,拜赛尔先生救了我们,简直就是拯救之神。"

当时,有工作人员乘坐其他车辆先回到了宿舍。他们发现高仓那台先出发的车居然还没到,就用无线电联系拜赛尔先生。拜塞尔先生十分清楚,在北极地区瞬间的误判便会造成致命伤害。于是,他马上安排了除雪车,紧急出动去营救高仓他们。也是运气好,他在偏离常规路线的冰原上发现了高仓他们那辆抛了锚的车。高仓真是死里逃生啊!

这幕紧急营救大戏结束后,高仓与拜赛尔先生之间的距离感一下子缩短了。空闲的时候,拜赛尔先生会领着他去观摩因纽特人的生活场景,好像这也成了高仓难以忘怀的记忆之一。

"在因纽特人的家里,被捕获的海豹要拖到室外解体,再把它扔到屋顶上保存。室外就是天然的冷冻库。冷冻过的海豹肉就像岩石一样硬。小刀之类的根本不管用,只能用斧头去劈。

"为了补充维他命,因纽特人会吃生肉哟。动物的内脏也是生着吃,说是为了预防坏血病。在拜赛尔先生引导下,我去因纽特人的长老家一瞧,屋里沾染着浓郁的海豹的血腥气息。那气味啊,就一句话:非常强烈!"

据说,为了预防北极熊袭击,他们甚至安排了手持来复枪的保安人员来守着宿舍。总之,在北极,所有价值观都跟其他地方不同。

**"多余的东西，一概不许携带进入。"**

"北极可没有企鹅哟。不过，藏原导演说，一定要拍摄一些我跟企鹅在一起的画面。所以，日本的拍摄一结束，我们就去了南极。"

南极大陆，是拒人于千里之外的特殊区域。98％的面积被冰雪覆盖，相当于澳大利亚大陆两倍面积的陆地，基本上常年被冰雪封冻着。

冬季，其内陆高原的气温低至零下六七十摄氏度，能够生存的生物唯有企鹅与海豹。南极大陆被禁止用于军事目的，国际上也已经就冻结领土所有权等主张达成共识。

"移动嘛，坐的是美国空军的军用飞机（运输机）C-130。新西兰政府批准进入南极大陆的共四个人：导演、摄影师椎塚彰、助手田中正博先生，以及我本人。

"我们乘坐的飞机不是客机，所以人和货物都在一起。我们像行李一样被拴在机舱内壁上。军人跟我们解释了紧急降落时的注意事项，之后递来一些三明治和果汁，还要求我们戴上耳塞。因为机舱内的轰鸣声很强烈。当时我心里在嘀咕：难道是要把我们流放到南极去？我们究竟要去什么地方呀？"

高仓他们乘坐的飞机，是位于南极的新西兰斯科特基地用来补给物质的美军运输机C-130。从新西兰克莱斯特彻奇飞到南极美国麦克默多站，需要整整八个小时。根据高仓在同年10月19日写下的备忘录记载，美国麦克默多站的气温为零下二十八摄氏度。

"军方对行李的重量有严格的限制。多余的东西一概不许携带进入。书籍只准带一本,所以我就带了这本。早就被翻烂啦。"

说着,高仓从书架上取下了一本书,那是由GRAPH出版社推出的《作为男人的人生:山本周五郎的英雄们》(木村久迩典著)。

在该书的封底上,高仓用黑色墨水的圆珠笔,像刻字一般,用很重的笔压写下了美国基地的名称,斯科特基地的纬度、经度等等:

    Mcmurdo

    Cape Crozier

    Cape Royds

    Scott Base 1957 纬度

    77°51′03″S,166°45′45″E

    昭和基地1957年　1911-12年白濑队

    69°00′22″S,39°35′24″E

    1956年11月8日宗谷130人第一次队。

    JHON队长officer in chrge OIC

    Collin　filed officer

    Gary　Doggo

    Petter Nelson

Bill

（此处所有文字为高仓的原笔记照录）

而且，在那些经常翻开的书页上，有些文字被画上了红线：

"被人放了火，就用手把它掐灭；被人投了石块，就用身躯接着；被人用刀砍伤了，就治疗一下伤口——无论什么情况下，都不可响应他们的挑战。要用所有力气忍耐，再忍耐下去。"（摘自《枞木残华》）

"身上的本事，或高或低，让人无可奈何。但是，无论低，还是高，都要一心一意、全力以赴地工作。不使奸耍滑，不凌空务虚。咱就只坚守这个，把它当作护身佛，一直走到今天。"（摘自《爷儿》）

"痛苦，也得劳作，切勿寻求安逸。人生乃巡礼。"（摘自斯特林堡《青卷》）

**"从未想象过解手会如此麻烦。"**

"到了南极，你猜，我都干了啥？并不是忙不迭地去找企鹅哟。首先，是为期一周的极地生存训练！斯科特基地的队员来指导我们。教官说，去了那种地方，自己的性命要靠自己保护。发生事故时，什么SOS啦，或打电话请求救助啦，这些选项都不成立。

"用冰制成水的方法，应急食品的处理，还有如何搭帐篷，这些都得现学。而且，要特意顶着吓人的强风做这些事。我总算想明白了，我不是去玩的呀。还要学习建伊格鲁——就是因纽特人所盖的雪屋。先将压实固化的雪切成块状，把它们堆积成穹窿顶棚型的房屋。你问什么最棘手？当然是在零下几十度的严寒环境下干这活儿啊。藏原导演也被迫一起干活。做着做着，他就一脸严肃地大喊：'阿健先生，您能否跟那教官求个情呀？从日本来的四个人当中，我岁数最大，是老人家啊。请他放我一马吧。'他体力确实是跟不上了。

"对方队员听到这话笑了起来。登山绳与冰镐的使用方法、如何找到冰隙雪缝、过冰河或雪溪的诀窍、住所的扫除要领，还有做饭、行李搬运等等。总之，人人平等。自己的事儿自己干。在那种地方，谁管你是演员还是别的什么人。"

南极新西兰斯科特基地，位于距南极点 1300 公里之遥的罗斯岛上。进入南极 10 天后，高仓他们得到了斯科特基地 4 名高手队员的协助。以企鹅营巢集群为线索，带着两台雪橇、16 只狗儿一起出发了。整个行程需要 2 天时间，路程是 80 公里。

貌似探险队般的生活仍在继续，终于在第三天他们到达了目的地克罗泽角。据说一年之前，这里还是企鹅成群栖息之地，眼下却一只企鹅的影子也见不到。那天，碰巧前方的巨大冰山出现裂隙，于是他们放弃继续前行，就地搭帐篷准备过夜。

当天晚上，藏原导演一直在跟高仓、椎塚他俩聊天，很晚才离开他俩的帐篷。没过多久，大约是凌晨四点钟，他们便遭遇了猛烈的风暴。据说那风速高达 60 米/秒以上。

"缓过劲来一瞧，帐篷已经没啦！地板上原本铺着的被单已被撕得稀巴烂，跟我在同一帐篷里睡觉的椎塚先生不见了影。我大声呼叫他的名字，才微微地听到他的声音。哦，太好了，还活着。'不能睡着！睡着了就没命啦！'我大声叫道。这是我在电影《八甲田山》里的台词，不承想在这儿实际用上了，这让我又莫名地冷静下来了。

"不过紧接着，脚底下又传来了'咚''咚''咚'的响声，那声音让人头皮发麻。迄今为止我从未听到过这种响动……

"我连眼睛都睁不开，好像连人带睡袋被狂风吹鼓了起来，简直如同一只山芋叶上的大青虫。白天看到的那条裂隙突然浮现在脑海，若是被刮到那个地方，就没命啦。根本谈不上什么摄影啦，拍电影啦。

"这番折腾之下，说不定已经有谁丧命了，我也会坐地等死吗？我当时在想，人不会这么简单就死掉吧。等我们被解救出来，好像已经过去了四个小时呢。"

据说，后来一行人返回基地的时候，全体队员用响亮的歌喉唱着节奏明快的歌曲迎接他们。约翰队长还打破了"在基地里自己的事情必须自己解决"的规则，亲自下厨，在食堂做了煎鸡蛋，庆贺高仓他们平安归来。

当时的情形，高仓在记事本上做了记录：

Oct，26 日 TENT① Minus32°初次见到人的鼻子被冻

---

① 帐篷。

成白色。进入乱冰地带。只得 CAMP①。从未想象过解手如此麻烦。

Oct，28 日 Minus33°TENT 被刮走。豁出性命逃进 SNOWMASTER。这究竟算个啥呀？21 时 45 分，风稍稍变弱。Collin 给我们做了日洋混合的炒剩饭。回到 TENT，因寒冷而睡意全无。时而打起盹，恍惚间有昏过去的感觉。Gary，Peter，Collin 和 Bill，我觉得他们都表现得非常出色，有他们在真是太好啦。生生而加护。

（本段文字为原笔记照录）

回到基地的翌日，导演收到有关企鹅营巢集群的新情报，于是，又发出向罗伊兹山甲出发的号令。此时，高仓却有了情绪，说："我认为，这个决定是不明智的。昨天几乎丢了性命，现在还心有余悸。我的耳朵都差点儿冻掉了。但是吧，请想一想，我们来这儿，并不是为了拍企鹅……这是导演你本人的一根筋想法呀。"

在顺利完成与企鹅同框的镜头之后，高仓为了进行冻伤治疗，于同年 11 月 9 日，比其他工作人员早一步离开南极，前往洛杉矶。

"啊——终于活着摆脱了地狱。"虽然高仓心里这样自鸣得

---

① 露营。

意，但与此同时，他也为自己一个人抢先离开南极感到不是滋味。

《南极物语》对高仓此后的人生产生了巨大的影响，可以归纳如下：

> 此次去南极拍摄外景，改变了我的人生观。我痛切地感受到，死比任何东西都更接近身边，生命是极其有限的。人生"所拥有的时间"并没有多少。在余生能够做什么呢？归根结底，活着，究竟意味着什么呢？在南极期间，我净是在思考这样的问题。

(摘自《读卖新闻》1983年1月8日晚刊)

陪伴高仓拍摄过《南极物语》和《沙海勇士》这两部片子的藏原惟缮导演，于2002年（平成十四年）12月28日溘然长逝。

晚年的高仓在看完《南极物语》的重制版DVD后，讲了如下一席话：

"与我同一年代的藏原导演和椎塚摄影师都已经过世了。想当初，我和椎塚先生常在帐篷里聊天。因为天寒地冻，睡不着呀。如今能够暖暖和和地躺在床上睡大觉，就这一点，简直就像是在天堂啦。他一直做得挺好的。"

2019年（令和元年），原本35毫米胶片的《南极物语》被重制为4K版。《关于环境保护的南极条约议定书》于1998年正式生效，禁止将原本不属于南极的动植物物种携带进入南极。所以那些在南极大陆用狗拉着雪橇穿越企鹅群的镜头，已经成为珍贵的历史性影像。

## "我曾经死于大众传媒之手。"——对于被报道死于艾滋病的愤慨

"我很难有机会听到不同年代的人说话。比如说,'嚯——是吗'这种说法还挺有趣的。"

高仓平时会通过收集杂志、新闻报道等这类有偿服务,浏览有关"高仓健"的文章。每月至少有30篇,多则上百篇。

除了他本人接受采访的报道,我发现社会上还有许多报道,对高仓怀着浓烈的兴趣,甚至是别有用心。

有位青年评论家力推将高仓健的形象改编为漫画的角色,于是他给我提了要求:"这漫画,你要收集齐全喽!"

有一篇报道还推荐高仓担任电视节目候补解说员。

"我只会说真话,所以肯定全程竹筒倒豆子,成不了节目的。直播的时候,这种场面是无法见人的。那节目很有可能第二天就化为乌有喽,我也成了节目杀手阿健!现在我连商业广告都不接了,不给任何一方大神添乱。(笑)"

虽然是说笑的语气,听着却很有精神的样子。

在这些报道之中,也有媒体打算策划成"岁末特集"之类的,专门报道过去的事件。有一次,看到一篇文章题目,高仓的名字竟是以往生者身份出现的,我丈二和尚摸不着头脑,便开始阅读这则报道。不承想,高仓以极其克制的声音说道:"我曾经死于大众传媒之手。"

曾经有报道称高仓是"同性恋者,已患艾滋病死去"。日本

国内处理这些报道时,我因公干在海外,对此事并不知情。但是看了高仓本人的表情,我马上察觉他有多不痛快。

在家里的时候,高仓从不掩饰自己的喜怒哀乐,所有情绪都会表露无遗。尤其是他打开"愤怒"的开关大概只需要零点几秒,一旦动怒,刚才还是平和稳健的谈话,突然就变得容不得别人插话,脸色大变,怒气一目了然。高仓的感情非常细腻,加之记忆力惊人,这两个特点的相乘效果,会导致曾经被迫尘封多年、无法一笔勾销的不快记忆,一下子爆发出来。

每当这个时候,我除了静静地旁观,别无他策。一面诚惶诚恐,一面照常过日子。不准刨根问底地讨说法,这是小田家的规矩。家里所有人声都消失了,只能听到大门被使劲关上时的撞击声,被调至最大的水龙头流水声,还有上下楼梯时发出的"咚吱""咚吱"的脚步声。给他备好的饭菜,也是碰都不碰一下。

就这样持续了两天后,沉默被突如其来地打破了。

"啊——肚子饿了!唉,那时的事情一股脑儿冒出来,根本忍不住,到现在也忘不了。对方是谁、事实为何也不证实一下,就径自瞎写。总之,我就是这么莫名其妙地被人杀了一次。"

高仓所说的"死于大众传媒"这件事,好像就发生在他去海外完成《沙海勇士》(1988年)剧本采集之时。

"高仓健是同性恋患者,已患艾滋病死去"——这个具有轰动效应却毫无事实根据的标题,跃然出现在报纸、杂志等媒体上。后经确认,居然有二十家媒体发布了七十多篇报道。

**"混蛋……不要哭,好好说!"**

"我在海外期间,都是我打电话单线联系事务所,而且通话时间不固定。因为那时候不像现在,谁都能用手机。有一次,我久违地给事务所打了电话,接电话的孩子有些语无伦次,说到一半突然哭起来:'啊,社长(指高仓本人)……'他蹦出这么几个字来,泣不成声:'您……没事吧?'

"我丈二和尚摸不着头脑,就大发雷霆地说:'我没事啊,所以才能打电话的嘛!混蛋——出什么事啦?不要哭,好好说!'再三逼问之下,对方才说出了那件事(即患艾滋病死亡的传闻)。

"由于我的电话被设定为热线电话,好不容易等到这电话响铃了,想必接电话那孩子也被吓一跳吧。不过,我突然听到那孩子痛哭流涕,也确实吃惊不小。

"就在我说这通电话期间,事务所里的几部电话都在响个不停。遇到那种情况,无论是谁都会恐慌的吧?由于我一直没联系事务所,想必这孩子一直在焦虑不安之中等待着。

"我安慰道:'我精神着呢,不用担心。'之后,我决定无论怎样都得先回国一趟。究竟出于什么目的要散布这种流言呢?因为久居海外,难以掌握信息。当时还不是网络时代呀。我要求事务所买下所有报纸,回国后一看这些报纸,都是随心所欲的一派胡言。当得知理应已死去的我又回来了之后,他们居然还敢潜伏在我家门口来一探究竟。

"有一位曾在电视上见过的文艺节目女记者,和摄影记者一道上门。我觉得他们闪快门会危及我开车,便走到外面很客气地请求:'你们是哪家电视台派来的?能不能先把你们扛着的相机关机?'那位采访记者一直埋着头不说话。我又问摄影师:'你是想干这种事情,才当上摄影记者的吗?'结果,那家伙也低下了头。

"随后对方抬头看着我的眼睛说:'不,其实我曾经想当演员的。'我记得当时是这么回复的:'既然如此,下次我们就在电影拍摄现场见吧。'"

在这场闹剧之后,1987年(昭和六十二年)5月21日,高仓出席了下一部电影《沙海勇士》的开机发布会。当时有记者提问:"如果高仓不是同性恋者,也没有死,那么为什么不第一时间现身,召开记者见面会予以澄清呢?"对于这个提问,高仓字斟句酌地做了如下回应:

"我并不打算改变自己的生活方式。因为我认为,凡是正确的事情,过了若干年,大家会明白的。"(摘自《SUNDAY 每日》1987年6月7日)

**"才艺水平比我们高多了。"**

"艾滋病闹剧的相关报道,我都浏览了一遍。无任何真凭实据,完全是满口胡言。犯错了理所当然要道歉,说句'对不起'呀。至少老母亲曾经是这样教导我的。她说:'致谢与道歉都要趁早!'

"总之,我在自己不知情的情况下被人杀死了!没过多久又出现了一篇报道称,可能是制药公司趁着发售治疗艾滋病新药的时间节点散布了我的死亡谣言。该报道也只是称'可能',结果真相还是模糊不清。

"你明白这种感觉吧?谣言散布者根本无从查起……真的很难受。这跟自己跑到南极还差一点死掉,完全不一样啊!这是彻头彻尾的恶意陷害。"

就在这件事发生的两年前,美国著名演员洛克·赫德森去世了(享年60岁),对外公开的信息是,他是同性恋者,死因为艾滋病。当时,艾滋病属于不治之症,人们谈艾滋色变。高仓遭遇离谱的流言蜚语攻击时是56岁,年龄与洛克·赫德森接近,名气也相当,用他来当日本的广告之塔,或许是极其合适的。

如今,LGBT(Lesbian Gay Bisexual Transgender①)这类字眼已成为平日里常见的词语,但当时截然不同。在二十世纪八十年代的后半期,人们对艾滋病有非常大的偏见,世人把相关的小道消息当作爆炸性新闻,大肆渲染。

为什么高仓的名字会出现在风口浪尖?——东宝原本列入计划的新片制作突然中止,离谱的流言开始满天飞,还有人称在以治疗艾滋病闻名的巴黎某医院见到高仓本人的时候,事务所却无法确定他的所在地;写真周刊杂志上刊载着高仓与年轻男子

---

① 性少数群体的四种类型,分别为:女性同性恋者、男性同性恋者、双性人、跨性别者。

(其实是当时的随行人员)一起回到自己家里的照片。汇总了众多报道内容之后,这些似乎就是主要的证据了。但是,每次拍完电影,高仓都会飘然离开众人视线,跑到海外去度假,所以自他在东映的时期,就有人炮制"阿健失踪"的新闻,这都是见怪不怪的事情了。还有,打从离婚后,他与女性的绯闻就不绝于耳。那么,为何这些人突然认定他是同性恋者了呢——

没有真凭实据,当事人也蒙在鼓里。高仓就是这样在不知情的情况下被语言暴力虐杀了。这对高仓而言,是多么深刻的伤痛,岂能一笑了之呢?高仓出身九州筑丰,那地方的民风十分传统,仅是因为当上了演员,他就被父亲扫出家门。

不过话又说回来了,高仓从不歧视同性恋者,跟很多男性同性恋者都有交情。"在拍摄《网走番外地》期间(昭和三十至四十年代①),大家都称男性同性恋者为'OKAMA'②。当时,有一位颇有名的男同性恋者,名字叫阿吉,有一天茂雄(即长岛茂雄)带着他去店里了。

"那个年代,男同性恋者想活下去都不容易啊。不过,存活下来的OKAMA都有些'才艺',对人世间的动态也了如指掌,尤其深谙说话的艺术。当然,他们对政治也用心琢磨。我觉得,他们的才艺水平比我们高多了。所以,我把他介绍给导演,让他给我们演电影呢。"

---

① 在1955—1965年间。

② 意为男同性恋。

高仓所说的"阿吉",就是吉野寿雄先生。1930年(昭和五年)出生,比高仓年长一岁。那家店就是位于六本木的吉野。他出演了《网走番外地:北海篇》(1965年),展示了自己独特的风格。

在去世数年前,高仓偶然看到电视上正在播放《吉野"妈妈"的引退》这个节目。他不由得面露怀念之情,说道:"还是那么精神啊!真希望能够见一面。"

"阿吉出演的那部《网走番外地》,由利(即由利彻)先生也参演了。一有空闲时间,由利先生总会说着'OSYA,MA,N,BE①……',太好笑了。明明只是在说地名,经由利先生的嘴这么一表达,全场就发出爆笑。这就是才艺啊,就是青春啊!

"还有《男儿热血必有报》(1961年)这部电影的名字,被由利先生以调侃的口吻一说,就变成了'娃娃来吸男人的奶',真是笑死人了。还有呢……"

关于"媒体虐杀"的话题被放在一边,唯有笑声响彻在房间的每个角落。

---

① 长万部町,是北海道渡岛综合振兴局北部的一个以酪农业、渔业和林业为主的城镇,位于渡岛半岛连接北海道其他地区的交通要道。

## "简直就是爱哭鬼阿健啊……"——泪腺决堤的《铁道员》

"已经很冷啦!好久没来北海道了。尽管行头装备相当完备,可是去的地方实在太冷了(此时的高仓一边说一边用手触碰鼻子、耳朵,几乎要把它们拽下来似的)。不过这次啊,当地的老奶奶们每天都端来刚做好的、热气腾腾的汤水,对我们悉心照料。那个好像是叫土豆团子吧?非常好吃哟。还给我们上了很多形形色色的饭菜,不过,我就爱吃土豆团子。下次,你也试着做一下吧。"

1999年,《铁道员》在北海道(南富良野町几寅)拍摄外景。高仓从那儿回到家里,一开口说的都是在那边的美好回忆:当地几寅妇女协会的多位友好人士为他做了美味可口的私房菜土豆饼。虽然知道所用的食材是土豆,但具体是什么品相,确实难以判断。土豆是什么品种,即便问高仓本人,他也不可能清楚明了。不过我还是试着问了一下:是像糕点那样偏甜的吗,还是像平常饭菜尝到的那种滋味?

"既不甜,也不咸……总之,就是土豆的味儿。(高仓用中指和大拇指做了个圆圈造型)大约这么大,厚度像这样(主食面包切成八块的厚度)。你做得出来吧?"

最终,他能提供给我的也只有尺寸。

在做了各种试错性摸索之后,我做出了自己风格的土豆饼:先将生的男爵土豆碾碎,加上少许太白粉摊成饼状,然后用橄榄油将两面煎成黄褐色,再用酱油调味。高仓尝过之后,说道:"感觉味道有点不同,不过这个也挺好吃的。"这让我也有一种似乎陪他去过几寅的感觉。

《铁道员》是我和高仓邂逅之后第一部开机的电影。

**"大家都哭了,我也掬了一把感激的眼泪。"**

《铁道员》是高仓继《动乱》(1980年)以来,时隔十九年的东映系作品,也是距之前那部《四十七人之刺客》(1994年)杀青之后,相隔五年的电影作品。

事情缘自东映东京摄影所(以下简称"东摄")所长坂上顺先生的一封来信,以及随函寄来的《铁道员》原作剧本。信里写道,制定这个企划的是东摄制片人石川通生先生;曾经与高仓在东摄同甘共苦的许多演艺人士,都热切期望在即将退休之际,能再一次参与他的电影制作。

为此,高仓不禁流露出一脸苦笑,说道:"这确实是坂上老哥的做派。"

"坂上老哥"就是坂上所长,在拍摄《新干线大爆破》《野性的证明》等影片时,他与高仓一起工作过。

"大家的情谊令我欣喜,但也不知道是不是就选这个剧本。我总觉得这个剧本不行。"高仓在嘀咕着。

"要等我看过剧本才能给您答复。"他就这样回复了对方。自上一部作品《四十七人之刺客》以来,高仓经历过数年时间的空档期,如何才能够充分发挥身为主角的责任,他心里并没有底儿。

高仓平时极少接触业界相关人士,关于承接的企划,哪怕有一丝一毫不称心的地方,他就不去见其具体负责人。《铁道员》最初的剧本送来之后,他也只是通过书信往来与坂上交换意见。考虑到片子里必不可少的雪景拍摄,高仓的结论便成了关键。于是他跟我说了一句:"我出去一下。"便径直跑到剧本上署了名字的降旗康男导演的家登门问策。

回来之后,高仓的声音带着几分兴奋:

"我问了阿降先生(即降旗导演),当真要拍这个吗。他夫人给我端上茶水的时候我也没打算待很长时间,结果还是多磨蹭了一点时间。到最后,阿降先生自己都动手给我添茶了。(笑)我们东拉西扯,无所不谈。临回来之际,我又问:'这电影会拍成什么样子?'他回答:'像是被五月雨水打湿一般的电影……'阿降先生毕竟是东京大学毕业的高才生,说起话来高深莫测的呀!听得我云里雾里,完全不明白是什么意思。(笑)"

后来,高仓才说起出演这部片子的原委:

"促使我下定决心去演的契机,是制片人那句颇有杀伤力的甜言蜜语:'摄影所的伙计们说,希望拍一张最后的纪念照。'这句话真是太绝了!跟我一起拍电影的这帮伙计,当中有不少人再过两三年就得退休,都要离开摄影所。原本只是匆匆聚一下,只拍一张纪念照,结果演变成要拍摄一部大片。"(摘自《朝日GRAPH》1999年6月1日)

就这样,《铁道员》在历经难产之后,终于启航了。

**温热的泪水、悲伤的泪水、感慨万千的泪水……**

在《铁道员》里,高仓所饰演的角色是一位名叫佐藤乙松的火车站站长。他守护的车站是北海道一条地方线的终点站,而这条线已经确定要被废弃。父子两代人都是铁道员,脑子都是一根筋。出生才两个月的独生女夭折的那一天,妻子赶在自己前面去往彼岸世界的那一刻,他都一如既往地守望列车定时安全运行,他说:"有什么法子?咱是铁道员啊……"孤独的时候仍在专心工作,恪尽职守。等回过神来,却发现这条铁路即将废弃,自己也快要退休了——

在这部电影里,高仓流下了迄今为止从未示人的眼泪。那是身为一站之长的佐藤乙松面对外界时流下的伤心泪水;是联想到身为父亲的忏悔时所流下的温热泪水;也是在记者招待会上或接受访谈之际,当他回顾在东映任职时流下的悲伤眼泪;更是在电影颁奖会上接受颁奖时流下的感慨万千的泪水……

从前去大泉摄影所试装那天起,高仓的泪腺似乎一直处于决堤状态。

"今天真让我吃不消!因为比预约早到了许多,于是我就跟来接我的司机说,带我在摄影所附近转一转。真是旧貌变新颜啦!曾经常往这里跑的日子,似乎都已变得相当久远了。等我一进门,发现大家居然齐刷刷地列队候着呢。他们应该知道我最不会应对这种阵仗的……

"进屋再一看,一切如我过去在这儿的时候一样,连神龛都原封不动地保存着呢。听说在我辞去东映的工作之后，从前搭档过的伙计们仍然为我保留了所有东西。我真是忍不住了。不承想，我的存在在他们心中是那么重要，感觉一股暖流涌向心头。之后，一张张令人想念的面孔一个接着一个过来跟我打招呼，说：'我是某某部的某某。'当时大家都哭了……我也掬了一把感激的眼泪！"

我永远忘不了，高仓一回到家，就给自家的神龛献上了祓词，一副一鼓作气往前冲的气势。

1999年（平成十一年）1月，在北海道南富良野几寅站（在影片中为幌舞站），《铁道员》正式开机了。

"几寅的外景拍完之后，就到了下一场戏，主人公在泷川给雪子（影片中的女儿）买人偶娃娃当礼物。那时阿泊先生（即泊懋，原制片人，当时担任东映动漫公司社长）手里就拿着拍板站在我眼前。我十分吃惊，便问：'阿泊，为啥你也在这儿？'对方回道：'听说阿健先生要拍摄东摄（即东映东京摄影所）的电影，我想，哪怕就在一旁举举拍板也好，就自动请缨来参加了。'他搞这么一出，我倒是难为情了。人家堂堂一位大社长，单单为了举拍板的角色，就千里迢迢赶来捧场！听他这么说，我真的十分汗颜。"

1998年（平成十年）12月18日，《铁道员》剧组在帝国饭店的开机记者招待会顺利举行。

高仓致辞：

"这里有优秀的摄制团队和演员，还有我的故乡东映东京摄影所。前几天,我时隔十九年又回到东摄去试装,真是感慨万千……(说到此处,他陷入一段长时间的沉默)。我打定主意,在这部作品中燃烧自己,全力以赴。"

有记者询问为什么会出现长时间的沉默,高仓回道:"世上总有一些事情,是一言难尽的。"

被人问及沉默或者流泪的原因,高仓似乎是心存抗拒的。

"记者招待会上,有不认识的记者要求我拿下帽子,把脸露出来。可是,我的脾气你是知道的,被他这么一说,我反而把帽子压得更深了。"

就连这些对外秘而不宣的促狭鬼的举动他都对我和盘托出。

而关于拍摄电影的过程,他在杂志的采访上是这样描述的:

"我内心还是第一次感受到如此强烈的情感。在塑造角色的阶段,若是平常我得很用功才能激发那些感情。可这次情形正好相反,为了能够控制这个角色,我可吃了不少苦头。有不少镜头,我都得抑制自己的情绪才能演绎出来的。我是一个成长在九州的男子汉,从小接受的教育就是不可以在人前或哭或笑。但是有很多场戏,我都是演着演着,就自然而然地哭出来了。跟读剧本或试戏的时候感觉完全不一样,正式拍戏的时候,我根本无法控制自己的感情了。这样的经历,迄今唯独在拍摄《八甲田山》时有过一次。……

"关于跟主人公佐藤乙松年龄相当这件事,虽然没有特别心存意识,但是或许我和他之间真的存在着类似同龄人共识之类的感情吧。所以,当心情激荡的时候,眼泪就流出来了。"(摘自

《朝日 GRAPH》)

"简直就是爱哭鬼阿健啊……"

看着新闻报道中自己带着哭相的照片,高仓有些不好意思了。

## "为了生存，当上了演员……"——《铁道员》获奖感言

《铁道员》公映后，公司的发行代理分成超过了 20 亿日元，迄今为止无缘企及的海外电影奖也花落此处了。

"获奖者是，高仓健！"

1999 年 9 月 6 日（当地时间），第二十三届蒙特利尔国际电影节在加拿大召开，会上宣布高仓健为最佳男主角奖得主。这是日本男演员第一次获此殊荣。

一共有十九个作品参与角逐，当时担任评审委员会委员长的瑞典女演员毕比·安德森女士高度评价了高仓健的演技。她说："凭借沉默寡言的演技却能让人备受感动，唯有这样的演员才配获此奖。"

当地报纸 *GAZETTER* 也有相关报道：

"这是一部安静且具备悲剧力量的电影。（中略）高仓所饰演的乙松是自巴斯特·基顿之后，表情最为忧伤的铁道员。"（摘自《读卖新闻》1999 年 9 月 10 日晚刊）

缺席了蒙特利尔国际电影节颁奖仪式的高仓发表了以下感言：

"值日本电影景气低迷之际，许多观众还愿意移步电影院观看《铁道员》，仅凭这么一点，就让人无限欣喜。没想到，还能够获得如此大奖，真是十分感动。我由衷地感谢竭诚参与这个电影制作的各位朋友，很想与他们一起分享这份快乐。我会谦虚地

接受大家对我的评价,以此作为展望明天的动力。我深切地感觉到,与一群忘我的人一道工作真不赖,非常开心。"

**从眼里流出滚烫的东西**

电影公映的翌年,即2000年(平成十二年),自《车站》(1981年)以来,时隔十八年高仓再次获得第四届日本电影学院奖最佳男主角奖。不过颁奖当天全体相关人员都心存不安,不知道高仓能否到场。高仓不喜欢出席仪式,此前的蒙特利尔国际电影节也是缺席的,而且他很久以前就表现出一种质疑态度:出席仪式是获得最佳奖项的不成文前提条件吗?

这一届的颁奖仪式不同于往年,那种紧张感会通过电视画面,传递给每位关注它的人。

高仓健的名字是听说过,可是究竟是个什么人呢?当真还活着吗?我想会场有很多人都有这样的疑惑。最后,仪式顺利进行,最佳男主角奖得主高仓健的名字公布之后,高仓上台发表获奖感言。

他双手紧紧捧着纪念像,头微微低垂,身板却挺得笔直。然后,稍稍调整了一下呼吸,开口发言道:

"当初是为了生存……当上了演员……"

说到这里,他再次哽咽。滚烫的东西夺眶而出,顺着面颊流了下来。

稍做停顿之后,他像挤牙膏似的继续往下说:

"转瞬间,四十多年过去了。原本心冷如冰,倔强如驴,如今也变得柔和了许多。对不起,我太兴奋啦……这个奖不管拿几次,我还是会觉得高兴。今后我会继续加油,争取再次获奖。"

他最后的总结还算铿锵有力。坐在电视机前的我,心里的石头也算落了地。

发言开首讲到"为了生存,当上了演员"这句话时,高仓出现了语塞,我知道他不是随便说几句肤浅的感言,而是想本着身为电影演员的坚定信念,向台前幕后支持过电影《铁道员》上线的许许多多人士,表达自己的感激之情。我深深感觉到,这段寥寥数语的感言和泪水,诉说着高仓内心的呐喊。电影演员本非他所愿的行业,他曾在此受到过许多深重的伤害。

在获奖感言的最后,高仓说"今后我会继续加油,争取再次获奖",但他心里的真实想法是不想抢夺年轻人的获奖机会。为此,后来他都会请求评审委员会把自己从日本电影学院奖获奖候选名单中除去,之后他再也没有以奖项得主的身份上过场。

对高仓而言,北海道算得上他的第二故乡,在那里留下了数不胜数的回忆,以这里为外景地拍摄的片子多达34部。《铁道员》是最后的一部。

在曾经是外景地的几寅火车站周边,外景布景还原封不动地保留着。一到冰雪消融的季节,车站附近会盛开五彩斑斓的花朵。这是几寅妇女协会各位有识之士精心拾掇出来的宝贵财富。

2018年(平成三十年),北海道迎来正式命名一百五十周年。道立四大美术馆(钏路、带广、札幌、函馆)巡回举办追悼高仓特别展出活动,这个活动大约每隔两个月巡回一次,恰好跟北海道道庆纪念活动撞期了。

北海道巡回展的广告文案写的是：

> 您回来啦，阿健。北方大地欢迎您！

> 因为出生在 11 月 10 日初雪日，所以起名为雪子。
> ——引自《铁道员》原作

而 11 月 10 日，也是高仓的忌辰。

这也算是与《铁道员》之间一段不可思议的缘分。

## "好想拍纪录片啊。"——出演《萤火虫》的序章

高仓非常喜欢纪录片节目。他喜欢看英国的BBC，美国的探索频道、历史频道等海外节目。同时，他也颇喜爱《最初的使者》系列片。

他大发感慨地说："真想拍一下这种片子啊。"他跟中国的导演张艺谋过从甚密，曾给他寄了一套DVD，内容就是高仓中意的纪录片。

一位叫鸟滨登米的女士偶然进入了高仓的视野，当时日本电视台《你以为你知道吗》节目正在做她的文章。对战时的特攻队队员而言，她是非常有名的"知览之母"。

看完这期节目之后，高仓像是被点燃的导火索似的打开了话匣子，开始讲述可哥的往事——他曾是一名训练兵：

"我们兄弟姐妹四人（他有一个哥哥，两个妹妹）。哥哥昭二平时很温和，你只能看到他不温不火的表情。可是，仅有一次，我觉得他像变了个人似的。那是战争结束后，他从预备役训练营回到家里的时候。你听说过'回天'吗？你知道那支开着飞机撞向敌阵的特攻队吧？'回天'就是潜水艇版的特攻队，被称作人肉鱼雷。由一人驾驶着，上头堆满炸药撞向敌人。坐飞机的话，眼睛还看得见，但是'回天'看不见前方，就是一个靠潜望镜导航的铁疙瘩。一旦从潜水艇里发射出去，不管是命中目标还是不命中，操纵者都会丧命。

"不管是哪种特攻队,让那些十几岁的孩子背负如此命运,实在是残酷得难以想象。明知道自己无法生还,也不可以生还,他们还是得出击。

"昭二哥哥是回天特攻队队员,不过直到最后他还是不用上潜艇,捡回了一条命。但是回到家里之后,他就变成了另外一个人。不准任何人与他搭话,在家里待了一段时间之后,拿着日本刀出门,连续很多天行踪不明……

"不过等他再次回到家时,又恢复了平常那温和稳健的表情。当时,我不敢问究竟发生了什么事情,他也始终没有告诉我们。假如战争再拖延下去,我也得陷入跟哥哥一样的处境。能够像今天这样活着,只能说是运气好……有时也会觉得造化弄人啊。"

高仓时隔五年出演了《铁道员》,引发了坊间的热议。翌年,2000年(平成十二年),在即将迎来千禧年之际,身为电影演员的高仓做了一番严肃的思考,思考自己能做些什么。就在这个节骨眼上,他看到了那个有关特攻队的电视节目。这促使他拍摄了《萤火虫》这部电影,并于翌年公映。

影片的宣传文案是"虽然可能两个人只有一条命"。影片是以历史事实为线索,剧本由竹山洋和降旗康男创作。

故事讲述了在临近鹿儿岛知览基地的渔港,主人公山冈(由高仓饰演)过着渔民的生活。他曾当过特攻队队员,迎娶了因参与特攻而死去的前长官的未婚妻知子,两人过着琴瑟和鸣、鹣鲽情深的日子。就在年号由昭和更迭为平成的关键时刻,他接到原特攻队幸存伙伴自杀的噩耗,之后又被告知,仍在做肾脏透析的妻子来日不多。于是,山冈决定与妻子一道,带着曾经是妻子恋人的前长官的遗物和遗愿,前往长官的故国——韩国,向其遗族报告原委。

电影片名为《萤火虫》,源于特攻队员出发前留下的那句誓言:"我愿击沉敌舰,化作萤火虫回来。"

1989年(平成元年),高仓陪着曾经一起出演过电影《黑雨》的安迪·加西亚去美国看短艇。"安迪没有相中的,反倒是去打酱油的我,一冲动买回了一艘。"那艘具有远洋航行功能的游艇被命名为"CASA BLONCO"。就这样,高仓在日本拥有了自己的远洋游艇。

在此之前,高仓没有机会考取船舶驾驶证,平时开船只能委托游艇基地的人。然而在《萤火虫》这部电影里,他的角色是一名渔民。因此,年近七旬的高仓为取得一级船舶驾驶证,横下一条心,毅然奔赴南岛。

"那船晃得厉害,害我吐了又吐。"偶尔他从现场打来电话,还不忘哈哈大笑地调侃道,"所有人看起来都比我年轻呢,不想让他们看到我的糗样,所以绷着劲儿呢。"虽然是岁数最大的学员,但是他秉性就是不服输,我通过声音就知道他的表情。

考到驾驶证后,高仓带回了很多笔记用具、海图、罗盘仪及三角尺、圆规等物品。他一边整理这些东西,一边说:

"出海之后,让我们在船上算算写写,不仅很不习惯,又得在摇摇晃晃的船上阅读,所以那字体呀,就尽量写得小一些。吃不消啊！要拍下一部电影，不会掌舵的话就说不过去了呢。"

他边说边反复练习动作，以便牢牢掌握拴系船只的要领。

**"古贺政男老师想教我弹吉他。"**

在这部电影里，有一个吹口琴的插入镜头令人印象深刻。

"要是会点什么乐器就好了……结果我就选了这个。说起乐器，在东映拍摄黑道系列电影的时候，有个制片人还是谁突然提出了一个要求，说：'古贺政男老师说，想教高仓先生弹吉他。'

"那个时候，我光是拍电影都自顾不暇了，哪里有工夫学那个。我记得当时是让他们转达了我的回复，说：'您的心意我心领了。'不过我觉得，有空档期的话，学学也挺好的呀。"

高仓平常爱拿在手里把玩的就是口琴。他不愧为口琴发烧友，居然收集了八个。每天根据自己的心情，选取其中的一个吹奏。

"我饰演的角色是渔民，所以也不用吹得很好。尽管演出部给我准备了一些录音带样本，但是我毕竟不是演奏家呀。"

在家里，他可以随心所欲地、不按照原调吹奏《红蜻蜓》《故乡的天空》等曲子。

"拍摄《车站》的时候，大年三十那天去酒馆喝酒，倍赏千惠子女士唱起了有点跑调的《船谣》，我就是以那个为模板的。虽然演员总是想把好的一面展示出来，总想把任何事都做得牛气哄哄。不过我倒是觉得，不太擅长口琴的形象，反而能让观众感受到这个角色的真实性……"

眼看外景拍摄的日子临近了，高仓选了一个手感比较熟悉的口琴。

《萤火虫》的外景地，就是鹿儿岛县垂水市海潟港。在拍摄过程中，很多渔民及妇女协会的人士给了予了莫大的支持与配合。就在外景拍摄期间，本地有户养殖琥珀鱼①的渔民家里生下了一个男孩。

"人家央求我给孩子起个名字。我反复确认：'这么重要的事情应该是孩子的父母，或者亲戚来做吧？我合适吗？'人家又表示，实在很想珍惜这段缘分，希望能沾上点光。这户渔民对我们帮助非常大，于是我便给孩子起名为'诚治'。"

从外景地一回来，高仓就把这件事讲给我听。

高仓不喜欢吃鱼，所以无论别人怎么使劲劝说那里的琥珀鱼非常美味，他还是坚持坦率地说："我跟鱼不对付，就不吃了。"可是，直到外景拍摄完毕的最后阶段，人家都一直以为他是在客气，高仓无奈地笑道："拒绝人家的好意真是太难了。"

**"若是能够成为日韩两国之间的桥梁……"——为韩国留学生之死而感动**

"我的老家福冈离韩国和中国都很近，学校同一个班级里，大约四十个同学中就有五六个是韩国孩子。相处得不错的孩子还

---

① 温水性深海鱼，日本寿司的高级食材。

教会我唱《阿里郎》。拍《萤火虫》在韩国取景唱起这首歌谣时，我就想起了那小子。真令人怀念啊。"

高仓一边试着唱《阿里郎》，一边向我讲述这段往事。

在日本公映后，《萤火虫》也准备在外景地的韩国上映了。2002年1月14日，他出席了在韩国首尔举行的记者招待会。在日本国内，高仓都没在剧场里致辞过，却愿意跑到韩国参加招待会，其中是有两个原因的。

其一，是高仓常常怀抱着这样的念想：为了给日本电影带来新的刺激，必须与不同国籍、不同文化的人士一起积极地工作，他希望自己能成为其中的铺路石。在现场致辞时，他也表示："若是能成为日韩两国之间的桥梁，本人不胜荣幸。"

其二，是在前一年的一月份，韩国留学生李秀贤（当时26岁）在东京JR线新大久保站为了搭救一位跌下站台的乘客而身故。高仓去韩国便是为了给他扫墓。他通过新闻得知了李同学的情况，深信这正是日韩两国的桥梁，便邀请了李同学的父母出席首映仪式，据说还向他的家属表达了哀思。

凭借《萤火虫》，高仓获得了第二十一届藤本奖特别奖。

藤本奖是为了颂扬电影制片人藤本真澄先生为电影事业所做出的功绩，由东宝于1981年（昭和五十六年）设立的奖项。2008年（平成二十年）之后改由电影演剧文化协会主办，主要颁发给电影制作者，身为演员能够获此殊荣，是罕有的。

**海军授予的怀表**

《萤火虫》的主人公是有人物原型的,他叫滨园重义(当时77岁)。电影拍摄完毕后,为了感谢滨园先生提供珍贵的口头史料,高仓将自己用过的一块怀表赠送给了他。

不久,高仓收到一个来自滨园先生的包裹,里面放着一块战争期间海军部队颁发给他的怀表。这块表是瑞士浪琴公司制造,表上的时间已经停止了。

"居然送我这么珍贵的东西……"高仓深感自己跟滨园先生已成为出生入死的"战友"。于是他找了从事钟表的熟人说明了事情的原委,希望让这只怀表焕发生命力。

据说对方也给出了积极的反应,说:"瑞士总部的能工巧匠多的是。但是这怀表太旧了,可能已经没有库存的零部件了。不过若有必要,可以请工匠改造一下。我帮您寄过去吧,但可能会花上一些时间。"

就这样,滨园先生的怀表踏上去瑞士的旅程。

几个月之后,那怀表恢复了计时功能,又回到了高仓手中。而且邮送过来的包裹里还附着一封来自经手厂家的信。信中写道:

"钟表师傅深刻理解高仓先生的念想,尽管已经退休,他还是很愉快地接下了这个修理工作,亲手一个一个地制作出那些不再使用的零部件。"

"真是太感谢了!"高仓十分感激那位具有工匠精神的师傅,

又说道,"这个美谈,真想把它拍成电影呢。"

后来,那只怀表又完好无损地回到滨园先生的手中。

"假如早一点出生……也许我就不能这样活着喽。"

我想,正因为高仓一直带着这样的感想,所以才会对这块经历了战争磨难又劫后余生的怀表寄予了那么强烈的情感。

## "我的第二场败仗。"——东日本大地震与遗作《只为了你》

"你瞧,漂亮吧?"

高仓在二楼审读完《只为了你》的剧本,便冲着一楼厨房里的我说道。我连忙循声跑过去,发现高仓正站在窗边,眺望那轮穿越透迤细长的云缝正徐徐西沉的夕阳。

这一刻无比静寂。

在夕阳被地平线猛地吸噬进去的一刹那,他低声自语道:"一瞬间就没了啊。"之后,余晖并未减弱,反而更强劲地散发着猩红的光芒。看着这落日景象,高仓露出苦涩的笑容,说道:"大家会不会认为我已经死了呢?"

在《只为了你》之前,他还拍过一部片子。那就是2006年(平成十八年)公映的中国电影《千里走单骑》。同年,他只参与了TBS世界遗产十周年特别版解说节目的录制,此外就没有接拍任何节目,甚至商业广告。

"尽管如此,档期空得还是长了些。我是不是在偷懒啊?"对于这个冬眠期,高仓表示反省。

在这个冬眠期里,高仓重新阅读了一些以前读过的书,其中一本就是池波正太郎的《最后的目标》(《完本池波正太郎大成29》,讲谈社出版)。高仓在书上画了红线,旁边写着如下内容:

人类的欲望没有止境,到处都充满欲望,终究一事无成,这是显而易见的。为了满足一个又一个欲望,比起金钱或其他什么东西,与之相应的"时间"必不可少。为了获得"一",就得舍弃"一"。这就是早晚问题。所以我认为,人生所持续的时间,才是人类最应该慎重对待的"财产"。

大概每三天就有一次浑浑噩噩地思考自己大限的事情,或许这纯属徒劳,但是从另一个角度来说,这么做也有减少自己欲望过剩的功效。

我想,在高仓的精神世界里,追逐利益的欲念,确实发生了变化。

**"我是彻头彻尾的'急性子'。"**

2011年(平成二十三年)3月11日,东日本大地震发生了。当时,高仓80岁。

地震发生时,高仓正在从常去的理发店驱车回家的路上。徒步去外面购物的我连忙赶回家,就见家里地板上散乱地掉落着物品,面对这种状况,我陷入茫然。正当我烦恼不知道从哪里着手收拾这残局,固定电话的铃声响起了。

"啊啊,能接通,太好啦。我现在正在××一带,车子走得很慢,但是还在动。我想,怎么着也能回到家里,你不用担心啊。"

"好的,我等您。"我简短地回答说。

可是,到了我觉得高仓应该回到家的时间,还是没有回来的迹象，他的手机也打不通。这件事该让高仓多么心急如焚，是不难想象的。

"我是个彻头彻尾的'急性子'。"高仓也不忌讳这样评价自己，说他属于急性子目急性子科的人物。他有一句口头禅："慢活儿谁都能做。交代给你的事情，越快完成我越高兴。"

我一方面惦记着高仓晚归的事，一方面又要抓紧时间收拾房间，脑子都快转不过来了。

能够坐十人的大桌子上堆积的许多书籍和文件发生了坍塌，我脑子里掠过高仓那张面带愠色的脸，光是摞在一起的书籍上下顺序出现错乱都会让他不高兴。所以我最优先考虑的是，检查倒下来的玻璃灯、匾额的玻璃等是否破裂，还要收拾出能落脚的地方，免得高仓受伤。

终于，我的手机收到一条信息："没事吧？"在那之前，高仓一直固执地排斥发短信，认为"没必要"。不过现在，他明显察觉到问题的严重性了。

这次震灾给了他教训："我应该早点明白这件事的，一旦情况危急，只有短信是畅通的。"以此为契机，高仓开始正儿八经地练习发手机短信了。

高仓平安无事地回到家里时，满脸都是疲惫的神情，很明显，最初发生的情况是他始料未及的。他说：

"电话只有那一次能打通。之后就只听'啪嗒'一声，车子不动了。这一路大概花了平时两倍半的时间吧？不过，总之能回到家，真是太好了！我当时还在纠结呢。难道得弃车走着回家？

这么远的距离走得回去吗?"

从翌日起,高仓就在家里足不出户了一段时间。他详尽地看了来自灾区的电视报道,话语也明显减少,就听到他自言自语地道:"诸行无常啊……"

核电站发生了核泄漏,海啸夺去了许多无辜的生命,这都是惨痛的事实。对此,无能为力的高仓只能哀叹:"对我而言,这是第二场败仗……"

平时,高仓说话总是带着身为演员的矜持,然而此时,他被一种无可奈何的无力感折磨着。他说:

"无论哪种职业,都必须思考能否持续发力,去提高这个职业的地位,哪怕是提高那么一点点儿,这是非常重要的。无论什么职业都该这么做!但是这种时候,电影演员能够起什么作用呢?什么也做不了,就只是个爷呀……"

## "感觉自己就像被人踹了一脚。"——灾区少年的照片

地震发生之后,世间一切也逐渐回归到日常。就在这个时候,高仓从有关震灾的海量报道中,发现了一张照片(摄于当年3月14日的宫城县气仙沼市)。照片是一个男孩脚蹬粉红色的长筒靴,上身套着几乎能够覆盖住全身的、卡其色大码工作服,两手各提着一个用来装酒的大塑料瓶,里面装满了水,在堆积得

一个男孩坚定地行走在废墟中。这张照片就贴在《只为了你》的台本上。

比他身高还高的杂乱瓦砾之间行走着。他紧咬的双唇抿成一条线，双目略微低垂，坚定地行走着，这身影似乎在诉说着其内心的坚定。

月刊杂志《文艺春秋》（2011年6月）介绍了作家盐野七生先生的一则评论。他说，有位意大利记者看了那张照片之后，说道："他的表情很不错，意味着日本一定会再次振兴。"

"把这个剪下来吧。"高仓说道。他把这张照片放大到A4纸的尺寸，还改成彩色图片，放进了相框里。直到高仓去世之前，这张照片就一直挂在他随时可以看到的走廊墙壁上。

"这孩子是抱着什么心态度过每一天的呢？我做了各种各样的设想。不只是这个孩子，在灾区的所有人都在为生存而拼搏。而此时此刻，我什么也做不了，真是太窝囊了。演员啊，除了在电影里传递些什么，其他啥用也没有。看了这张照片，我觉得那个男孩浑身上下都在向世人宣告：'绝不服输！不会认厌的！'我感觉自己就像被人踹了一脚。"

出于这份决心，高仓参演了《只为了你》，这部影片也成了他的遗作。他在台本的余白处贴上了那个男孩的照片，带着对灾区同胞的无限同情，真情实意地投入了拍摄。

这部电影的宣传文案写的是："珍贵的情思，献给重要的人，你感受得到吗——"

2012年（平成二十四年）公映的《只为了你》，由东宝出资策划，导演是降旗康男。他与降旗导演在东映那会儿就一起拍摄了《地狱之法没有明天》（1966年），直至《千里走单骑》

（日本取景部分），总共合作了二十部电影。

影片的故事讲述了富山刑务所技术指导员仓岛英二（由高仓饰演）收到亡妻洋子（由田中裕子饰演）生前留给他的一封信。信里写道："希望你能将我的骨灰撒到故乡的海里。"

又被告知还有一封信是由平户邮政局保管的，且保管时间还有十天就到期了。仓岛原本打算退休后与妻子一道驾驶着露营车去旅行的，如今他只能只身开着那辆车前往妻子的故乡长崎。沿途上，他与形形色色的人不期而遇。通过抛撒妻子的骨灰，他深切地体会了妻子生前的念想，于是决心重新开启人生旅程。

"那样的片子拍不了几部。因为人并不能想活多久就活多久。你想想看，假如按照之前的节奏，即便拍得出来，也就两三部吧。或许还没有那么多呢。"

**与冈村隆史先生的约定**

高仓在《只为了你》这部影片里兑现了一个约定。他凭借《铁道员》获得了日本电影学院奖最佳男主角奖。在颁奖仪式现场，他与"99"[①]的冈村隆史先生做了一个约定。

2017年（平成二十九年），BS朝日卫视制作了《高仓健的真实面孔：孤高的电影演员·83年的人生》。在这个纪实节目里，冈村隆史先生回顾了当时的情形。

冈村先生主演的电影《没问题》获得话题奖，在颁奖台上

---

① 日本节目主持人冈村隆史与矢部浩之组成的相声组合。

主持人问:"有没有哪一位演员被您视为标杆?"

"当时我的回答是:'当然是想成为高仓健先生那样的演员。'刚说完这话,现场的空气一下子就凝固了。我知道自己做了一件十分不靠谱的事情。那种话都说得出口,说明我还是太年轻了呀。会场里的人们肯定在想这家伙在说啥呀?你又不是演员,不就是个搞笑艺人吗?"

打破现场沉闷氛围的是高仓送给冈村先生的掌声。他从自己所在的桌子前起身,一个人站在那儿久久地鼓掌。高仓的如此姿态,给人们留下深刻印象。

"我当时真觉得自己得救了。阿健先生起身鼓掌的举动,似乎在表示我这么说很靠谱,现场的氛围也缓和下来。后来大家一起合影留念的时候,阿健先生轻轻地走过来,主动跟我攀谈。他说:'你的节目我都在看哟。'我备感震惊。高仓先生还说:'希望有机会能一起合作。'之后又补充道:'我不是说笑的哟。'所以我一直在等待那一刻,心想何时能够跟高仓先生一起工作。"

后来,冈村先生因工作生活压力大,心理上出现了一些问题,不得不去疗养。其间,高仓给他写了一封鼓励的信,还捎上了一本书。对此,冈村先生记忆犹新:

"他送了我一本书(《中山博道 剑道口述集》,堂本昭彦编著,Ski Journal出版)。我可没说大话哟,这本书里夹着一个书签呢。意思是说让我就看这一页,还给我画了红线。不过,我的精神状态已经相当低迷,电视看不进去,书也没心思看,却在最难受的日子收到了这本书。我就把书翻到这一页,就看了这一句话。

"'当盛自戒'①。

"我这个水平是无法理解其中奥义的,这可是高人写的书啊。但是如果我没有读到这一句话,或许我的疗养生活时间会拖延得更漫长。所以在我内心,他的确很伟大,可以说是我的救命恩人了。真的。"

平常高仓会通过电视热切关注冈村的活跃状况。看到冈村跳上 EXILE 音乐会的舞台,与舞者一同载歌载舞的画面时,他会心生感慨地道:"冈村这个人啊,总能释放好多能量呀!"因此,当他得知冈村先生精神方面出现状况时,才会写信去勉励他,让他不要输给自己。

### 大泷先生的台词让人"不禁潸然泪下"

"在中国拍摄期间,让人感到意外的是,行家组里头的年轻人有很多是女性。我在东映的时候,说到女性工作人员,也就是做做场记之类的事情,要不就是打理发型或者服装……总之,身边净是些男士。我知道张艺谋的做法是,先让她们体验现场的氛围,在缄默无语之中,培养工作人员的业务能力。

"在纪录片群组里,吃饭都是走过场,而且几乎没有休息时间。听说,拾掇摄像机的那个女孩还是个大学生。或许她已进入导演的法眼,但仍然努力地配合导演的各种要求。在一个组里,

---

① 只要砥砺奋进,好时光就会来到,但是这个时候更要戒除焦躁心理。

大家都是对手。也不知道能不能被导演选中去参与下一部片子，处处充满紧张感和活力呢。这种现场真的很好啊。"

基于上一部作品《千里走单骑》的体验，高仓似乎产生了一种使命感，开始思考能向年轻一代传递些什么。所以在拍摄《只为了你》这部电影时，他与长冢京三先生、原田美枝子女士、浅野忠信先生、绫濑春香女士、三浦贵大先生、草彅刚先生，以及金贵美子女士等一批演员第一次联袂演出，身边还围绕着许多第一次合作的工作人员。

从富山出发，经过飞驒高山、兵库县朝来市以及福冈县门司港，之后抵达远隔1200公里的长崎县平户的薄香港。影片中的高潮——撒骨灰镜头就是在这里拍摄的。

影片中负责撒骨灰的人是当地渔民大浦吾郎，这个角色是由大泷秀治先生饰演的，他是一位与高仓搭档多年的演员。电影公映刚过去一个多月，87岁的大泷先生与世长辞，因此，《只为了你》成了他的遗作。

"跟大泷先生已好久未见了。他身体状况有些糟糕，来到拍摄现场时，他双手似乎还在护着两肋。彩排的时候，我就注意到他的声音有点小，还有些担心来着。不过到了正式拍摄，他的表现判若两人。他说：'好久没接到拍电影的活儿啦！'看样子还挺起劲儿的。我跟电影也是久违了。（笑）

"拍抛撒骨灰那场戏时，搭乘的小船一启动，大泷先生喊了一声：'出航！'这是剧本里没有的台词，不过，这句台词恰好体现了大泷先生的气魄。

"他不擅长游泳，而且害怕乘船，于是我跟他讲：'大泷先生，你可得紧紧地抓住这里，万一掉到海里就麻烦啦！'结果他就一直紧紧抓着我给他指的那个地方直到最后。但他脸上的表情极好，以至于旁边的工作人员都说：'大泷先生看起来好庄严啊！'"

后来，拍完船上的撒骨灰镜头，小船回到港口继续拍摄下面的场景，结果发生了意想不到的事情——

"大泷先生与彩排时完全不一样……我所熟知的大泷先生生就一个老戏骨，不论是在《八甲田山》《追捕》，还是《家兄》（电视剧），他的舞台感觉都是特别强的，演技很强，不过在那场戏，那个人物已不是大浦吾郎，就是大泷先生本人。

"像'很久没看到美丽的大海啦'之类的台词，看剧本的时候我觉得挺无聊的。可是，经由大泷先生一说，我就情不自禁地流出了眼泪。当时机位在我身后，所以没拍下这个细节。"

《只为了你》是高仓时隔七年再次触屏，媒体也十分关注。由于电视里也提及了高仓在剧本里贴照片的事情，他非常担心那个男孩（松本魁翔同学）再次成为媒体关注的焦点。于是，高仓就直接给已经搬进临时简易住所的孩子写了一封信：

"我不希望魁翔同学被人过度关注，愿你能够尽量平稳地度过一生中仅有一次的童年日常。虽然我们相距甚远，但我会守护着你的成长。不要服输哟！"（此段文字为信件摘要）

## "如果能出演黑泽先生的电影,我的人生应该会不一样。"——最终化为幻想的电影演出

"接下来,还能拍几部片子呢?如果……当时我能出演黑泽明导演的电影,情况又会如何呢?我的人生应该会完全变样了吧?如果真是那样,也见不到阿贵了吧?"

2014年(平成二十六年)4月,高仓做完检查后,需要紧急住院。刚开始,他对医院里的病床很不习惯,躺在床上时嘴里首先念叨的还是电影的事。

他说的那部电影就是黑泽明导演的《乱》(1985年)。

"我跟黑泽导演谈过很多回,说自己比较缺乏演历史剧的经验,也提到了自己对历史剧存在畏惧心理。之后,我就收到了黑泽导演的亲笔信,字里行间都流露着惋惜的情感。"

黑泽导演的那封信里还写道:"我还有很多话想跟你说。考虑到年龄,以后拍历史题材电影的机会不太多了。身为导演,我非常喜欢高仓演的那个角色铁修理,为了塑造史无前例的'伟岸武士'形象,希望高仓务必出山。"

2006年3月,在月刊《文艺春秋》上就有高仓的一段回应:

"跟黑泽导演之间这件事,至今想起仍是痛苦的记忆。每当回首此事,就觉得心痛。一方面觉得自己伤害了黑泽导演的善意,另一方面我自己也背负了伤痛。……

"归根结底,演员与导演之间,机缘是非常重要的。'演出费之类的不是问题,即便是演那种从马上掉下来的小喽啰也无所

谓。'其实我是十分仰慕黑泽导演的。可惜,居然一次都没有跟他合作过……有时我在想,如果能出演黑泽先生的电影,哪怕是一部,我的人生应该会不一样。"

高仓之所以久久难以忘怀对黑泽导演的向往之念,当中还有另外一个原因。

1998年(平成十年),黑泽导演与世长辞了。之后有工作人员得知导演与高仓曾因为《乱》这部影片的制作出现过碰撞的原委,便将黑泽导演绘制的高仓版"铁修理"的分镜头照片寄给了高仓。

照片尺寸不大,可以放在手掌心。图片上是高仓身披鲜红色盔甲的肖像,共有三张,分别为左侧身像、右侧身像以及正面稍偏向左侧像。一笔一画,力道遒劲,从中足以窥见黑泽导演那颗跃动的心。

独立经营之后,高仓并没有配经纪人,所有工作都是自己亲自接洽。尽管如此,在《乱》进入议事日程时,由于他还在拍摄另外一部电影,不得不做了一些调整,结果自己破坏了自己的规则,伤害了导演,也伤害了自己。

后来,高仓将黑泽导演为自己绘制的肖像画装进了相框,借此经常提醒自己要牢记当天那件事的教训。

打那之后,在高仓的思想意识中,"工作的基本要素就是剧本与人"这一观念变得更为坚定。

尤其是剧本,它是通往崭新世界的大门。剧本到了高仓手头,只要它具有强烈的感召力,感觉有关人员也试图介入,高仓就会立刻答应接拍,有时甚至不读剧本的具体内容。

"我有事务所,大家直接把剧本送给我即可。干活的人是我。拜托你们不要介入!"

我曾不止一次、两次地听到高仓语气强硬地对着话筒嚷嚷。他时时意识到自己所剩的时间不多了,而这种真诚面对工作的姿态,被他贯彻始终,直到生命的终点。

**"能够让自己燃烧起来的作品。"**

"'高仓先生一动起来,就会掀起风暴,所以请只管拍电影吧。'在藤本奖颁奖仪式上,白井先生(即白井佳夫,电影评论家)曾这样激励过我。尽管他那么说,关键还是看剧本啊!现在也没有那么多现成的吧。"

别人送来的剧本就是一切的出发点。在身心条件全部具备之前,高仓不会打开剧本,有时甚至原封不动地放几周时间。当注意力涌上来了,他就会喊上一嗓子:"今天来看吧。"

这种时候,他对房间的环境也格外讲究。上午和下午,照进屋子的光线会有变化。客厅、厨房、书房、院落,每个地方都摆放好坐起来舒服的椅子。一旦心思定了,他就会说:"今天就在这儿读吧。"然后拿起阅读时用得称心的眼镜,走向心仪的场所。

中国茶、日本茶以及香草茶等,是这个时候的标配,而我会用皇家哥本哈根的马克杯给他沏上一杯茶。

此时的必备品缺少不了红色铅笔和浮签。红色铅笔分两种,其中一种是朱红色的 Tombow VERMILION – 8900。此外,他还会提出要求:"有没有写起来很顺的笔?"于是,我给他准备了红色更深一些的 KARISMA COLOR Crimson Red PC924。每当读到能够打动他心弦的内容,他就在那些地方画上红线,或者写上文字、符号,非常专心致志。

"这支铅笔的笔尖,削得太尖啦!总担心它会突然断掉呢。"他不认可刨笔刀削的铅笔,所以后来我就改用和式小刀手工削红色铅笔。

标签,他喜欢 3M 的透明标题 683MH Post-it JOBU 款式的,除此之外,一律不用。

对高仓来说,读剧本的时间,就是一次旅行,或许身上会起满鸡皮疙瘩,或许能够寻绎到引发全身颤动的冲击力。野鸟发出的尖锐叫声、树木被疾风吹打摇动时树叶的摩擦声,都会使他分心。每当此时,时空都会静止,只能听到他翻动书页的沙沙声。

有时,刚看个十五分钟左右,他就说:"今天就到这儿啦!"听到这句话,我就晓得他会回绝别人:"我觉得,这个剧本不属于我。"

"身为演员,我明显有一种劣等感。所以但凡接受了的事情,都要全力以赴去做。我不想留下遗憾。在拍摄现场被工作人员簇拥着,大家一起流汗,这比什么都能够让我心安理得。只要看看工作人员们默默地做事,我的心情就会快活起来。

"这种时候,若是看到现场有人抱着游山玩水的心态,嘴上说着'各位好''多谢',却不愿流汗,我就会极其厌恶。这种人,又没人叫他来。我也不想跟他说话。这里又不是在耍猴!就算对方是亲戚,我也会这样说的。

"对我来说,工作场所是要拼上性命去做事的地方。若不成功,就没有下次了。轻轻松松地说一句'好吧,后面的事就拜托啦',然后就站到击球区,脑子也不动一下,那得多快活啊。但是,正因为我没有采取这样的工作方式,才得以独立。

"比起接受,拒绝要痛苦得多。尽管我对棒球一窍不通,但是至少知道,若不站到击球区里,就等于全垒打和三振出局都被你放弃了。不过,心思会变得越来越沉重,例如担心还能有几次机会站到击球区;不想让观众看到自己的糗样;不愿被三振出局。"

随着年龄的增长,对待工作的态度就要更加慎重,这是高仓的掏心话。

**为什么放弃出演《三岛由纪夫传》?**

此外,高仓放弃出演的作品还有《三岛由纪夫传》。这部电影是由保罗·施拉德先生以电影导演身份策划的一个作品。1974年(昭和四十九年),他曾担任过《高手》的剧本作家。以《高手》为契机,他与兄长莱纳德·施拉德先生一道,对高仓健这位叱咤影坛的日本演员寄予了殷切期望。

1979年,美国纽约日本协会组织举办"高仓健电影特集"展会,这也是莱纳德·施拉德先生尽力助推的结果。本次特集上映了高仓健主演的11部电影,除《高手》之外,还有《昭和残侠传:请君归天》《幸福的黄手帕》等。当时特集里是这么介绍高仓健的：

"在过去的十五年里，高仓健主演的电影摄影费时短，且成本低廉。尽管如此，他是日本战后具有重大影响力的演员，他以电影的方式告诉人们，当下日本男人应该发挥什么作用。此外，他就像约翰·韦恩、詹姆斯·迪恩等人那样，属于那种超越了演员条条框框的人物。就如同汽车代表着美国，芭蕾象征着俄罗斯（苏联）一样，高仓健被日本人称作'日本的阿健先生'，他是唯一的。"（本段文字为缩略版）

与施拉德兄弟交情日渐深厚的高仓也为《三岛由纪夫传》这个企划加温了。1983年（昭和五十八年），各种体育类报纸都在制造"三岛的饰演者是高仓健?"这个噱头，可见，传闻几乎成了半公开的事实。尽管如此，最终高仓还是放弃了参演，并且跟我说了个中原委：

"随着《三岛由纪夫传》的推进，有件事在开拍之前是怎么也避不开的，就是因为有三岛瑶子夫人。我在拍《八甲田山》和《动乱》的时候，演的都是真实人物，所以在接拍《三岛由纪夫传》时我内心也在想，对其遗族的了解是不可或缺的。这应该是起码的礼仪吧。

"施拉德兄弟的情感表达方式跟我不一样，也许他们不好理解，不过对我而言，三岛先生毕竟是极其鲜活的人物形象。当三岛先生前往市谷的自卫队驻屯地的时候，我还在摄影所里，听到他剖腹的新闻，我心里就乱糟糟的，还记得当时我就叫停了拍摄。

"所以,我去了与三岛先生交情甚笃的横尾忠则老弟家里,当场让他帮我打电话给三岛夫人。对方似乎已经察觉我们要拍电影,当即就拒绝了。或许可以说正如我先前的预料吧。不过,对于被迫放弃接拍《三岛由纪夫传》这件事,我一点儿都不后悔。"

为了举办高仓健追悼特别展,我前往横尾先生的工作室商量相关事宜。当时,他就提到前文那个话题:

"高仓先生曾忧心忡忡地来找我,当时他表情相当凝重。得知未亡人(即三岛的遗孀)的结论后,他立马就明确地表示放弃,真的非常决绝。之后他的表情又恢复常态,仿佛灵魂都安定下来了。我没有跟高仓本人说过这个,不过当时我心里是别扭的,之前为了促成电影开拍,我已经做了那么多铺垫,本来指望他能演的,真的。

"后来,绪形拳接拍了这部电影,我本人也参演了。不过现在就结果来看,我觉得幸好高仓先生没有出演这个角色。我觉得三岛先生所推崇的礼节,高仓先生在当时就已经完全领会了。"

**"本想出演无法松的……"**

电影演员高仓有一个没能了结的梦想。那就是他对《无法松的一生》中的人物无法松——富岛松五郎所怀抱的念想。

"本想出演无法松的……"

最后一次谈论这个念想,还是高仓在病房床上的时候。

《无法松的一生》的原作者是岩下俊作,舞台是福冈县小仓,即现在的北九州市。时代背景是日俄战争刚刚结束,身为人力车夫的粗莽汉子富岛松五郎,与猝死的陆军大尉其遗族之间产生了交集,这部作品所描述的,就是男主人公与军人遗孀及其幼子敏雄之间的故事。

迄今为止,该作品已被先后四次拍成电影。第一次是1943年(昭和十八年),是黑白影片。无法松一角由当时41岁的"阪妻",即阪东妻三郎饰演。

第二次是彩色电影,于1958年(昭和三十三年)公映,无法松一角由当时38岁的三船敏郎饰演,后来获得第十九届威尼斯国际电影节的金狮奖。高仓反复观摩了由稻垣浩导演拍摄的这两部影片的VHS录像版。

在高仓遗留下来的跨越58年间的访谈录音、录像中,被反反复复提及最多的就是《无法松的一生》。

"牧野雅弘导演本来想让我演松五郎,可是当时的电影摄制权限在东宝,东宝的田中友幸先生正在打算接拍。拍完《海峡》之后,森谷司郎导演说想跟我合作这部片子。但是,假如我跟森谷一起合作,牧野导演就该伤心了。总之,我考虑了很多。我有一种强烈的想法,不能做背叛牧野导演的事。我把这种心情跟森谷导演一说,对方也表示理解。不过,早知他去世得那么早(森谷司郎于1984年逝世,享年53岁),我就该跟森谷合作这个片子啊……机缘不巧吧。"

随着岁数的增长,高仓切实地感到自己的年龄正逐渐远离原作里的松五郎。但是,他仍然心有不甘,时不时地回想起来,便向我碎碎念。

于是,《无法松的一生》成了高仓生前一直念念不忘的幻想作品,多次热切期待演出,最终却未能兑现。

## "本想把导演痛揍一顿,然后放弃演出!"——内田吐梦导演的《爱的考验》

"本想把导演痛揍一顿,然后放弃演出!(笑)'就在今天''今天一定要辞演',那时我每天都有这个念头。这种时候是非常难熬的,怎么做都是错。总之,只有我一个人被折腾。'你的手里,没有表达出阿伊努人的悲愤!'导演对我这么嚷嚷,不管做什么,都被他大声训斥,被逼到没有退路了。那是我跟内田导演合作的第一部片子,不知道这就是他惯有的做事风格。所以,每天都是心烦的呀,简直无可奈何……"

在高仓的记忆中,拍摄过程中一直被导演挑刺的片子,就是内田吐梦先生执导的这部《森林与湖的祭祀》(1958年)。原作者是武田泰淳,作品以北海道的大自然为舞台,揭示了阿伊努人与大和族人之间的民族矛盾问题。

这部片子在杀青之后第三年才得以公映。影片中,高仓饰演的是一名青年——风森一太郎,背负着行将走向毁灭的阿伊努民族命运。问题的关键是,如何去表现阿伊努人内心深处的真实状况,对高仓而言,这是迄今从未触碰过的复杂角色。

在这个时候,他恰好邂逅了内田吐梦导演。后者刚刚结束在中国东北地区长达十年的生活,回到日本与东映签署了专属协议加盟。好像内田导演的"刻薄"已达到无以复加的地步,与高仓一起演出的三国连太郎先生也曾经表达了类似的看法:

"阿健先生迄今为止的主流拍摄是低成本影片。以这种形象出演大牌导演的电影还是首次,所以当时整个人都木了。话虽如此,那种欺侮人的方式还是太残酷啦。(笑)……阿健先生可能对导演也没有好印象吧。真的一直被欺负。(笑)……应该这么说吧,他俩对戏的把握方式不合拍。关于这一点,阿健先生应该也曾提到过吧。"(《吐梦先生千古》,电影导演内田吐梦十七年忌辰追悼出版)

关于这位三国先生,高仓也有印象,曾向我这样介绍过:

"我曾看过阿连的台本,上面密密麻麻写满了自己那个角色的背景介绍,几乎都看不到原本台本上的字了。我做不到这一点,所以只好用身体硬顶着上了。"

当时内田导演已经60岁,为我们留下了许多催人奋进的作品,例如,由大河内传次郎主演的历史剧系列电影《复仇选手》(1931年)、《人生剧场》(1936年)以及《大菩萨岭》(1957年)等。其中,《饥饿海峡》(1965年)堪称不朽之作,曾经获得每日电影大赛导演奖,高仓在这部影片的尾声登场,饰演了舞鹤署一位警部补①。

内田导演于1970年(昭和四十五年)8月走完了自己的人生旅程,享年72岁。高仓在《吐梦先生千古》一书中表达自己的心声:

"'你的手里,没有表达出阿伊努人的悲愤!'

"导演曾这样对我怒吼道,还用力地咂了一下舌头,声音之

---

① 日本警察的职阶之一。

大，在场的工作人员都能听到，简直就是在说：'这家伙真的不行！'当时的我连'衣裳里藏着哀伤'都不懂，怎么可能表达得出'手里的悲愤'呢？结果，这一段反反复复拍摄了好多遍。

"后来我想啊，当时导演看出我的演技不可能超水平发挥，便用激将法想真的激怒我。其实我已经愤怒到极点，差点儿就想'不拍了，走人'。所谓的'手上的演技'就是这个时候学会的。例如，单凭手部的一个动作去追女孩之类的……

"抛开工作，导演本人非常和蔼可亲，会跟你聊很多事情。

"'什么凡·高啦，马克思啦，还有各种有关中国的书籍，都去看一看。中国人很伟大哟！'

"我清晰地记得他说过这样的话。

"我坚信，现在自己还能继续做着演员的工作，正是因为内田吐梦导演的身体力行，让我学会了很多有价值的东西。

"对我而言，内田导演是千载难逢的引路人。"

内田先生之于高仓，曾经是一个彻底折腾过自己的导演，同时也是自己无法忘怀的导师。

## "比女演员更有女人味呢。"——牧野雅弘导演的教诲

"迄今为止,我跟多少位导演合作过呢?列出来看看。"

在《铁道员》(1999年)宣传会结束后,高仓吩咐我做这么一件事。于是,我跟高仓一起开始用码"正"字的方法计数,这个纸条至今还保留着。

津田不二夫(5)、小石荣一(16)、伊贺山正光(3)、佐伯清(14)、小林恒夫(11)、小泽茂弘(16)、佐佐木康(4)、松田定次(2)、牧野雅弘(20)、关川秀雄(7)、内田吐梦(6)、饭冢增一(2)、岛津升一(3)、若林荣二郎(1)、工藤荣一(1)、石井辉男(20)、渡边邦男(6)、小西通雄(1)、井上梅次(3)、村山新治(1)、泽岛忠(1)、渡边祐介(2)、深作欣二(2)、中岛贞夫(3)、降旗康男(20)、鸟居元宏(1)、佐藤纯弥(7)、山下耕作(10)、伊藤大辅·山内铁也(1)、加藤泰(1)、罗伯特·奥尔德里奇(1)、齐藤耕一(1)、西德尼·波拉克(1)、田中登(1)、森谷司郎(3)、山田洋次(2)、藏原惟缮(2)、雷德利·斯科特(1)、弗雷德·谢皮西(1)、市川昆(1)以及张艺谋(1)

高仓一生中出演了205部影视片,与他搭档过的导演,包括5名外国人士,总共有42人。

其中,牧野雅弘导演(1908—1993)是给高仓带来巨大影响的重要人物之一。高仓出道的第三年,他俩就合作了第一部作品《警戒线》(1958年)。若论合作次数,牧野雅弘导演、石井辉男导演和降旗康男导演并列第一,多达20部。

自触屏以来,高仓一直运气不佳,未能推出卖座大片。到了第九年,高仓领衔主演了《日本侠客传》(1964年),这是继《千姬与秀赖》(1962年)之后,他与牧野雅弘导演合作的第三部作品。

关于这部电影,高仓曾这样回顾:

"拍《日本侠客传》时,我是替身演员。其实,阿锦(即中村锦之助)才是主角。可是当时阿锦正在接拍另外一部片子,之后还有别的演出,所以档期就不好调整了。而且还牵扯着演员工会的问题,眼看这部电影无法按照预定计划推进,周围的人都开始慌神了。

"于是,有关人员就问阿锦由我接手主角如何,阿锦说'那当然好啦'。所以我就替代阿锦成了主角。而且我当主角之后,忙得不可开交的阿锦还特意来给我捧场。多亏了这部电影,我获得了些许话语权。"

牧野导演也发现了当时高仓身上发生的微妙变化。

"大概是在出道之后的第九个年头吧,阿健开始展露了作为演员的风采……当年,我拍摄了他领衔主演的电影《日本侠客传》。(中略)那部电影里的人物必须讲下町一带的江户方言。文字写起来很简单,但是把它变成台词就非常困难了。阿健也的确为此吃了不少苦头。不过,他还是准确无误地全记下来了。(中略)阿健为人坦诚,人品没有毛病。(中略)在电影摄制过程中,他整个人豁出去了,是个好男儿。不仅是颜值过人,又能全力以赴地演戏,令人不得不折服,而且会很努力地锻炼身体呢。

"这种真挚的态度,即便在他成了人气明星之后,也丝毫没有改变。"(此段文字出处不详)

高仓当时横下一条心接受了代演的工作,为了不辜负牧野导演的期待,他也是拼了命的。而且翌年,即1965年(昭和四十年),由石井辉男先生执导的电影《网走番外地》顺利公映,票房一路看好。与此同时,这部电影的主题曲也炙手可热。身为演员的高仓卖座率直升,终于得到了公司的认可。

"牧野导演的每一点都很特别。或许是因为导演自己有过当少儿演员的经验,所以他会先演一遍给你学。先是这么演,然后是这样,手把手地教你。不只是男演员,对女演员也同样。他演起戏来远比女演员更有女人味呢。'像这个样子,先膝盖相碰然后站起身,脚脖子斜着撇过去,一条腿往后撤……'他会一边说一边教我,'阿健,关键是把握重心。要把重心放在腰部上,再动身体。'"

就是这样,高仓配合着身体的动作,向我讲述了当时的情况。

**"阿健，听好了，艺人就得是善变的。"**

"导演在给女演员讲如何演忸怩作态的时候，就完全变成了一个女人。导演代替女演员跟我对戏，这种时候的导演观感上当然是男性，但其心理已是女性。他并非只做出女性的娇态媚态，应该说，连内心都瞬间变成女人了。虽然这么说可能有点怪。他比那些女演员还要风韵十足，倒是女演员的气质更像是男人。

"他对我台词的表现方式也抠得很严。例如，在说'老大，在吗'这句台词时，不能扯着嗓门喊，而是要淡淡地说，气势才够吓人。"

牧野导演的父亲牧野省三先生也是著名的电影导演。

"导演小时候曾被他父亲勒令去观察猴子，这件事你听说过吗？无论天晴天阴，无论刮风下雨，一日复一日地被父亲逼着去动物园，站在栅栏前面看猴子。有时兴致一来，他便给我们表演猴戏，的确了不得啊。他简直就是猴子，活灵活现的猴子。这位牧野导演曾对我说：'阿健，听好了，艺人就得是善变的。'这句话一直在我耳边回响。"

牧野导演之所以被逼着去观察猴子，是因为其父牧野省三拍电影需要。据说，那电影的经典片段是演员被当作猴子投放到老虎笼子里去，遭到真实的老虎攻击。这的确令人吃惊。除此之外，还有被挂在硕大的风筝上在空中飘舞，腊月寒冬跳到瀑布积潭里折腾。自幼就被训练出异乎寻常的演技。

牧野导演于1926年（大正十五年）以富泽进郎的别名执导

了一部电影，叫《蓝色眼睛的布娃娃》，之后在不到 50 年的时间里，总共给我们留下了 260 余部电影作品。

2000 年（平成十二年），一过千禧年，东映的《任侠》系列陆续地被转录成 DVD。高仓很少会起劲地回味东映时代的老片子，不过他还是挑了一部片子，对我说："这是牧野导演的作品，一起看看吧。"

《侠骨一代》（1967 年）是根据富泽有为的同名小说改编而成的一部电影，故事发生的舞台是昭和初期的芝浦。主人公伊吹龙马（由高仓饰演）从军队退伍后，在运输公司的坂本组做工。当时穴户组执这一带运输业之牛耳，试图垄断芝浦港的业务。主人公对这帮人的恶劣行径感到义愤，与之展开了激烈的对决。该剧描述了龙马与伙伴们一起与恶势力抗争的生动场景，还设定了一位与其亡母长相酷似的娼妇，并且倾力帮助了龙马。

"藤纯子（现名富司纯子）女士的角色，真的很不错。既饰演我的母亲，又饰演给予我帮助的娼妇，双管齐下的角儿。这种角色真是千载难逢呀。纯子女士（指娼妇一角）为了给我筹集经费，打算离开日本去环境更加严酷的外国找事情做。娼妇原本就生活在社会的底层，现在还要被迫去外国，可见，她已经沦落到了极限。尽管如此，她仍毅然决然地这么做。我并不认为这是很悲惨的事情。而这一点正是表明了其可爱之品格……

"当时，牧野导演对娼妇喝牛奶的动作要求非常苛刻。"

他满怀热情地向我讲述这些事情。

离开东映之后，高仓就无法再与牧野导演合作拍电影了。

1993年（平成五年）10月29日，牧野导演与世长辞，享年85岁。高仓在给他的告别信里写着这么一段话：

> 东映时代，在京都摄影所拍摄《日本侠客传》的过程中，为了庆祝导演那个四年一次的生日，我和富司纯子女士，以及现在已故的藤山宽美子女士一起，去了位于祇园的茶馆。
>
> 当天晚上，导演的心情特别好。宽美子女士就央求道："老师，给我们表演一个猴戏吧。"
>
> 于是导演回答："就表演这一次哈。"然后给我们展示了。
>
> 他的表演真的很绝妙，所模仿的猴子体现了精湛的演技。
>
> 据说为了拍摄电影，打从四岁起，导演的父亲，即已故的牧野省三导演，就严令他去观察、揣摩猴子的动作。因此，他就日复一日地被管家领着去动物园的猴子笼前，一整天都观察猴子的举动，这种日子持续了好久。
>
> 导演大汗淋漓地腾挪跳跃，惟妙惟肖地模仿猴样，逗得在场看着的人们开怀大笑。看着看着，我萌生一种感觉：在导演的心里，一种类似演技之根的东西已经深埋于此。
>
> 那就是柔情。

他出生并成长在殷实之家，生就一副好心肠，对周边的人总是和颜悦色，温情以待；对那些刻意炫耀富贵、权力的轻薄之人，他深怀反叛精神。于今看来，我想那就是一种所谓的任侠风范吧。

"粗鲁无礼的客人喝酒时，常会让艺人跳舞为自己助兴。而风流倜傥的客人则自己跳舞，让艺人开心。"

所谓的风流倜傥，说的就是他这样的人。

导演脸上那志得意满的表情，至今仍浮现在眼前。

合掌

通过与牧野导演的邂逅，演员高仓健对演员这个职业的看法发生了转变，他不再觉得这是个令人耻辱的行当，而是一种可以执着地追求某种东西的职业，一种能够发挥真性情，风流倜傥地活着的营生。

家里的书架上还留着一本书，里面浓缩着高仓与牧野导演之间的美好回忆。

这本书发行于 1907 年（明治四十年），书的封皮用金黄色皮革装帧，是那珂通世译注的《成吉思汗实录》。

东映本打算根据这部同名小说改编一部电影，由牧野光雄专务担任总策划人，牧野雅弘亲自导演，领衔主演是中村锦之助，高仓健被擢升饰演党羽角色。然而 1957 年（昭和三十二年），牧野专务去世，电影制作被迫中止，使得这部影片沦为幻想。

高仓当时出道时日不长，便参与了这次大型的影片策划。据说，在东映东京摄影所大泉摄影棚的外景地，牧野雅弘导演都是手把手地教那些已进入演出名单的演员们磨戏，例如跳骑飞马、落马等基本技术要领。

"已故牧野雅弘导演对我说：'阿健啊，演戏就是要变化。'他还强调，只需在某处突如其来地变换一下，让人看到这个变化。演员需要考虑的就是这一点。当你以为这个恶贯满盈的家伙可能又要干坏事的时候，却没想到他干了好事，就是这样。"（此段文字摘自 CARDAGE 1995 年 4 月，立木义造的《真想重逢那个人》）

"阿健，艺人就得是善变的。"

只要一有机会，高仓就会坚定地重温这句牧野雅弘导演惠赐的赠言。

## "沉重的雪，压得人喘不过来气。"——成为转机的《网走番外地》

"拍摄《网走番外地》第一部的时候，我们在北海道外景地的温泉旅馆入住。有天早上到了现场，却见不着石井辉男导演。有人说他好像还在房间里，于是我去迎他。他还睡着呢。等我定睛一看，发现他的被子上已经积了少许雪！房间的玻璃窗户破了，雪花就是从那儿吹了进来。尽管如此，导演根本不当一回事儿，依然故我地蒙头大睡。看到这种场面，可不是说一句心疼就能完事儿的……不管预算如何削减，也不能让导演住进这种窗户破烂、寒风嗖嗖的旅馆啊。原本计划拍彩色影片的，现在也改为黑白的了。

"总之，拍这部片子的时候是有些乱来的。导演让我演一个迄今为止没试过的角色，我也就拼了。只是不承想，这片子后来居然很叫座。

"主题曲确实是三个人都录了，我当时唱得很勉强，然而竟然我那一版最热卖。不去试试的话，真不知结果会如何啊。"

《网走番外地》（1965年）是以副片的形式与其他片子一起公映的，居然票房叫好，成了高仓的代表作之一。当时他34岁。

《网走番外地》曾于1959年（昭和三十四年）被日活公司拍摄成电影。有人咨询石井导演是否重拍一部，导演从以前就一直在构思，要以千里冰封的北海道为舞台，制作一部日本版的《逃狱惊魂》（1958年，斯坦利·克雷默导演）。于是，他亲自编写剧本。然而，假如主角是越狱犯，又没有英雄人物登场，电影可能就不会叫座，这样预算就要大幅度削减。高仓曾直接找当局交涉，要求好歹拍成彩色的。可是，这个心愿并未实现。于是，他与石井导演合作的第九部片子，就在逆境之中勉为其难地开机了。

主题曲《网走番外地》是以网走看守所的犯人们所传唱的歌词为蓝本创作而成。为此，日本民间广播联盟曾将该歌曲长期归入"应注意歌谣曲"（即禁止播放歌曲）之列，直到1983年方才解禁。此事还曾引发坊间诸多议论。

**"所以大家都喜欢上阿健了！"**

石井辉男导演，1924年（大正十三年）出生于东京，新东宝创立时，他以助理导演身份入职。1961年（昭和三十六年），新东宝破产，以此为契机，他转会至新东映东京担任导演，在这里拍的第一部电影，就是高仓主演的《恋爱·太阳·暴力团》。

"《番外地》中人被马拖拽着的镜头，起初是打算用人偶来替代的。由于体量太轻，马拽着一跑，那人偶就飞跳起来，让人一看就明白那是替代品。所以我说：'导演，让我来。'后来，我真后悔说出那种话。

"通过画面看不出究竟，但是当时沉重的雪堵住了我的鼻子和嘴巴，压得人喘不过来气。你不可能命令正在飞奔的马调整速度。都那样折腾了，我居然没有断气。这种事情绝对不能再干，真是得到教训了！（笑）"

高仓与石井导演合作的电影多达20部。

在谈及系列作品时，石井导演讲述了自己对高仓的印象："正式拍摄过程中，即便隔着摄像机临时增加一些任务，他也能够麻溜地配合你做到，非常顺从。换作是孩子气的演员，没多久就会开始挑理，说这台词怎么不好啦，什么必然性啦。而且，阿健都没有自己专用的椅子，基本上是站在那儿看着。我真的很喜欢他这种作风。所以，大家也都十分喜欢阿健。否则我也不至于能跟他合作那么多片子。"（此段摘自 *VARIETY* 1980年3月）

打从出道那年起，石井导演每年至少要接拍8部作品，最多曾达到13部。他几十年如一日，拍电影的工作从未间断。《日本侠客传》系列11部，《网走番外地》系列18部（其中《新网走番外地》8部），《昭和残侠传》系列9部就是这样紧锣密鼓地推出的。

对电影演员高仓而言，演艺生涯里的巨大转机之一，就是与石井辉男导演的相识。

离开东映之后，他再也没有机会与石井辉男导演聚首。2005年（平成十七年）8月12日，石井辉男导演撒手人寰，享年81岁。

高仓亲笔书写的文字，被铭刻在位于北海道网走市内潮见陵园的碑石上。上书：

安息吧。石井辉男。

高仓健

## "阿胜心思细腻，行为举止是豪爽快直的。"——梦幻的联袂演出

"阿胜（即胜新太郎）那哥儿们真的心思细腻，虽然行为举止是豪爽快直的。他脑子里时时刻刻都是电影、镜头的事，所以在拍摄现场常常是喋喋不休。仿佛现场除了导演（斋藤耕一）之外，又多了另一个导演，搞到工作人员们都混乱了。"

《无宿》（1974年）是由胜新太郎于1967年（昭和四十二年）创立的胜制片公司摄制的，发行机构为东宝。

20世纪70年代前半期，《神父》《波塞冬冒险记》等好莱坞时兴大片在日本陆续公映，日本国产电影面临着巨大挑战。心怀危机意识的电影人们不停探索打开局面的策略。其中，胜制片公司热切渴求能与东映公司的专职演员高仓合作，从而促使事态发生了改变。

"不出借，不借取，不拉拢。"这是五大电影公司围绕自家演员曾经签订的协议，到了20世纪70年代前半期，这个君子协定自然失效。不过，即便在这之后，状况似乎并未大幅度改变，各公司的头牌演员仍然不可以自由地出演其他公司的电影。

胜先生通过出演东映发行的片子《海军横须贺刑务所》（1973年），突破了电影行业已达成默契的规矩。而高仓首次参演其他公司的片子，就是这部《无宿》。

故事讲的是刚刚被刑务所释放的两名男子（分别由胜新太郎、高仓健饰演），与逃出火坑的女郎（由梶芽衣子饰演）一起

去探寻沉睡于海底的波罗的海舰队①的宝物。

"故事讲的是海底寻宝,要扮成潜水的模样,当时就在想这个潜水服究竟靠不靠谱?单凭一个人根本穿不上身,穿上后感觉像航天员一样。(笑)

"套头式的球体衣服,接着一个胶皮管,有人从船上给你输送氧气。若是没弄好的话,你就无法呼吸。当时没有后援装备和设施,所以穿着潜水服拍摄,是我心里最没底的时候。不过,拍出来的画面确实漂亮极了呢。"

不过高仓与同龄人胜新太郎共演的片子,也仅此一部而已。

---

① 波罗的海舰队,帝俄时代俄国三大舰队之一,日俄战争期间被派往远东,1905年在日本海海战中被击溃。

## "没有替身,也没有威亚。"——出演小人物

在离开东映的前一年,高仓出演了电影《新干线大爆破》(1975年)里面的一个反派人物,一度引发坊间热议。

"起初,《新干线大爆破》找我饰演的角色是说服犯人的宇津井健一角(即那位列车运营调度室室长)。可是一读剧本,我觉得那个犯人角色要有趣得多,所以就要求演那个反派小人物。可是,剧场老板说,不能让我演犯人角色,所以商谈一度中断。当时老板等人的意见很强硬,因此等到结论出来,时间已过去了不少。

"从高速公路上吊绳梯,顺着它落到下面的道路上,这场戏是我亲自上场的,没有替身,也没有威亚。这场戏或许看起来很简单,可是离地面还是挺高的,脚下一用力,绳梯立马变形成了钩子形,不成样子。所以,这一段我基本上是凭借臂力顺滑下去的。好在当时在体能锻炼方面非常用功,没出任何差池就完成了。

"从票房来看,这部影片似乎没有达到预期目的,不过,表演是真金白银的,又有看点,是我喜欢的电影。"

在还未离开东映的数年前,高仓就希望能改变自己在系列电影中业已固化的形象。而饰演犯人角色的电影《新干线大爆破》,似乎是专门为他量身定做的一部片子。

故事的主要情节是这样的:日本经济在经历战后高度成长之

后又陷入了不景气，小城一家倒闭工厂的经营者冲田哲男（由高仓饰演）联系了几位都面临类似问题的伙伴，密谋发动新干线爆炸事件。他们计划在新干线的行驶速度低于 80 公里就启动爆炸装置，以此要挟当局支付巨额金钱。最后计策得逞，钱也到手了。但是故事的结尾颇具戏剧性，冲田在逃亡海外的节骨眼上，被击毙于机场。

这部影片被《电影艺术》杂志评选为年度十佳电影的第一位，坊间公认这是高仓表演极为出色的一部好片子。不过，在票房方面，原本是预计公映三周的，后来实际缩短至两周，结果不尽如人意。

但是，影片在海外博得高度评价。

在 1975 年秋季召开的米兰国际电影节交易会上，影片将原版的时长缩短到 152 分钟后公开上映，获得较为理想的评价。据说买方踊跃竞购，刷新了当时的海外销售额记录。

影片的法语版更名为 *Super Express* 109（100 分钟）在欧洲热卖，后来该法语版被加上日文字幕杀回原产地，于 1976 年（昭和五十一年）12 月在日本重新上映。稍后，美国版更名为 *The Bullet Train*（115 分钟）也进行了公映。可见这部影片在欧美受关注程度颇高。

1994 年，风行全世界的热片《生死时速》的导演简·德·邦特在谈及对自己有所影响的电影作品时，也提到了这部《新干线大爆破》。

还有一件不得不提的事情：在影片拍摄过程中，高仓还有一次不堪回首的经历。

"我记得在拍摄最后一个镜头时,戏中的我企图从机场高处跳下却失败,结果在羽田海里被击毙。当时那些令人作呕的污泥秽水一路积留到海岸边,拍完这场戏之后,我心情极其糟糕,身上沾了臭气,甚至渗透进毛孔,怎么洗也洗不干净。我再也不会在那种地方拍电影了。"

**"哪怕摔下的地方偏了一丁点儿,或许我已经丧命啦。"**
**——在《神户国际帮派》里的违和感**

有一天,在有线电视的节目表里看到了《神户国际帮派》(1975年)的标题。这部片子是高仓退出东映的契机。

电影用纪实手法讲述了生活在二战后不久混乱时期的愚连队的真实状况。高仓饰演的人物形象,其蓝本是传说中的黑道人物营谷政雄。他操弄着黑市,飞扬跋扈,是一名帮派头子。

"那部电影,很多地方都跟平常的影片不一样。导演是从日活叫来的,里面还有一些那种场面(指床戏),我是很不愿意拍的……于是就跟制片人说了。可是早上一去摄影棚,工作人员就对我说:'那个……演对手戏的女演员已经来了。'于是,我又去跟制片人确认:'究竟怎么回事?'对方回复:'如果直接让人家回去,她会拿不到片酬。能拍多少就拍多少,完了剪辑时再剪掉就行。'拍完之后,我仍然不放心,便去看工作样片。发现答应剪掉的镜头,还原封不动地保留着呢!

"当时我就觉得:'这里已经不需要我了!'所以就下定决心离开东映。因此,在那之后我也没跟他们说这说那了……"

高仓又开始唠叨起当时的复杂心境。

高仓在拍摄《神户国际帮派》时纠结过的那个镜头,后来成了体育报(*SUPONICHI*)上新闻报道的标题:《阿健先生出演"日活派"情色场面——田中导演挥洒自如,打破"禁欲框框"》。

"哪怕摔下的地方稍微偏了一丁点儿，或许我已经丧命啦。想到这里，不禁毛骨悚然。即便不死，可能也要永远躺着起不来，或许会落下大脑障碍之类的后遗症。总之，演员这个职业我已经坚持不下去了。"

最后一天，摄影就要结束了，高仓却经历了一场坠落事故。他也生动地向我讲过这件事：

"我跟共事的葛兹（即石松葛兹）先生说过，这个地方看起来很危险，要做一个记号，不能让人随便进来。我也央求工作人员在摄像机拍不到的地方多铺几层护垫。总之，他们理应充分做好防护措施，以保障演员们的安全……

"我压根儿没想到自己会摔下去。瞧，这里有块伤疤。下面的中切牙，从这儿脱落了。满嘴尽是血，不是血糊，而是真实的血腥味。当时我心情糟透啦！很奇怪，那种记忆一直忘不了。看到没？就是这里。

"我被送到了京都的大和医院，医生都惊讶了，说'这伤也太严重了'。然后他就给我下唇消毒，做了应急处理。"

说着，高仓还让我看了看他右边下唇下方的伤疤。

"这疤痕去不掉了。"高仓脸上绽出复杂的表情，继续讲述：

"跌下来之后，我似乎昏厥了一会儿。浑身上下火辣辣的，动弹不得，当时还以为自己已经死了呢……不知过去了多长时间，又忽然清醒过来，才发觉自己脸朝下趴着呢。我想着爬起身，不过可能是全身都摔伤了吧，身体沉重不堪，一时之间动不了。我'啊——呜——'喊了两声，才感觉有人聚拢过来。当时因为脸是朝下的，也看不到周围的情况。

"虽然是捡回了一条命，可是罪也受得不轻。当时的感觉就是：怎么办？都没人过来。我想第一个来喊我的人可能就是葛兹先生吧。总之那部电影呀，所有齿轮都跟平时对不上位。我想当时应该是脑震荡了，都不记得摔落之前是怎么回事了。而那个摔下去的镜头，后来就原封不动地放到正片里了……"

**"无法原谅自己的所作所为。"**

东映京都摄影所制作的外景布景再现了1947年（昭和二十二年）的社会场景——焦土上有一栋仅剩钢筋混凝土骨架的建筑。高仓就是从这栋楼房四米高的二楼阳台跌落的。

高仓只是回首往事，并没有重新观看这部电影。

"我觉得在电影拍摄过程中受伤了是不够专业的，所以无法原谅自己的所作所为。整个拍摄日程也受到了影响。本来想着一定要演好这个角色，一有时间就去锻炼身体。演员会馆里有一间空房，我就让人在里面摆上各种各样的家什（指健身器材）。看来我对自己有些过于自信了，还以为自己演戏的时候不会出糗的。"

高仓从38岁开始就去健身馆锻炼，这不只是为了保持体力，也是在有意识地进行针对表演的健身。翌年，按照高仓的要求，位于太秦的东映京都摄影所演员会馆的四楼里建了一个健身室，所里从美津浓的大阪总店购置了高仓所需的仰卧推举用具，以及练颈帽、杠铃、哑铃等形形色色的健身器材。

正因为高仓平时一直在锻炼身体，预防受伤，所以那场意外的坠落事故,让他心有不甘,后悔不已。

"在京都电影拍完这部戏之后,我搭乘最后一班飞机回到东京。第二天就去了久保家(一位过从甚密的亲戚),久保妈妈请我吃饭。当时我下巴肿胀,嘴唇青紫,缝线的地方还贴创可贴,根本见不得人了。

"因为当时下巴狠狠磕到地面,导致牙齿都有些松动了,就请小坪医生(牙科医师)给我治疗。几乎每天都得去,那位医生可亲切了。

"医生说'高仓先生可是要上屏幕的人',所以总觉得他比平时任何时候都慎重。他还说:'这个治疗最关键的不是做什么样的人工牙齿,而是看起来必须像高仓先生自己的牙齿。'我问医生这话是什么意思。他回复道:'最重要的是咬合度。不过这个是因人而异的。我觉得牙齿不用整得太过于整齐,就维持高仓先生牙齿原本的形态去治就好。您觉得这样可以吗?'于是我回答:'可以,那就拜托您了。'

"医生说我的后槽牙咬合得太紧,所以磨损比较严重。(笑)当时就建议我用了牙套。事故发生后不久的那段时间,我就天天去做各种治疗。治疗完了就回到久保家,躺在游泳池边休息。"

这件事之后,高仓就离开了东映。

**"就跟马一样啊!"**

"我去公司请辞的时候,人家一丁点儿、一丝一毫挽留的意思都没有呢(说这句话的时候,他的食指和中指用力并在一起)。

好歹为他们辛辛苦苦干了二十年啊!真是笑死人了!

"我自以为一直尽心尽力地工作。可是人家那态度就好像在说'要辞职?好吧,要走就走吧'……实在太冷酷无情了,我真是自讨没趣。

"当时我就在想,说不定没法继续当演员了。那么今后吃什么呀……

"那时候公司肯定在想,先让我折腾一段时间,放任不管,过后一定会哭着来悔过。出了这家公司,还能去哪里找饭碗?

"演员这种职业是很弱势的。人家看不上你,你就没饭吃喽。要是身体搞坏了,就没了保障。如果是置身于一个组织,就会陷入循环,剧本会一个接一个递到你面前,先是演这个,接下来是这个。就跟马一样啊!若是不按骑手的意思去跑,人家就不要你了。一个艺人吃不上饭,地球还是照样转的。

"但是,情况并没有如他们预期发展。相反,离开东映后,来邀请我合作的人一个接一个。不可思议吧?《八甲田山》《幸福的黄手帕》,戏约就没断过。东映的工会还来投诉了,说为什么要启用'高仓健'这个人。因此,在接拍《家兄》(TBS连续剧)的时候,东映来人央求说,无论如何再回东映拍一个片子。于是,我就跟他们合作拍了《冬之华》(1978年)。

"总的来说,还是运气好啊!"这是高仓真实的感受。

## "感觉假发并不适合我。"——无法拒绝的《四十七人之刺客》

"我跟电影公司的负责人说:'感觉这个故事跟我没什么关系。'结果市川昆导演说:'那就见个面,当面拒绝我吧。'被他这么一说,我就跟他见面了。我拒绝的原因只有一个,就是我不演历史剧。可是人家苦口婆心地劝我:'阿健先生不出马的话,这个故事的内藏助就立不住啊!'没辙,最终我还是演了。"

说起这件事,高仓忍不住笑了。

《四十七人之刺客》(1994年)的原作者为池宫彰一郎,是一部以赤穗浪士复仇为主题的历史题材电影。

高仓出演的历史剧,包括这部作品在内,总共只有5部。高仓以新面孔出现的时候,原本以历史剧为中心的东映正处于过渡期,逐渐转型为短期制作的现代剧。而高仓自被启用之日,就是东映东京摄影所现代剧组的主要成员。

在东映做专职演员期间,高仓曾在美空云雀女士领衔主演的《千姬与秀赖》(1962年)中饰演流浪武士片桐隼人一角;又在中村锦之助主演的宫本武藏5集连续剧之中的《宫本武藏:二刀流开眼》(1963年)、《宫本武藏:一乘寺的决斗》(1964年)以及《宫本武藏:岩流岛的决斗》(1965年)等3集里饰演佐佐木小次郎一角。

此后时隔二十九年,高仓又出演了最后一部历史剧《四十七人之刺客》。这个剧组动用了非常引人注目的豪华版女演员阵容，以此匹配市川导演的水平。其中，内藏助之妻阿陆一角由浅丘琉璃子女士饰演；浅野内匠头的正室瑶泉院一角由古手川祐子女士饰演；被浪士们利用的镰仓料理茶屋女主人阿清一角由黑木瞳女士饰演；怀有内藏助之骨肉的爱人阿轻一角由宫泽理惠女士饰演。

**沙滩上的锻炼**

从日本电视台负责人那里听说《四十七人之刺客》将于2001年12月播出，高仓便兴奋地说："好久没有看电视啦！"然后他一边看着电视，一边向我讲述许多逸闻趣事。

"假发一戴，总觉得自己变了个人似的。和服倒也常穿，不过都是比较散乱不讲究的那种风格。好在不需要戴假发，舒服多了。感觉假发这玩意儿并不适合我。

"决定出演这个片子之后，我突然想到自己有段时间身上没带过刀了，而且剧组是在下田的旅馆集体住宿的。旅馆面对着海滩，不必太在乎有人瞅着你。每天我就戴上假发，穿好戏服带着刀，就这样沉下腰杆（他一边说一边做出实际表演时的动作），在沙滩上尽可能地来回走上一段长距离，或者是快步行走。就这样，我很注重腿腰的锻炼，积累了体能与技法之后才正式进入拍摄阶段。

"走路的时候刀要紧随着身体，就是要把刀视为身体的一部分。我可不想被人看了觉得不成体统，所以就很努力地一直走！"

他还说起了电影里那些最终归为泡影的戏份：

"电影拍摄到尾声,我央求导演,希望由我来斩下吉良(即吉良上野介)的首级。对内藏助来说,吉良是必须消灭的猎物。在渐渐熟悉了内藏助这个角色之后,我明白斩下人头这种事,仅是让情感亢奋一点儿还是做不到的。这不是理性使然,而是动物的本能。因此,我就想把吉良那颗被斩下来的首级衔在嘴上,以示众人。这可是战利品啊!导演并没有立即同意。我觉得他肯定被我烦得够呛。最后,还是就这么拍了。

"当时我的情绪十分亢奋,这个镜头拍完之后还吐了好几次呢。想必在我体内潜伏着某种激烈的冲击力,就连自己都难以抑制。

"然而,导演并没有将这个镜头放在正片里,毕竟电影的编辑剪辑权在导演手里……"

书房墙边的棚架上放着一张市川昆导演与高仓在开拍复仇一幕前商谈拍摄方案时的合影,还有市川导演亲自绘制的分镜头剧本。

另外,高仓每年都会独自造访泉岳寺。

## "介绍一位叫胜新太郎的艺人。"——《黑雨》的演出秘闻

《黑雨》(1989年)是高仓出演的第三部好莱坞电影。

2008年(平成二十年)制作的数码修复版DVD里又追加了新版日语配音。身为参演者的高仓也被请去参与配音。"我演的时候特意用英语讲台词,却让我给自己做日语配音,这可做不来啊。"结果,他拒绝了人家的邀请。

影片主要讲的是:纽约市警察局刑事科刑警尼克·孔科林(由迈克尔·道格拉斯饰演),以杀人罪逮捕了日本黑道分子佐藤(由松田优作饰演)。他与同僚刑警查理·文森特(安迪·加西亚饰演)一起接到了将犯人押解至日本的任务。可是刚抵达大阪机场就上演了一场乌龙大戏,误将犯人交给了扮成刑警的当地黑道人士。由于他们在日本国内不具备任何职务权限,为此日本警方给他们安排了一名监视员——大阪府警察局松本正博警部补(由高仓饰演)。

"后来,查理卷进帮派之间的假钞火拼事件,惨遭杀害。为此,尼克与松本试图跨越日美警察组织间的壁垒,携手解决问题。这就是故事的主要内容。"

我一边看着别人送过来的DVD,一边听他讲述拍摄这部电影时的逸闻趣事。

"这个片子嘛,最开始审读剧本后,感觉印象极差,我立马就觉得那不是我的菜。因为对方想要的那种人物形象是身材短粗

胖，嗜酒如命……这光看体型就不对路了呀。

"另外，当时前一部刚拍完的电影极其糟糕，身心的疲惫感还没消除，以致我没心思考虑接下来该干什么。心情就是调整不过来，也没兴趣去什么外国，于是就躲到西表岛去了，心想应该不会有谁再追到这里来了吧？

"结果事务所又联系我了，说，雷德利（即雷德利·斯科特导演）那边的人表示，若阿健去岛上休假，他们也要跟着上岛。我当时是打算彻底地推掉那活儿的，所以就想着人家特意来拜访，我也应该去跟人家正式说一声'这事儿不成，很对不住'。结果我回到东京，到雷德利导演等人入住的酒店里去会客。'片酬非常喜人，但是这活儿我接不了。'我开门见山地说道，并给他们推荐了另一位演员。我说：'我认为自己不适合饰演这个人物形象，给你们引荐一位和这个角色非常匹配的演员吧，他叫胜新太郎，请你们务必见一见。'

"当然了，雷德利他们都看过我主演的《高手》这部片子，理应对我有所研究。既然如此，他们为啥还要特意来会我，这让我很是费解。我想啊，或许他们来日本是来考察其他演员的，就顺便见一下我了。而事实上，这算是一次不用试镜的考察吧。

"我本来打算干脆利落地回绝，然后一身轻松地回家。可是，在跟雷德利导演那些人对谈的过程中，他们表示剧中的人物形象可以按照我的特点进行修改。这样一来，事情的进展就发生了变化。

"我追问：'你们觉得我适合饰演松本这个角色，究竟是为什么？'这时，导演突然站起来，说道：'我想让迈克尔与阿健同框拍一部电影！'说着，还抢着与我握手。那个劲头啊，怎么说呢？就是冷不防地被人吊起来握了握手的感觉。我原本就是打算来拒绝对方的，所以合同之类的都没有谈妥。

"据说在我离开之后，雷德利说了这么一句话：'这次是我们被阿健考察了！'"

**"优作太执着，力图把戏演到极致。"**

斯科特导演选取的故事舞台是大阪。

"在大阪拍电影时，迈克尔总是说我：'阿健真是很有风纪。'这句话我已经听到耳朵生茧啦。我一般都是我行我素，所以开始并没领会他为什么总这么唠叨。

"舞台不是选在大阪吗？无论你去哪儿，都是人。从大马路的人行道上一直拥到机动车道上，到处挤满了人。这一点跟东京不一样，洋溢着关西特有的火热……在这样的环境下，哪里还能够拍电影呀？眼前这种状况感觉都无法收拾了。

"然而，只要我一出场，四周马上就安静下来了。刚才还是一片喧嚣吵闹，似乎瞬间都随风而逝了。对此，美方的工作人员很是惊讶，都在纳闷：高仓健究竟是个什么人物啊？

"此前我接拍的好莱坞片子是西德尼（即西德尼·波拉克导演）执导的《高手》（1974年），摄制组工作人员处于新老交替时期，他们原本也只是想让日本的电影演员来露露面而已，也没想到眼前会发生这样的情况。

"难怪迈克尔说：'像阿健这样有魔性的演员，在美国也仅有布鲁斯·斯普林斯汀能比肩了吧。'可是，我并不知晓他话中最关键的那位布鲁斯是何许人士，所以也听不出个所以然。(笑)但我听懂了'有魔性'这个词，所以至少知道他的言外之意是不讨厌，这是在夸奖我呢，只不过当时没有什么真实的感受。

"后来，我向工作人员打听布鲁斯究竟是什么人。人家回答说，布鲁斯是深受美国年轻人追捧的音乐演奏家。这下我明白了，迈克尔是在以他自己的方式，向我表达最大程度的敬意呢。"

高仓知道，在美国娱乐界，弗兰克·辛纳特拉等人是如日中天的大腕，对布鲁斯·斯普林斯汀倒是没什么概念。

"当时，迈克尔的儿子凯姆隆（即卡梅隆·道格拉斯，当时10岁）及夫人迪安德拉女士，好像是这个名字吧？他们举家来到日本。我问那个小家伙：'凯姆隆，在日本你想要什么呀？'他好像非常害羞，压低声音回答说：'NINTENDO……'我反问道：'嗯？再说一遍！'那小家伙又作同样回答：'NINTENDO……'他把重音放在第一个音'NI'字上，不像日本人那样用平板的音调念出'任天堂'的发音，所以一开始我没弄明白他说什么。我反复问：'那究竟是什么玩意儿？'最后终于搞清楚了，他想要游戏机。

"在我的认知里，任天堂是生产纸牌的厂家，感觉跟游戏机根本对不上茬儿。不过当我把那游戏机当作礼物送给他时，小家伙可闹腾啦。他一下子扑过来，搂住我不放，嘴里欢呼着：'阿健先生，太棒了，太棒了。'高兴得不得了！"

无独有偶，大阪外景拍摄期间，还发生了另外一件了不得的事。

"原本获准拍摄的地方不给拍了。这种情况跟事先交涉的内容出入太大，于是雷德利说：'那就离开大阪吧。'他打算把没拍完的部分带回美国再拍摄。在纳帕的葡萄园那场戏里，优作被迈克尔逼入绝境。他浑身上下沾满泥污，还被浇上了油漆。就连工作人员都连连苦笑说：'这样就成黑色嵌板啦。'可见大家都很辛苦。

"优作的最后一个镜头，剧本里原本是设计他被杀掉的。因为他演的这个恶魔形象实在过于惹眼，所以有人建议，不杀不足以平息观众的义愤。为了拍摄迈克尔除掉优作这个场面，真的花费了不少功夫。

"后来，在进行试映（在片名、内容、导演、演员等一概不做预告的情况下，进行新片预演，以此了解观众对影片的反映）的时候，有很多人提出意见，说优作那个角色被杀过于残酷，于是剪辑成片时改成放了他一条生路，予以逮捕收场。

"我想当时的优作是很煎熬的。要是这部片子受到认可，他在好莱坞大显身手的梦想就能持续壮大，但就在片子拍摄的过程中，他得知自己患上了癌症。

"他会笑嘻嘻地说着'前辈，您现在方便吗'，跑来找我合影。怎么说呢，那个时候的优作，非常执着。他想把每一场戏演到极致。雷德利对我说，这跟我一直以'接受'的方式去演戏恰好形成对照。"

而且通过此事，高仓也被动地认识到了日、美在拍摄环境上的差异性。

"我被迈克尔训过呢。他跟我说：'为什么日本不多考虑一下电影的力量呢？'因为当时我也是制片人之一，在大阪居然拿不到拍片子的许可，的确是让剧组吃尽了苦头。

"在美国，警察局设有摄影部门，歇班的警员可以跟着拍拍电影、电视或者广告之类的。这样一来也可以让他们正经地挣点外快小钱呢。

"为了给LARK（百灵鸟公司）拍摄商业广告，我去了纽约。当时（1995年12月），跟前跑后协助我开展工作的警官告诉我，他在《黑雨》里出过镜呢。

"迈克尔说，日本还是一个电影比较落后的国家，这个说法让我非常吃惊。他说，你们以《罗马假日》做标杆比照一下就会明白的。如果那部片子热卖了，能产生多么巨大的经济效益呀。时至今日，游客们但凡到了罗马，都会去奥黛丽·赫本吃冰激凌的西班牙广场转转。就连我本人也去过呢！"

**"感觉就像好莱坞混合部队。"**

雷德利·斯科特导演（1937— ）出生于英国，凭借《异形》（1979年）、《银翼杀手》（1982年）等影片崭露头角。

他的工作态度似乎给高仓留下了深刻印象。

"在拍摄这个片子的过程中,无论是在日本,还是在美国,摄制组工作人员与演员们每个周末都要聚集在一起,举行简单的餐会。即便在这种时候,雷德利仍然用带着某种冷峻的挑剔眼光观察众人。

"跟雷德利说话的时候,他常说:'阿健,你明白的吧?毕竟你是日本人呀。'我心想,他又要说些什么呢,结果万变不离其宗,还是所谓身份认同的问题。身为背负着沉重历史的国度的人士,雷德利以自己是英国人而自豪。如今虽然据点迁徙到了美国,但那毕竟只是工作上的事情。好莱坞所拥有的市场,在商业上有着不可或缺的价值。对此,他心知肚明。

"不过说一千道一万,他做判断的基准还是英国人那一套。因此,在这部片子里,美国的刑警与日本的刑警在性格方面两相比照,我觉得他做到了不偏不倚。身为导演,雷德利的确堪称牛人,我有时会赞叹:怎么会有这么勤奋干事的人?!他做事以身作则,率先示范,比之前跟我一起工作过的任何导演都要强。我们这个团队,简直就是一支军队!因为司令官一直在行动,我们下面的人也不敢休息。感觉我们这个集体就是一支囊括了欧洲人的好莱坞混合部队。工作是比较吃紧,却是极其难得的体验。"

迈克尔·道格拉斯与安迪·加西亚之间发生过这样一则逸闻趣事。

"看到我为英语台词伤透脑筋,安迪就对我说:'阿健先生,这部电影一公映,在日本你就会成为非常瞩目的电影明星啦!'估计这是他为了鼓励我而说的。不料迈克尔接着话头说道:'阿健先生已出演将近200部电影，在日本可是妇孺皆知的大明星哟。'话里带着一种训导安迪的意思。之后他又说道：'安迪进入这个世界不过五年时间呀。'迈克尔附加的这句话更是富含妙趣呐。

"后来，安迪对我说：'你不用太在意，英语可以不学的。'看样子他确实有些惶恐。（笑）这也是没有办法的事，安迪自己出生于古巴。其实我想说的是，外国的演员若能在好莱坞电影里取得成功，那是非常有冲击力的事情。所以，安迪不了解日本演员的情况，不是理所当然的吗？"

几年前，一个很偶然的机会，电视上播放了斯科特导演接受访谈时对已故演员高仓健的评价。

"我跟他在《黑雨》里共事过。拍摄过程中累到不行的时候，阿健递过来的黑色小药丸非常管用——但是药名已经记不住了——回国的时候，想多买一些带回去，没想到价钱贵得惊人。"

说这话的时候，他满脸绽放着笑容。

雷德利·斯科特导演敬启：

您求购的"小小黑药丸"，其实是高仓常用的、一种叫"救心丹"的中草药。谨作以上回复。谢谢！

## "我当时就说退出不演了!"——《高手》一片中不愿让步的礼节

"毕竟我是日本人,总归得在日本端碗吃饭,所以这一点是绝对不可以让步的。我当时就说,如果这一场戏坚持不改,我就退出不演了。"

尽管马上就要开机了,但是高仓还是不依不饶地要求修改剧本。这是在他接拍第二部好莱坞电影《高手》之时发生的,这部片子于1974年公映。

该片的导演是西德尼·波拉克(1934—2008年)。在《高手》的前一年,由罗伯特·雷福德与芭芭拉·史翠珊领衔主演的电影《追忆》进行了公映,并成为坊间的热门话题。原作者是莱纳德·施拉德。他曾在同志社大学担任5年讲师,从事美国文学研究。他热心于研究《任侠》系列电影,因此起初在设定剧中的日裔主人公时,便是以高仓健的形象来塑造的。

《高手》以二战后日本黑道社会为舞台,讲述了日本人与美国人互相报恩的故事。

曾经是帮派头目的田中健(由高仓饰演)在战争结束后浪子回头,实现了华丽转型,成为京都地区的剑道师父。就在这个节骨眼上,退役后当上私人侦探的原美军军官哈利(由罗伯特·米彻姆饰演)受人委托,前来拜访他。

战争结束后,原以为已经在菲律宾战死的田中复员了,但此时他的妻子英子(由岸惠子饰演)早已成为哈利的情人。他得知幸亏哈利提供经济资助，妻子才得以活下来。于是田中强忍着苦闷，假装与英子是兄妹关系，痛苦地度日。不过，为了报答哈利的恩情，田中毅然接受哈利的嘱托，向帮派发起挑战。

高仓告诉西德尼·波拉克，若是剧本保持原样，他演不了。因为高仓觉得角色性格的设定，让他感到无所适从。

"从西德尼·波拉克当时的态度来看，好像在说'这都快开拍了，你还在折腾什么呀'。而且这部作品已经向全世界（四十二个国家）公开啦，现在还说不演，简直无法理喻！但是我还是坚决地反驳了：自己的老婆与美国驻军的男人发生关系，却还要和她生出一个孩子，如此剧情简直荒唐！角色设定嘛，我是明白的。虽然只是个电影里的角色，然而我是日本演员，今后还得在日本继续工作。所以，我明确表示：若照这么演下去，观众们无法接受迄今为止我自己建构起来的形象。这个角色的人性是尤为重要的。在这场交涉中，我是寸步不让的。"

关于人物角色，高仓也很重视昭和时代的背景，在人物礼节方面也不做让步。据说结果是，好莱坞方面派遣罗伯特·汤作为剧本顾问紧急访日，听取高仓的意见，修改剧本的方案，与西德尼·波拉克的方案做个折中之后才开拍。

**"好莱坞不留余力地邀请我。"**

高仓还向西德尼·波拉克导演提出，剧本还有一处比较奇怪，需修改。

"我对导演说，我们都追打到敌人头目的家里了，你还在慢慢悠悠地说什么'汩汩东逝水,滔滔不尽流,且非原来之水也'①,这不合适。还有,下一秒就要砍砍杀杀,转眼就可能死去,竟然还要在这个时候耍嘴皮子说什么'淤水处泛起泡沫,时消时结,未曾有过长久驻留之前例;世间之人与居所,亦同此理……'②,这段戏让现在的日本人看了,肯定觉得奇怪。

"尽管我这么主张,波拉克却拒绝让步。他说,这场戏是向美国人传达日本人的精神理念,无论如何希望按照剧本写的去演。还说在好莱坞看来这就是日本的精髓。

"即便到现在,看到这一段还是觉得别扭,更遑论我当时那个年龄(高仓当时43岁)。现在(年过七旬),若是讲这种台词,好像还有些说服力。但总不能只拿这一段来重拍啊……

"不过,这种台词竟然是美国人写的!先不论主人公愿不愿说,这些话毕竟是象征着日本人的话语,还是特意从《方丈记》里摘抄出来的,真是令人佩服。"

为了拍好这部片子,高仓每天都要接受三个小时的英语特别训练。老师让他练习英语绕口令;将勺子放到嘴里,以调整舌头的位置……

与他联袂出演的罗伯特·米彻姆先生,是1942年在影坛崭

---

① 日本中世著名随笔作家鸭长鸣著《方丈记》(日本古典三大随笔之一)开篇部分的引用。
② 同上注。

露头角的。他曾于1954年与玛丽莲·梦露合作演出了《大江东去》(*River of No Return*)，以及1962年的《最长的一天》(*The Longest Day*)，两人共同出演过许多经典名作。晚年接拍了根据雷蒙德·钱德勒同名小说改编的电影《再见吾爱》(*Farewell, My Lovely*)，在里面饰演一位已至天命之年的私人侦探菲利普·马洛，凭借此片大放异彩。

1973年，华纳兄弟公映了由布鲁斯·李（即李小龙）主演的《龙争虎斗》(*Enter the Dragon*)之后，公司不想失去功夫片席卷全世界的机会，旋即推出东洋功夫片系列第二部——《高手》。在这部片子里，波拉克导演坚持黑道电影里的武打镜头不可或缺，让罗伯特·米彻姆手持短枪，高仓则是用剑道元素，对这种搏杀场面非常执着。他还委托剑术家中山博道的高足剑道八段高手中岛五郎藏担任搏杀场面技术指导，由此可见波拉克对功夫要素是相当讲究的。

"在此之后，我就被施拉德兄弟看中，好莱坞那边也不留余力地邀请我。他们说，各方各面都会全力提供支持。总之，他们希望我去好莱坞。不过我还是有些迈不过坎儿。

"首先，工作方面的语言问题十分大。拍摄过程中，我饰演的那个角色，虽然收录了我自己的台词，但是一看剪辑过的片子，发现最终还是配上了本土的发音。这是常有的事了。人家也不会让我进演员工作室，因为你不是来参观学习的。我自己也清楚，语言水平不在一个等级上。《高手》的舞台只是碰巧放到了日本，而在好莱坞演主角的亚裔演员，每年能够有多大占比呢？

这么一思考，就不难得出结果了吧？

"通过出演好莱坞电影，我更加意识到自己是日本人。很偶然，我接拍的两部好莱坞电影（第一部是《敢死部队》）都被认可为好莱坞A级大片。能够遇到卓越的导演，真是好运气。但是你可不能心怀侥幸，光做梦角色也不会来找你，吃不上饭的情况也是可以预见的。"

《高手》最终拍成了一部美国风格的黑帮电影，不是打群架式的砍砍杀杀，既有帮派的特色，也带着一定的伦理观念。

## "我几乎什么都不懂，确实有些汗颜！"——向奥尔德里奇导演的反省

"罗伯特·奥尔德里奇导演对我非常和蔼可亲。亚洲的小生气质演员跑到好莱坞去，一窍不通，却在合同里摆出一大堆貌似光彩的条件。我想，人家导演肯定觉得我很可笑。"

高仓最初出演的好莱坞电影是 Too Late the Hero（即《敢死部队》，1970年上映），当时他39岁。

"我在最后部分出场，戏份很少。行程安排得非常宽松，所以在那里学习了电影该怎么拍。我几乎什么都不懂，确实有些汗颜，拍到一半的时候就开始反省了。

"我曾跟人家提出了一些条件，比如说加班津贴多少钱之类的。后来，拍到一半我就意识到这是很失礼的事。于是，我就跟导演说不要额外的片酬了。结果你猜怎么着？导演笑容可掬地对我说：'不用担心呀。我还是头一次听人说不要这笔钱，你真是个好人啊！'看他那神情，好像还挺喜欢我的。"

奥尔德里奇导演出生于1918年，与美国名门洛克菲勒家族有姻亲关系，但是他拍摄的很多电影作品里，都充斥着对当今权力机构的反叛精神。他的代表作有《黄金篷车大作战》《兰闺惊变》，以及《十二金刚》等。当时的美国政府曾对国内的共产党员及其支持者施行开除公职等暴行，他是为数不多的、历经这场"清共"磨难且劫后余生的著名电影人。

这部电影的舞台设定在1942年（昭和十七年）11月，第二

次世界大战激战正酣的南太平洋小岛。

十三名英国士兵与会说日语的美国海军中尉集结成一个混合小队,悄悄地侵入日军阵地。他们先是破坏了通信所,之后放出虚假密码,让日军陷入混乱——影片刻画的就是这场战斗中的人生百态。

高仓所饰演的角色是到影片尾声才出场的日军少佐山口。他通过架设在热带丛林里的扩音器,用流畅的英语劝说敌方士兵投降。他喊话道:"即便死了之后成为英雄也毫无意义,只不过是给你们灵柩上添加一枚勋章的重量。"

然而山口最后被人从背后轻而易举地射杀了。这个角色戏份不重,但是导演认为高仓这位演员与个别主张光明正大行事的日军军人形象非常吻合,便指名道姓请求他出演该片。高仓也很顺利地通过了试镜。当时,日本演员在海外才崭露头角,门户还十分狭小,各个方面都处于劣势。

高仓能够一箭中的摘取该角色,确实意义非凡。关于这一点,他在接受访谈时曾这么说道:

"我一直在黑道这个风格的影片里饰演雷同的角色,恰好此时有机会出演这部电影,对我而言,的确受益匪浅。……即便在外景地,我也要带上录音机,只要有空闲,就练习英语台词。……今后也一样,只要有机会,我希望能够在海外与不同风格的演艺人士切磋一下。"(此段文字摘自《体育日本》)

奥尔德里奇导演在这部电影中,为了能够再现局部战场的原本样貌,斥资200万美元制片费,花费两年多时间,聘用了20

位著名演员、2000位特殊演员，摄制组工作人员多达200人，还消耗了大约100小时的胶片。

"奥尔德里奇导演跟我说希望能再一起拍个什么片子，还把剧本寄给了我。他好像对我颇为满意，这件事真让我高兴。后来由于各种原因，我最终跟奥尔德里奇导演还是仅仅合作了这么一部片子。不过对我来说，那是我的第一部好莱坞电影，而且是A类大片。在签约等事务上，我也学到了很多东西，迈出了关键的一大步。"

由高仓出演、西德尼·波拉克执导的《高手》这部电影，起初是由奥尔德里奇导演策划的，他本来打算让李·马文与高仓健共同演出。然而华纳方面做主，将美国的演员换成了罗伯特·米彻姆。据说，奥尔德里奇导演是为此从这部作品中撤出的。

奥尔德里奇导演对高仓也是赞不绝口。他曾这样说道：

"阿健确实是一位卓越的演员。实际上我考虑让高仓担任主角，斥资1000万美元制片费（当时约合30亿日元），拍摄一部大片。剧本也已经完成了，这才算得上是娱乐圈的'大盗'电影哟！故事的舞台为菲律宾、东京以及（中国）香港，片名暂定为 *All the Marble*。我想，阿健应该已经在审读剧本了，目前尚处于策划阶段，还没有进一步展开。大家敬请期待！"（此段文字摘自《报知新闻》1976年9月5日）

然而，这个送到高仓手头的 *All the Marble* 剧本，最终还是没有机会付诸实施。1983年12月5日，奥尔德里奇导演与世长辞，享年65岁。

**"只有亨利·方达是我主动去请求合影的。"**

在拍这部电影期间，还发生了另外一件令高仓印象深刻的事情。尽管他与友情出演的亨利·方达没有共同出现在镜头里，但他俩确实合拍过纪念照。

"不管是之前还是之后，只有亨利·方达是我主动去请求合影的。当时他从派对会场出来，刚要往车子里钻，我叫住了他，称自己是其影迷。泽井老兄（即泽井信一郎导演）正好也在一起，我就连忙央求他说：'帮我拍一张，拍一张！'

"亨利·方达对我说：'你是饰演日本人少佐那个角色的人吧？我看过内部的片子（未编排剪辑的胶片）啦！'我欣喜若狂，跟他说：'我看过您演的《愤怒的葡萄》《荒野决斗》等片子。'他又让我有机会一定要看看《十二怒汉》。回到日本后，我确实看了这部片子。对当时的我而言，片子的内容有些令人费解，唯一的印象就是太晦涩。

"亨利·方达是那种让我觉得'啊——确实是明星'的人，这是在奥尔德里奇导演的新演播室落成宴会上萌生的感觉。客人们都身着相当考究的正装出席，可是唯独亨利·方达穿着全棉短裤，赤脚趿着懒汉鞋出现了，穿着和派头都相当随意。不过，我觉得当时全场的焦点都聚集到了亨利·方达所在的位置。

"常言道，不能以貌取人。不管你穿着打扮如何，还能意想不到地吸引别人的目光，那才是真正的明星……他会向人展示身上自带的一种类似'气场'的东西。"

在谈到他与亨利·方达之间的美好回忆,以及聊起奥尔德里奇导演的时候,高仓的眼眸里洋溢着纯净无垢的光芒,就像一名少年在诉说自己的梦想。

## "栈桥上挤满了人,还出动了军人呢。"——在中国受到热烈欢迎

高仓在独立之后,拍摄的第一部片子就是《追捕》(1976年)。

"在京都拍摄电影过程中我受伤了,需要接受治疗。德间(即德间康快)先生算好我回来的时间,踩着点跑来跟我说:'阿健先生,都到这一步了,千万不能休息啊,你得开足马力干。'他不依不饶地叮嘱着我'干活,干活,干活',就结果而言,或许是好事情吧。反正导演与佐藤纯弥先生一起拍过电影《新干线大爆破》,所以我想,要不然这阵子电影的事儿就先放一放也无妨。"

在拍摄《神户国际帮派》期间,高仓受伤了,或许他在身心两方面都需要长时间静养。就在这个节骨眼上,给予他突破机会的便是大映电影公司(现角川电影公司)社长德间先生。德间先生拍摄过《一盘未下完的棋》《敦煌》等多部以中国为舞台的大规模电影,还曾担任过吉卜力工作室第一代社长。

《追捕》是高仓与大映合作的第三部电影,原作者是西村寿行。这部影片结合了出版物,以多元媒体的方式吸引了观众的眼球,堪称行业先驱,影片也在松竹旗下的影院进行了公映。

这部影片在日本国内的观影数停留在60万人次,随后却在中国大放异彩。1978年10月,"文化大革命"结束之后,在德间社长主导下,第一届日本电影节在北京召开。《山打根八号娼馆》

(又名《望乡》)、《狐狸的故事》,以及《追捕》等日本国产电影在中国公映,据说这是那边解禁资本主义国家电影的开端。

**非同寻常的"热烈欢迎"**

《君よ憤怒の川を渉れ》这部片子的中文名称是《追捕》,意为追迹逮捕。据说,在中国至今已有超过十亿的人看过这部电影。

高仓所饰演的检察官遭人栽赃,背上杀人嫌疑犯的罪名。他单枪匹马迎战大型组织——某制药公司。高仓的孤狼姿态,给经历过"文革"的中国民众带来强大的刺激。那种冷酷的形象,迷倒了万千中国观众,不分男女老幼。

在此之前,日本人的形象在中国人的眼中并不算很好。人们通过共产主义国家的电影所认识的日本人印象都是身子长、腿脚短,外加一张大饼脸。但是,出现在银幕上的高仓,让人们对日本人的形象大为改观。

在城里大街小巷的理发店,哪怕价格贵一些,"阿健先生发型"依然大受欢迎。如果有人对你说"您长得像高仓健",那可算是对男性的最高赞扬了。同时,高仓健也成了女性的理想择偶标准。男女老幼都对高仓抱有好感,这或许是《追捕》炙手可热的要因吧。

《追捕》得到中国民众的广泛支持,这对中国电影业界人士也形成了强烈冲击。高仓的演技被称作"冷面表演(演技很酷)",相比之下,中国演员则有感情流露过多的弊端。据说这部片子也因此成了中国电影界反思演技的契机。

有关《追捕》的好评也传到了高仓本人的耳朵里，但是他谢绝了所有接拍中国电影、出席各类活动的邀请。就像对待日本国内一样，他始终固执地贯彻着一种想法：观众们只要看我的电影就足够了。

第一次访问中国，是这部电影在中国公映的八年后，即1986年6月。

"一开始说好用不着出席宴会的，尽管对方说要给我接风，我还是坚持说不出席。当时，同行的还有吉永女士（即吉永小百合）和阿邦（即田中邦卫）。中日文化交流协会的荒川先生是吉永女士的熟人，他来给我们当陪同人员。

"我们先后在北京、杭州以及上海各待了两天时间。我记得应该是在上海吧，我们坐着轿车行驶在马路上，没想到居然有人骑着自行车，跟着在车子旁一路'啊'地惊呼呢。我当时想得很轻率：我们坐的可不是敞篷车啊，还隔着车窗玻璃呢！他们不至于认出我来吧？

"可是，周边开始变得躁动，马路上都堵到前方第三个红绿灯的路口了，车子只能停下来。再一看，那边全挤满了自行车，似乎已拉开阵势严阵以待。车子动不了啦，这可怎么办啊？正犯愁的时候，聚集而来的人群中不知是谁开始哼唱起《追捕》的主题曲。

"即便那些不知道这里为什么人头拥挤而围拢过来的人，一听到有人哼唱那首歌，似乎也马上明白了：原来是高仓健来了。

阿邦老兄的脸也被认出来了，更是不得了啊！在场的人开始大合唱，一起大声唱起了'啦呀啦，啦呀啦呀啦呀啦……'。那气势真的有些吓人。

"之后，我们又去乘船。这次栈桥上也变得人山人海，甚至出动了军队帮忙维护现场秩序。大家都在给我们唱电影里的歌曲。居然都学会了那首《杜丘之歌》呢。我倒是都忘记了。我可算领略了，人家对我们的'热烈欢迎'，可是非比寻常的。横川先生提醒我：'太危险了，可别走出酒店大门了。'我真切地感受到了，照那个架势，即便被人压死也毫不奇怪。"

关于德间先生，高仓也如此回顾道：

"怎么说呢。我这个人，有点受不了德间先生。他说话嗓门大，一进酒店大堂，我就知道这家伙今天又来了。总之，我是东躲西藏地避免跟他碰上面。一旦被他逮住了，话就没完没了，甚至会耽误我下一个行程的时间。

"不过，在拍完《追捕》之后，德间先生眼睛特别尖，即使隔着老远地方，也能一眼就认出我来，喊道：'喂——阿健。'被他这么一喊，大家就都会朝我望过来。我试图尽量不张扬地悄悄离开现场。可是他仍然喊着'喂喂喂'，一阵小跑地赶过来，大声地对我嚷嚷道：'阿健，阿健，中国要举办日本电影节，你去不去？'我对他说：'不不，中国我已经去过一次，这次就免了吧。'可是，他根本就听不进我的话。

"我一边敷衍地说着'改天吧，改天吧'，一边落荒而逃。结果他又通过熟人来央求我，这下子就更不好拒绝了。所以，我又去了呼和浩特（1990年第十三届日本电影展）。檀富美女士、三田佳子女士，以及名取裕子小姐也一起去了。无论走到何处，中国的观众们都是清一色的'热烈欢迎'阵势。"

## "我觉得日本完全被落下了。"——何为世界通用的导演？

2004年（平成十六年）11月19日，《千里走单骑》在云南省的丽江正式开机。

那天本来是晴空万里的，却突降骤雨，不过这在中国被视作吉祥的好兆头，意味着这一天是张艺谋导演那个"水滴石穿"的意念终于结出果实的日子。

张艺谋1950年出生于中国的陕西省西安市，恰好是在青春时期受到"文化大革命"深刻影响的那代人。

"张艺谋导演的父亲曾经是国民党军人。当时，大批国民党官兵逃往中国台湾，他父亲却留了下来，为此在'文革'时期被下放了。他母亲是一名医生。拍外景时，老两口相携前来探班，果然都是气宇轩昂的模样。"

这些情况都是高仓曾对我说起的。

继处女作《红高粱》（1987年）上映之后，张艺谋导演接受德间先生的出资，又拍摄了中日合作电影《菊豆》（1990年，由巩俐主演），并凭借此片在国际上受到高度评价。观看了《追捕》之后，张艺谋就萌生了一个梦想——希望有一天能与高仓健一起做些有意义的事情。

《千里走单骑》是一部以中国为舞台的公路电影。影片讲述了一个励志的故事：与父母日渐疏远的儿子罹患癌症，来日不多。得知这个实情之后，身为父亲的主人公高田刚一（由高仓健饰演),为了实现爱子身为民俗学家的意愿,毅然前往中国进行访问。他的目的是收集中国云南省民间流传的假面剧剧本《千里走单骑》。但主人公根本不懂中文,他只得与当地一名略懂日语的翻译用日语进行有限的交流,一路上邂逅了许多热心人,得到他们无私的帮助。

"我想在这部片子里把头发全染成白色的,你觉得怎么样?"

高仓读完剧本,在即将出发去中国拍摄的当口,他这样问我。上一部片子是《萤火虫》(2001年),时隔四年再度出山主演电影,而且角色显然是为其量身打造的,让人感觉跟高仓的年龄正好匹配。

然而,张艺谋的回复是:

"中国有一句古话,叫作'自古红颜多薄命,不许名将见白头'。我希望高仓健在中国人的眼里,永远都是飒爽英姿的英雄。所以,请不要特意染成白发,以自然的状态出镜即可。"

**爱称就是"老高"**

在拍摄现场,高仓健对负责翻译的张景生先生提出了严格要求,希望他一定要翻译得准确,就连张艺谋导演话语中很微妙的含蓄之意也必须传达到位。

高仓饰演的主人公几乎不会说中文,导演借此巧妙地在片子里随处注入一种类似纪录片且带有"一期一会"之旅的感觉。高仓之外的演出人员,除一人是专业演员之外,其他都是在当地聘用的不谙演技的人士。听说故事的核心人物——少年阳阳这个角色，是从八万人中海选出来的，这一点更是令人惊诧不已。这种体验，对于从事电影演员行业已有五十个年头的高仓而言，还是大姑娘坐轿子——头一回。

影片中主要的外景地是云南省丽江市，这里是少数民族纳西族的主要居住地，海拔大约2400米，是一座风光明媚的城市。耸立于北面的玉龙山海拔5596米，甚是俊逸俏丽。一日之内的温差变化也相当之大。

开机伊始，他们就遇到了极度干燥天气。高仓的喉咙、鼻腔，以及眼黏膜疼痛得厉害。于是他联系我，让我寄些日本的眼药水、止咳喷雾剂之类的东西过去。后来高仓告诉我说，为了让身体完全适应高原地区，所耗费的时间超出了他的想象。

张艺谋导演最为放心不下的是已年近74岁的高仓。剧组工作人员给他取了爱称叫"老高"。导演始终担心高仓的身体，拍摄期间还专门给他配了按摩师。谁料行程才到一半，导演本人竟然闪到了腰，结果那位按摩师变成了导演的专属理疗师。就是这样，他们一边克服着重重困难，一边在推进着拍摄。

"有一次，日语翻译邱林到了饭点却什么也吃不下，还起身离开了餐桌，我去问他是个什么情况，结果说是得了胃溃疡。我心里明白，这是被张艺谋逼过头了，所以心生恻隐，便将从日本带去的胃药全部送给了邱林。

"张艺谋会不以为然地把一个镜头重拍五十次。他们实在太认真了，结果导致伤到了胃。

"或许张艺谋已经摸透了那些新人演员的脾性，深谙用人要领。他敦促那些毫无演出经验的演员要坚持再坚持,毫不妥协,连轴转地拍摄。看到这些,我不由得在想,所谓演员,究竟是个什么命呀?

"张艺谋每天就是一边啜饮着普洱茶,一边雷打不动地拍摄着电影,还好,总算没有累趴下。不过,由于他身上没什么肌肉去支撑身体,一不小心便闪了腰。尽管如此,他还是不愿趴下,太有定力与韧劲了。确实会有这种导演呢,看着就让人不得不佩服。

"我曾觉得雷德利·斯科特(《黑雨》的导演)也是一名霸气的司令官。张艺谋比起他也毫不逊色。我想,世界通用的人才就是他们这种工作狂人吧。

"而且,张艺谋导演不会过度拘泥于剧本。毕竟演这部电影的人都是外行,首先得仔细地观察他们的动作,然后判断怎么引导才能让他们轻松地讲出台词来,或是怎么做才能使他们的动作神态更自然。一旦有好想法,马上就做调整。工作人员们也不抱怨,都有条不紊地跟着走,说明大家很有灵活性和体力。

"据说,结束一天的拍摄工作之后,主要的工作人员就会聚集起来开总结会。例如,今天什么地方拍得比较好?若有拍得不好的地方,又是什么负面因素造成的?接下来该如何应对?听说,他们经常一讨论就是几个钟头。

"而且据说,会后张艺谋要审核剪辑人员当天剪辑好的胶片,最后还得上网查看有关自己的报道或其他网页内容。

"我曾经问过张艺谋:'你究竟几点钟睡觉啊?'对方用莞尔

一笑充作回答。于是我想,这个人肯定几乎不睡觉。

"他总是把经过大家商量并修改好的第二天要拍的剧本内容,在深更半夜或是一大早发给翻译张景生,小张立马翻译成日语,送到了我这里。总之,变化比翻书还要快。我问工作人员,是因为这部片子很特殊吗?但是在张艺谋眼里,这种情况是极其常见的。讨论更是家常便饭,每当这种时候,说话最多的就是张艺谋本人。其他工作人员也不相让,只管说出自己的意见。这些工作人员都是张艺谋亲手选拔的,都有自己的自尊心。

"看到这些,我觉得日本完全被落下了。至少我重新认识了张艺谋,他是多么年富力强,还充满了旺盛的斗志。

"而且,在拍这部电影期间,最让我欢喜的是吃饭。剧组的专属厨师总是准备了好几道热乎乎的大菜,等着我们大快朵颐。我就跟其他工作人员一块享用。在日本的话,只能被迫吃些冷冰冰的盒饭,这差距何止云泥呀?所以,这更让我觉得像是跟大家一起享受旅途的愉悦。"

这部电影还在真实的监狱里进行了拍摄,有些刑期还剩一两年的模范犯人参加了演出。虽然共事时间仅有三天,但在最后临别之际,要回酒店的高仓等人,和还得回到高墙里的犯人们都难舍难分。高仓坦言,这些情形又让他回想起拍摄《网走番外地》系列以及其他类似的电影时自己饰演囚徒时的情景。

向配合演出的犯人们表达感谢之意时,高仓说:"大家要好好砥砺修行,争取早日回到爱你的人身旁。"据说,当时那些服刑人员的眼里都闪烁着泪花。

**"这把岁数啦,居然还撒娇。"**

《千里走单骑》的拍摄工作进展很顺利,随着尾声的临近,高仓的情绪又有些走低了。

"唉——好日子所剩不多啦!一开始想这个,突然就觉得胸口堵得慌。有一天,拿去修改的剧本迟迟回不来,张景生拿着修改版剧本来到我房间,我突然就对着他大动肝火了。其实,我才不管反馈拖延的原因是什么,就是心里的寂寥感让我发了一通邪火。

"然后,我突然控制不住自己了,索性就说了一句'今天不去现场了',拒绝出镜。我们毕竟一起克服了形形色色的困难,彼此心意相通。但是分别也近在眼前了。我们各自为战,豁出命去工作,好不容易磨合成一个团队,可就在这个时候要解散了!以后再也不可能和原班人马聚在一起了,这就是电影行业的特点。所以在封镜前夕,人的情绪都会变得十分焦躁。随着岁数的增长,这个毛病非但改不掉,反而越发加剧了。"

外景拍摄过程中,高仓会跟中方工作人员用中文寒暄,其中出现频率最高的语词,就是"辛苦啦"。这句话就相当于日语里的"お疲れ様でした",听说这句话高仓也是跟工作人员学的。

终于迎来封镜之日,果不其然,这一天又下雨了……

"出彩虹啦!开机那天也是放晴之后又下雨,封镜之日也是同样。我觉得真的很神奇。

"我当场收到了不少礼物,有蒲伦(助理导演)那小伙子每天坚持为我积攒的日记,也有工作人员给我写下的临别留言。当了这么长时间的演员,这样的场面还是第一次见,着实吃惊不小。当然,他们用的都是中文,究竟写了些什么,我也没能立马看懂。

"其实在电影完工之日,张艺谋收到了通知,他被正式任命为北京奥运会开幕式与闭幕式综合演出的总导演。大家都十分兴奋。但是,唯有张艺谋没有笑逐颜开。他的脑子又切换到下一个工作上了。真不愧是张艺谋!"

蒲伦先生的日记与工作人员的留言,都请张景生先生翻译成日文了。我亲手把它们装订成限量版的书本,扉页上写着"此日记专门为阿健先生而作""最近连日过于疲惫,没有留下任何文字,对不住啊",这些话语真情意切,在高仓心里久久回荡。

后来邀请中方工作人员访日时,高仓为了感谢蒲伦先生所赠的日记,将日文版的蒲伦日记亲手送给他。

与此同时,高仓还从张艺谋导演那里收到了出演商业广告的邀请。

"张艺谋带来了一份仅限中国国内的食品广告委托书。但是我当场就谢绝了。我说:'非常乐意与你共事,不过我觉得自己不适合为那商品做代言人。'虽然我很希望与张艺谋一起工作,然而这并不意味着,无论是什么商品都可以代言。我觉得这是两码事儿。

"若是为中国做广告,那必须是能够托付梦想的商品。可能是到了我这个年龄,追求金钱已经不再重要了吧?"

这个时期的高仓,考虑问题变得更加细腻了:"在此生所拥有的时间里,能够完成多少让自己心悦诚服的事情呢?"

《追捕》公映之后,中国的演员、导演都纷纷表示:"期待有一天与高仓先生一起工作。"最早表达这个心愿的是已故的谢晋导演。1986年高仓第一次访问中国的时候,在北京电影制片厂遇见了陈凯歌导演,当时他负责接待工作。高仓与约翰·吴(即吴宇森)导演在东京有过交集;还曾和田壮壮导演在日本对谈过。不过,实现了这一梦想的唯有张艺谋导演一人。

高仓一直在唠叨:"我来日不多啦,必须做些有感觉的事情。"他接拍的中国电影,仅此一部。不过,他很期待能出演以中国为舞台的电影,继《千里走单骑》之后,这个念想也从来没有泯灭过。

## "一开始的印象极其恶劣。"——对电视连续剧的违和感

"这部《家兄》即便放在现在观看也不会觉得内容过时。这是我跟仓本第一次合作的片子。当时大原（即大原丽子）女士说：'想给阿健先生推荐一位剧本作家。'然后向我介绍了他。在与仓本见面之前，他就非常热心地写了观影感言寄给我，我能够从中感受到善意，觉得人家一直在关注我。

"拍完这部剧之后，仓本说希望续集也能跟我合作。不过到最后，我还是认为电视收录这种形式有些违和感，拍完立刻就觉得没什么干劲了，于是给了一个模棱两可的答复：'过阵子再说吧。'可能就是因为这样，导致最终错失了良机，或者具体的档期对不上。当事情有所进展的时候，就会顺利到让你意想不到，可是情况相反的话，任你怎么折腾都不成事。不过回头反思一下就会发现，如果继续拍续集，或许能拍成一部有意思的片子呢。"

我曾每天一边仔细认真地反复回看一集 TBS 连续剧《家兄》，一边听高仓讲述陈年往事。

《家兄》是在 1977 年（昭和五十二年）10 月到 12 月之间播出的。

同年，《八甲田山》《幸福的黄手帕》也相继上映，高仓也获得了许多在东映时代与自己缘分甚远的电影奖项。伴随着《任侠》系列电影的凋落，高仓的人气曾一度下行，如今又被视

为对观众有感召力的演员，重新得到认可，迎来了巨大的转机。

**"小金治先生忘词了。"**

高仓初次出演电视连续剧时，正值电视台创建期的直播时代。他参演了KR（现在的TBS电视台）制作的连续剧《少爷加油》（1956年播放，每周30分钟）。当时，他刚刚以演员的身份出道，尚不明白电视台的各种凌乱不堪，据说发生了很多令他烦恼的逸事。

TBS于1951年（昭和二十六年）开始无线电广播，四年后又开设了电视台。高仓出演的电视剧是在4月到6月之间的周播节目（播放周期三个月，共计十三个星期），时段是晚上七点半到八点。

"母亲"一角由人气歌手笠置静子饰演，共同演出者当中有落语家桂小金治先生、宝冢出身的话剧女演员南风洋子女士，"少爷"一角则启用了新人演员高仓。

"哎呀呀，我当时根本上不了台面。其他演员都是演艺界的大腕，个个意气风发的。唯有我初出茅庐，啥也不懂。由于是直播，一到开播时间，我就无所适从了。

"有一次小金治先生居然忘词了。我脑子没那么灵光，不懂得即兴发挥，不知所措地傻等着小金治说台词。'少爷，您咋回事呀？'结果人家把矛头转向了我，仿佛做错的人是我。之后的事我就记不清楚了，也不知道发生了什么……

"所以，我一开始对电视剧的印象极其恶劣。也许是不适应那个演播室的氛围吧。"

在新人电影演员高仓心里,电视台创建期以现场直播方式来播送电视剧,只给他留下了苦涩的回忆。之后,他对上电视节目也表现得很消极。在退出东映之前,也只接拍过一个剧目,就是东京12频道(现为东京电视台)播出的纪录片节目《这就是高仓健》(1971年)。

拍完《少爷加油》后过了二十一年,娱乐的重心也由电影转向了电视。但是在那个时代,电影演员出演电视剧,会被称为"不务正业"。

至于高仓愿意接拍《家兄》一事的原委,TBS制片人大山胜美先生是这样讲述的:

"阿健先生成了东映的大明星,各个电视台都跃跃欲试,试图拽他去拍剧。当时,黑道题材的电影风潮好不容易降温了,大家都在热议阿健先生接下来会拍什么题材的电影。在此之前,凭借电影获得观众青睐的明星不会出演电视剧,这似乎已成为一个不成文的传统。一旦上了电视节目,就被视为'偏离正轨'。从这个意义来看,阿健先生也堪称最后的大腕了。"(此段文字摘自《文春周刊》1983年2月17日)

《家兄》这部剧以东京下町、人形町为舞台,讲述了一位无法抵抗大开发浪潮的男人所经历的爱恨情仇。高仓饰演的角色是从事土木建筑施工的工头神山荣次,43岁,单身。大原丽子饰演其体弱多病、与之相依为命的妹妹。为了满足妹妹的心愿,他一直致力于脱单,但屡战屡败。老板对他关爱有加,而他也倾心于老板家的独生女（由秋吉久美子饰演），又与曾经喜欢的小酒馆老板娘（由倍赏千惠子饰演）心意相通。

在田中邦卫先生、大泷秀治先生、泷田勇先生以及岛田正吾先生等极具个性的演员阵容之中，高仓塑造了一个古雅、重情重义的中年男人，将男主人公那种跌宕起伏的精神，让人不得不爱的形象演绎得真诚且生动。

**真流氓找上门来了**

"话剧演员们出演了该町町内会①的居民。不过，这部片子跟我迄今为止经历过的剧目相比，调性大为不同。饰演按摩师的大泷先生，声音估计是从很高的位置发出来的吧。角色塑造的确做得很细致。泷田先生也认为，不要纠结戏拍得如何，而是要注重接地气。整部剧能充满悠然自得的感觉，保持平稳的节奏是最好的。"

还有一名女演员以一种意想不到的形式完成了合作演出。

"吉田日出子女士的戏份是在地摊上卖首饰。后来我才听说，她曾对导演说：'求您了，我想跟阿健先生出现在同一个画面里。'这种感觉也的确很奇妙，之前我还没跟这种风格的女演员一起工作过呢。如果不是上电视节目，也不可能有机会跟她合

---

① 在日本町内成立的地域居民的自治组织。第二次世界大战期间，日本以街道为基层组织而成立的基层统治机构。负责处理迁出迁入、配给、通知事项等事务。

作演出了吧？

"而且，我来电视台演播室的时间也是公开的，所以在节目录播告一段落的间隙，台里的主播、制片人等人就会进进出出轮流来跟我寒暄。制片人久世光彦先生也来演播室露面了，还特意向我表达：'希望有机会能合作。'他好像看过不少我演的黑帮题材的片子。遗憾的是，这个愿望没能实现。大家都特别把我当作一回事。不过呢，总觉得……直到最后我的身体还是没能适应在电视台录播的方式。"

制片人大山先生后来揭秘了一则非常特别的逸闻：

"特别好玩的是，在节目播放过程，居然有真正的流氓找到台里来了。（中略）台里的人怎么都拦不住，只好把人领到演播室。然后这帮家伙排成一队，一个个上前与阿健先生握手。这种光景在电视台是几不可见的。或许他们把阿健先生当成自己心中的偶像，觉得他代替他们把自己想做的事情都做了。"（此段文字摘自《文春周刊》1983年2月24日）

电视台演播室里有一个提示录播时间即将开始的蜂鸣器，高仓实在无法适应这种蜂鸣声。为此，工作人员特别给他准备了拍电影用的打板。按照录音部的要求，打板的声音控制得很弱，待打板声音消失数秒钟之后，便开始录播。

高仓无法适应电视节目录播的形式，工作人员便竭诚相待。这则轶闻充分体现了他们对高仓关心备至的态度。而《家兄》也是高仓在独立后出演的唯一一部电视连续剧。

## "毕竟我不够能干啊……"——初次被曝光的广告幕后

"人活久了,不管你愿不愿意,总会有一个时期变得想去认真对待时下的潮流。这个行业今后还有很多成长空间,汇聚优秀人才也是一种自然趋势吧。正如此前那些吃不上饭的从业人员由电影转向了电视,今后那些有才华的人也会涌向广告业界。我倒觉得这挺有意思的,因为也有不少人是先体验了电视业界和广告业界,才转而挑战电影世界的。雷德利·斯科特也是从 BBC 转向广告制作,再开始拍电影的。

"我曾是 JRA 的商业代言人(1992—1994),市川准先生则是广告的导演之一,后来他也转去当电影导演了。归根结底,我认为最关键的是,你发散的信息是能让人有所动容的。

"就说我吧,虽说'我是电影演员',但仔细想想自己已多年没拍电影了。如今该说'我是商业广告演员'了吧?最近有人为了《铁道员》这部作品来采访我,说:'最近在看高仓先生的节目时,觉得除了商业广告,就没有别的作品了。'这倒是事实。

"所以有人写文章说,估计《铁道员》是高仓健的谢幕之作。高仓眼看着该退休啦!看到这些,我就想:'混账!老子绝对不退休!'

"商业广告跟电影相比,拍摄所花的时间完全不同。或许应该说,所动用的肌肉都不一样呢。所以,拍完广告之后,我还是我。为了能够练出大块肌肉,我还得回归电影。就是这样循环往复。"

事实上,拍摄广告的工作很实在地支撑起高仓的电影演员事业。年过五旬之后,高仓那句名台词"毕竟我不够能干……"也成了广告的文案词。

"高仓健=不能干"的形象被固化下来了,对此高仓有些自责,还曾这么说过:

"'不够能干'这句话,是负责写广告文案的人想出来的。不过,我觉得自己还是挺能干的。"(此段文字摘自《读卖新闻西部版》1999 年 5 月 27 日)

商业广告能够酿造出时代的芬芳!用 15 秒或 30 秒时间展示企业的形象,在发挥这种"作用"的过程中,高仓也能充分彰显自己的个性。

## 朝日麦酒(ASAHI BEER)"大家一起喝吧!"(1971 年 4 月至 1973 年 4 月)

高仓初次涉足商业广告还是隶属于东映公司的时候,当时接拍的就是朝日麦酒(如今的朝日啤酒)。

"刚开始接触拍广告这一行当的时候,我还考虑了一下,多少有些放不开。最开始拍的是朝日啤酒。那时候,有一位对我关照有加的人居中撮合,所以接下这个活儿,有点儿赶鸭子上架的感觉。其实,我本人是不喝啤酒的。喝不喝酒倒是无伤大雅,所

谓广告不就是给人家做个宣传嘛。话虽如此，我还是过不来自己那道坎！"（此段文字摘自《广告批评》1980年1月号）

当上演员，开启演艺人生之后，高仓就再也不沾酒精饮品了。从这件趣事可见，高仓做人做事有其非常较真的一面。

他为人就是这样的性情，无法若无其事地承担商品的形象。

在那段时期，电视广告已渗透了千家万户的客厅，一些知名度高且受观众喜爱的演员陆续地被聘用为广告代言人，可是——

"我并不是讨厌广告，只是没有适合我拍的商品。坊间有传闻，说我讨厌拍商业广告。不过我倒是觉得，就算有个把这样矫情的，又有什么关系呢……"（此段文字摘自《读卖新闻》1971年5月25日）

有人甚至将高仓形容为"CM童男"，而他一直拒绝拍商业广告的原因，其实是他本性不愿意随波逐流。

高仓第一次接拍广告是在1971年（昭和四十六年）4月29日。在东映京都摄影所的演播室，小泽茂弘先生是这个广告的导演，他曾执导过十几部高仓出演的电影。

当时，论市场份额，麒麟啤酒占据首位，第二位是札幌啤酒，朝日啤酒位列第三。札幌啤酒请了国际著名演员三船敏郎先生做广告，他的广告词颇有冲击力："男人深沉，就要喝札幌啤酒！"朝日啤酒针锋相对，为高仓准备的文案是"请君痛饮"，这句广告词是模仿电影《任侠》里的经典台词"请君归天"而来的。

"我之所以开始认真考虑把拍广告当成工作，源于我参演了

《八甲田山》。毕竟那个片子花费了三年的时间。当初要是知道得拍个三年，或许我的想法早就改变了。冬天的那些戏份比我想象的还要难拍，结果拖延了好久。

"辞去公司的职务后，我又接拍了第二单。好吧！再拍这一次就不拍了。结果一矫情，中途又缺钱了，不得已才把手头的房产转卖了……"

独立开了工作室后，高仓对电影非常谨慎，力图选择好片子。所以对他而言，拍广告也成了他的演员工作之一。

### 🚗 三菱汽车/戈蓝Σ（GALANTΣ） "前方会有什么呢……"（1980年3月至1985年2月）

高仓接拍的第二单广告是代言雷诺拿破仑VSOP白兰地（Renown）。两年后，即1980年（昭和五十五年）3月，他又为三菱汽车的"戈蓝Σ"代言。

"在给三菱做广告的时候，他们让我参与了特别样车的开发，这是此前从未有过的特殊体验，他们还专门给我印制了写有'三菱特别顾问'头衔的名片。所以，这个工作不只是拍拍照那么简单，意识与理念也大为不同。

"我很喜欢驾驶车辆，其中欧系车辆比较多，我觉得自己能从个人的角度提一些建议，便欣然接受了对方的要求。我之前从未涉足这个行当，与专业人士们交流的过程中，通过他们的谈吐，我的确接收到很多新鲜的刺激。他们还带我去了采用三菱技术的保时捷研究所观摩。看着那些人工作时的表情,大家都对自己所从事的工作感到自豪,脸上都洋溢着幸福与喜悦。他们对我说:'我们正在制造的是保时捷。而且,不单单是为了跑得快,我们还在考虑如何让它跑得美。'我觉得,这话说得简直太酷了,让人浑身都感到震撼。"

正如高仓所言,此时他的工作不再只是一个被拍摄的对象。1985年(昭和六十年),广告合约到期,对方又跟他签署了参与商品开发等业务的委托合同,聘期从翌年9月至1993年(平成四年)8月。

关于三菱汽车广告,还有一件很符合高仓做派的趣事。

"那一天寒风刺骨,有一组镜头要我在户外拍。当时草坪上已有五六个外国模特。看样子,她们是在等待天气好转,却被迫穿着单薄的衣服硬着头皮在那里干等。

"虽然她们跟我拍的不是同一个镜头,但是看到眼前这种情形,我还是有些义愤填膺。我心想:怎么能这么不体恤呢!要么给人家披上外套,要么给人家准备一个暖和的地方,怎么能什么都不做呢?对于她们这种坐视不管的态度,我突然就觉得无法容忍了,心想跟这种人没法合作的!我不允许他们对女士这么不体贴。

"只对我一个人呵护备至,但好歹大家是一起工作的伙伴吧?这种令人厌恶的气氛会污染画面的。于是没等我的镜头拍完,我就离场回家了。"

**♂ 日本生命（保险公司）/LONG RUN　"毕竟我不够能干……希望您过得幸福。"**（1984年9月至1989年8月）

高仓出演的第四个广告是日本生命保险公司。具体险种是"男性劳动者保险"和"日生 LONG RUN"。"毕竟我不够能干……希望您过得幸福。"这句家喻户晓的广告文案词，也由此成了高仓的代名词。

产品无法用实物呈现，只能借助画面。这则广告设计了极具故事性的情境，能够让"人的情思""无限的温柔体贴"等情愫在观众心中慢慢发酵。

"日生的 LONG RUN 广告很有故事感，简直就是一个短片。大家对这个系列都交口称赞。坊间开始说我为人不能干，就源于这个广告。没想到它有这么大的冲击力呢！我本人倒不觉得自己不能干。（笑）

"对了，我曾跟阿锦（即万屋锦之介）等几个同伴一起去滑过水。当然了，没有谁一开始就会玩那玩意儿的。屡试屡败的过程中，大家逐渐掌握了窍门，陆陆续续地都学会了。但是到了最后，还剩下我一个人没学会。

"反复折腾了很多次，简直累得我不行。最后，与其说我被摩托艇牵引着，倒不如说是被拖着走。总而言之，我的上半身就是出不了水面。

"水的阻力真是不得了。嘴巴以下的身体都在水面下，所以被拖拽着滑动的时候，我痛苦极了，抓着拉杆的手会不时地松开，身体就沉到水里。我就这样被反复折腾，旁边的人还不停叨叨，'要这样做''得那么弄'。可是，怎么着都是出糗，只会惹人发笑，根本不见效果。打那以后，唯独滑水这项运动，我再也没去碰过！"

与其说是不够能干，倒不如说是缺乏运动神经（？）吧。这个笑话让我们聊得情绪高涨。

1987年（昭和六十二年）4月，高仓正与日本生命保险公司以及Nestlé（现为日本雀巢）洽谈合约，却传出了"高仓健患艾滋病死亡"的虚假报道。自不必说，这对广告商也造成了强烈冲击。然而日生方面认为："他本人很健康，这点事算得了什么呢？"之后，广告照常播出。

## 日本中央赛马会（JRA）　　"我想跟您聊一聊这家赛马会。"
（1992年1月至1994年12月）

JRA第一支至第三支的广告文案，高仓都非常满意。

当时要求，文案要写得像平常随意写出来那样。

"我认为，能让人心情焕然一新的东西，才能称之为不期而遇。因为有不期而遇，人便会奋力拼搏。我感觉到了。我想跟您聊一聊这家赛马会。"

"心灵干涸了，就像触摸美丽的生命。英纯血马的生命，在我看来是美丽的。"

"人生来是为了做梦吗？买一辆二手拖拉机去开荒拓殖，虽然不知道要花上多少年，但是养一匹剽悍的马儿，并不单单是一个美丽的梦想。在我看来，做梦是挺美的。"

高仓这些独白，能让人一边观赏马儿，一边品味人生的微妙。

高仓曾经一边观看这个广告，一边对我这么讲述：

"第一年的时候，我跟马儿同框入镜了，心想这个镜头拍得真不错。当时没少给北海道安平町吉田牧场添麻烦。牧场里的人对我非常善意，我那时就有了一个念头，如果能在这里养一匹属于自己的马儿，并且住在这儿，该多好啊。

"于是我就跟人家说，真想有个牧场啊！马这种动物真是可爱呀！谁知这话一出，人家马上当真，就给我挑了好几个候选地，其中最合适的那个牧场连立体模型都给我做了出来。那玩意儿现在就放在工作室里头呢。好家伙，很占空间的，简直离谱！后来，我差一点儿就真买啦！

"当时我一边看着立体模型一边琢磨，要把房子建成什么样的，如果养了马，马鞍得弄成什么样的。光是想这些，就费了我好几年的时间。

"给马儿量身高需要用专门的棍子，我去巴黎的时候就毫不犹豫地买下了。但是最关键的牧场至今还是立体模型的样子呢。不过靠着这个，我也好好地过了一把开牧场的瘾。我这人呀，真的很奇怪呢。（笑）"

### 菲利普·莫里斯/LARK　　"比语言更能讲述人生。"（1995年11月至1997年12月）

"我一开始并没打算接拍LARK的广告。《八甲田山》拍得太费劲儿了，所以我发了一个誓：待我平安完事之后就把烟戒掉。所以，我要是再接拍烟草广告，不就是自己骗自己嘛。就像之前一样，自己不喝啤酒，却出现在朝日啤酒的广告里，之后总觉得心里膈应，我很不喜欢。

"然而，就在不得不回复LARK的时候，我刚好有别的事情找律师商量，就顺便说起此事。对方跟我说：'高仓先生，其实那算是一个角色吧？您接拍了又会怎么样？我很想看看高仓先生工作的样子呢。'我恍然大悟，心想，这个道理也是说得通的呀。

"毕竟还有自家的房贷要供着，所以我接了这单广告，的确可以让钱包喘口气了。律师的一句话，为我把握绝妙的良机。

"LARK的广告要在纽约和新奥尔良拍摄。出动的人手和预算都是电影级别的。真的是花了不少钱啊。拍摄夜间镜头的时候，休班的警察很认真地为我们做安保，所以拍出了非常棒的画面！

"不过，第二支广告的取景地是新奥尔良。入住的酒店嘛，总觉得……有点儿令人毛骨悚然。

"一般来说，我只相信眼睛看得到的东西。然而，摄制组有个工作人员说他看到了类似幽灵的东西。在日本，我有时也会去乡下一些偏僻的旅馆,每次总有人会说:'我的房间好可怕!'于是我跟他说:'我跟你换房间。'到了第二天早上,连旅馆的主人也面露担心问我:'您没出什么事吧?'

"其实确实发生了一些特别的事情,但是我觉得无所谓,没觉得有什么不妥。对方又回了一句:'啊,真的没什么事吗?'我想可能是因为太疲倦睡死过去了吧。(笑)

"然而给 LARK 拍广告那次,一进入事先为我准备好的房间,情绪就突然变得很低落。我明显地感觉到异样。所以,在完成所有拍摄工作的那天晚上,我就嚷嚷着'走啦,我要走啦'。听说制作方还特意准备了最高规格的酒宴,结果连饭也没吃,就匆匆离开了那个城市。那段经历对我来说真的挺难得的。(笑)"

后来,在探索频道上,高仓偶然地看到了有关新奥尔良的节目。在密西西比河流域原来有一些酒店或酒吧,已经成为弃用的废屋。坊间传说那些地方出现了灵异现象,于是节目组来到这里进行采访。看到这些,之前为拍摄 LARK 广告造访该地的记忆,似乎又在高仓脑里苏醒了。

"原来真的有啊。虽说如此,当时究竟是怎么回事呢,真的浑身直起鸡皮疙瘩……"

🧄 **健康家族/大蒜蛋黄**　**"与土的际遇。"**(2014 年 2 月至 2015 年 3 月)

"选址不错。别人也没法随便进来。我曾经做过这样的梦,在北海道牧场的一个角落里，建一栋属于自己的房屋。可是，这次拍摄外景的地方是在宫崎和鹿儿岛两县的交界处。我事先请教过当地人，这里有没有适合我居住的地段。人家回我说：'您喜欢哪里就选哪里呗。'（笑）"

拍完广告之后，高仓回到家里，兴高采烈地跟我说起这件事。

只要在非东京的地方拍电影，高仓总会去探寻让他心旷神怡的地方。"远离烦嚣"是必要条件——因为他已经经历太多被人非法侵入自家领域的烦心事儿了。

高仓接拍的最后一支广告是健康家族的大蒜蛋黄代言。这家公司的总部设立在鹿儿岛县。在广告的画面中会出现井上阳水先生少年时代的情景，其间伴随着高仓那令人身心安宁的独白：

"土地是缄默的。她既不愤怒，亦不抱怨，更不会表达不满。土地是正直朴实的。土地用自己所培育的作物给人类送上答案。"

"负责调解工作的代理店似乎事先就说了一些注意事项：'除了工作人员之外，其他人士请勿进入拍摄现场。'所以我没跟赞助商的人打过招呼。片子拍完之后，我突然想到该去总部跟人家寒暄几句，结果在电梯里碰巧遇见他们公司的职员。对方惊讶得连着眨了好几下眼睛。（笑）我还去了市场营销部的楼层，与负责用电话接单（即电话直销中心）的职员们见面……"

后来，高仓过生日的时候，收到了来自该公司全体员工的集体签名留言，我也借此了解那次闪电访问的具体情形。

这个广告的策划采用了叙事文学的方式来展开剧情。可是就在拍完第二支广告之后，高仓溘然长逝了。

此后有很多人士来信表达了与高仓惜别的心情。应健康家族的请求，我们同意在广告画面里插播高仓逝世的启事。而这个广告也一直播放到2015年（平成二十七年）3月末。

# 第四章

## 高仓喜爱的电影(Takakura's Favorite Movies)

为了把一部电影带到人间,
演员需要全身心地投入其生命运行的轨迹,
不惜消磨着自己的生命。
高仓本人亦曾被许多电影吸引,
有过诸多感怀。
在此,我想向读者们一起介绍这些影片,
同时细细品味他以演员角度的所思、所想。

《摩洛哥》(*Morocco*)

(1930,美国)

导演:约瑟夫·冯·斯坦伯格

出演:玛琳·黛德丽,加里·库珀

"玛琳·黛德丽,最后竟脱下高跟鞋奔向沙漠,去追赶那男子。那一幕的身影,令我难以忘怀。"

《魂断蓝桥》(*Waterloo Bridge*)

(1940,美国)

导演:茂文·勒鲁瓦

出演:费雯·丽、罗伯特·泰勒

"高中的时候,我想学英语,第一次有意识去观看的外国电影就是《魂断蓝桥》。

"我买来对译本,反复看了很多次,电影的台词也几乎能背诵了。

"置身于战争环境中,两个不同身份的人之间产生了爱情,虽然已记不得当时身为高中生的我理解到了什么程度,但是,没有哪部作品能够像《魂断蓝桥》那样,令我百看不厌。"

《罗马假日》(*Roman Holiday*)

(1953,美国)

导演:威廉·惠勒

出演：奥黛丽·赫本，格里高利·派克

"这部电影，我不想翻拍。

"话说回来，应该也翻拍不了吧。

"这是一部讲述奥黛丽·赫本魅力的电影。

"由于演员的魅力，角色人物会变得真实。这就是电影的乐趣。"

**《码头风云》**(*On the Waterfront*)

（1954，美国）

导演：伊利亚·卡赞

出演：马龙·白兰度

"我被马龙这块招牌征服了。"

**《西点军魂》**(*The Long Gray Line*)

（1955，美国）

导演：约翰·福特

出演：泰隆·鲍华、玛琳·奥哈拉

"我也看过约翰·福特执导的《愤怒的葡萄》（1940）和《荒野决斗》（1946）。在这部电影的最后，陆军军官学校的学生们排成了长长的灰色风景线送别教官泰隆·帕沃尔，我真的被这场面感动了！扮演他妻子的玛琳·奥哈拉一身凛然地陪伴在一旁，煞是惊艳。"

《伊甸园之东》(*East of Eden*)

(1955，美国)

导演：伊利亚·卡赞

出演：詹姆斯·迪恩

"《伊甸园之东》的詹姆斯·迪恩，果然性格很鲜明。

"有这种人在，我就觉得自己还是不配当演员。

"与其说是他个性太鲜明，不如说看他的戏会让我觉得自己被人狠狠地修理了一顿。"

《车灯》(*Des Gens Sans Inportance*)

(1956，法国)

导演：亨利·维尼尔

出演：让·迦本

"对我来说，这就是经典了。

"一个拖家带口、无精打采的长途卡车司机，与一位年轻女子之间的不幸故事。

"迦本一演戏，就能铸造经典。这是一部会让我时时回首的电影。"

《金玉盟》(*An Affair to Remember*)

(1957，美国)

导演：莱奥·麦卡雷

出演:加里·格兰特、黛博拉·寇儿

"黛博拉·寇儿的作品确实很好,这简直是浪漫的典范啊。

"1994年,沃伦·贝蒂和阿内特·贝宁领衔翻拍了同名电影,依然没让我失望。"

### 《热情似火》(*Some Like It Hot*)

(1959,美国)

导演:比利·怀尔德

出演:托尼·柯蒂斯、杰克·莱蒙、玛丽莲·梦露

"杰克·莱蒙发挥得淋漓尽致。

"一部颇有冲击力的电影,即使是从中间开始观看,你的眼睛也无法从这些画面上移开。

"这就是比利·怀尔德导演的厉害之处。"

### 《公寓春光》(*The Apartment*)

(1960,美国)

导演:比利·怀尔德

出演:杰克·莱蒙、雪莉·麦克雷恩

"杰克·莱蒙,他的笑容能够让人哭泣,能这么不动声色地在戏里同时营造出喜剧与悲剧的氛围。

"真正高明的演员,他的情感是非常深厚的。所以,他绝不会去做出压制对手的表演。

"杰克·莱蒙与雪莉·麦克雷恩的表演相辅相成,真是太

棒啦!"

### 《怒海沉尸》(*Plein Soleil*)

(1960,法国、意大利)

导演:雷内·克莱芒

出演:阿兰·德龙

"那算是内心的阴霾吧?阿兰·德龙的眼神和表情不是在表演,是天性。

"总之,演员自己身上没有的东西,是不会在画面上留下印记的。那个时代也在成就德龙。"

### 《阿拉伯的劳伦斯》(*Lawrence of Arabia*)

(1962,英国)

导演:大卫·里恩

出演:彼得·奥图、亚利克·基尼斯

"片长三个多小时,却感觉不到它的长度。主题和规模都很宏伟。

"这之后,《日瓦戈医生》(1965)也公映了。

"当时我还在东映,曾有机会出演这位大卫·里恩导演的作品。

"我本人也为此拜会过导演,但是后来企划撤销了,真的很遗憾!"

**《地下室的旋律》**（*Mélodie en Sous-sol*）

（1963，法国）

导演：亨利·维尼尔

出演：阿兰·德龙、让·迦本

"德龙和迦本把抢劫而来的钱藏在高档酒店的游泳池里，影片的最后，一张纸币浮在游泳池里。

"迦本是不得已才戴上墨镜的，扼杀了自己眼睛的演技。

"我认为演员是凭借自身存在感去吸引观众的，在这方面迦本堪称我的楷模。"


**《冒险者》**（*Les Aventuriers*）

（1967，法国）

※高仓所出演作品《无宿》（1974）的故事原型

导演：罗伯特·安利可

出演：阿兰·德龙

"这部电影让我仿佛有种站在击球区里的感觉。

"对我来说，这是一部永不褪色的杰作。也不知我究竟看了多少次。"


**《警网铁金刚》**（*Bullitt*）

（1968，美国）

导演：彼得·叶茨

出演：史蒂夫·麦奎因

"在麦奎因的电影里，这算是最吸引人的作品。"

## 《向日葵》(*I Girasoli*)

（1970，意大利、法国、苏联）

导演：维托里奥·德·西卡

出演：马塞洛·马斯楚安尼，索菲娅·罗兰

"电影音乐的乐趣。

"一听到亨利·曼西尼的歌曲，我便想起了索菲娅·罗兰那强烈的高音。

"那个黄色的向日葵田啊……看着就让人伤感。"

## 《约翰尼上战场》(*Johnny Got His Gun*)

（1971，美国）

导演：达尔顿·特朗勃

出演：蒂姆斯·伯特姆斯

"当时这部影片在日本公映的时候（1973年），我工作非常忙，所以没能及时看到。

"过了很长一段时间之后，我认为这部作品至少该去看一次的。"

## 《法国贩毒网》(*The French Connection*)

（1971，美国）

导演：威廉·弗莱德金

出演：吉恩·哈克曼

"我完全入迷了。现在很多这样的场面都是模拟，而当时的演员真的跑得够呛。

"看了这个，总觉得自己也得跑起来，内心都燃烧起来了。

"哈克曼最成功角色就是'大力水手'了！"

### 《教父》(*The Godfather*)

(1972，美国)

导演：弗朗西斯·福特·科波拉

出演：马龙·白兰度，阿尔·帕西诺

### 《教父Ⅱ》(*The Godfather Ⅱ*)

(1974，美国)

导演：弗朗西斯·福特·科波拉

出演：阿尔·帕西诺、罗伯特·德尼罗

"这是一部拼命保护父母和孩子的戏剧，也有人认为它是社会悲剧。

"原本对'组织'最为批判的迈克尔，从父子之情再到继任接班人这一段，都渗透着男人的悲哀。"

### 《老枪》(*Le Vieux Fusil*)

(1975，法国)

导演：罗伯特·安利可

出演：菲利普·努瓦雷、罗密·施奈德

"正因为罗密·施奈德是美丽的,所以故事显得太残酷。

"我很憧憬菲利普·努瓦雷演的这个角色!"

**《出租车司机》**(*Taxi Driver*)

(1976,美国)

导演：马丁·斯科塞斯

出演：罗伯特·德尼罗

"这是德尼罗拍完《教父Ⅱ》后的又一部作品。

"他当时简直就是正当红啊。他懂得以纽约为舞台,和斯科塞斯合作,真是眼光独到啊!"

**《洛奇》**(*Rocky*)

(1976,美国)

导演：约翰·G. 艾维尔森

出演：西尔维斯特·史泰龙

"《洛奇》真是太好看了。

"如果有人会温情地对一个男人说出一句'I love you',那他该是多么幸福。'洛奇'就是这样的幸运儿。

"而我却是不幸的。"

**《猎鹿人》**(*The Deer Hunter*)

(1978,美国)

导演：迈克尔·西米诺

出演：罗伯特·德尼罗

"感觉被戳到了。

"从云淡风轻的日常生活，转瞬间被拖进战争这个异常的世界里，出人意料的剧情走向，极具震撼力的三个小时。

"全篇中洋溢着迈克尔·西米诺导演对人类的温情关怀，看完之后，身体里一直都有一种滚烫的情愫。"（此段文字摘自高仓的推荐评论）

"作为演员，一辈子能有一次机会出演这样的电影吗？

"我很羡慕德尼罗。这个故事的背景是移民国家美国，在影片的最后，戏中人物唱起了美国国歌，给故事染上了悲切的色彩。"

### 《愤怒的公牛》（*Raging Bull*）

（1980，美国）

导演：马丁·斯科塞斯

出演：罗伯特·德尼罗

"纽约日本协会为我制作电影特辑时，斯科塞斯导演邀请我去他的公寓。

"当时他对我说，他曾想拍《高手》这部片子的。

"我想，如果换作斯科塞斯来执导，情况可能又不一样了。接着，他又帮我联系了德尼罗。

"他说德尼罗准备从长岛来纽约，但是由于之后我有其他安排,最后没能见面。

"在那之后,我在洛杉矶看了十次《愤怒的公牛》。

"我写信给斯科塞斯,说我很感动。德尼罗和斯科塞斯便将在影片中用过的手套,一同签上名寄给了我。"

**《金色池塘》**(*On Golden Pond*)

(1981,美国)

导演:马克·雷戴尔

出演:凯瑟琳·赫本、亨利·方达、简·方达

"我觉得演员的私生活应该和工作分开,这时的简·方达,能以女儿的身份与其父亲共同出演,想必能让她终生都很自豪吧。

"再加上这部影片还让亨利·方达首次获得奥斯卡最佳男主角奖。

"赫本和资深演员之间的配合才叫酣畅淋漓。

"我也想在晚年的时候能出现在这种深情的电影中。"

**《服务生》**(*Garçon!*)

(1983,法国)

导演:克劳德·索特

出演:伊夫·蒙当

"伊夫·蒙当的魅力,一点儿也没有褪色。"

《男人的野心》(*Jean de Florette*) 和《甘泉玛侬》(*Manon des Sources*)

(1986,法国)

导演:克劳德·贝里

出演:伊夫·蒙当

"不太好说,难道这样就是所谓的法国风格?正因为有普罗旺斯的美丽,才突显了人类的业障。尽管四个钟头真的很长。"

《伴我同行》(*Stand by Me*)

(1986,美国)

导演:罗伯·雷恩

出演:威尔·惠顿

"与我本人的童年如出一辙啊。我经常和朋友去附近爬皿仓山。后来才意识到,那确实有点儿冒险的感觉。那种记忆不可能再有啦。自从来东京以后,我都没参加过一次同学会。"

《壮志凌云》(*Top Gun*)

(1986,美国)

导演:托尼·斯科特

出演:汤姆·克鲁斯

"我被这部电影的音乐品位之高震惊了。

"托尼·斯科特这位导演,给人留下了十分深刻的印象。

"雷德利(哥哥)和托尼(弟弟),作为电影导演,各自发挥了完全不同的风格。他们能够一直活跃在电影界里,真是太棒啦!"

### 《玫瑰之名》(*Der Name der Rose*)

(1986,法国、意大利、联邦德国)

导演:让-雅克·阿诺

出演:肖恩·康纳利

"我想,在肖恩·康纳利辞去007系列中詹姆斯·邦德的角色之后,他应该是在拓展角色范围方面最成功的演员吧。"

### 《红高粱》(*Red Sorghum*)

(1987,中国)

导演:张艺谋

出演:巩俐、姜文

"这是张艺谋和巩俐合作的第一部作品。

"摄影导演的经验及导演独特的个性都在影片中发挥了作用,色彩和光线用得很巧妙。

"我想,终于出现一个导演能从中国一路冲向世界了。"

### 《碧海蓝天》(*Le Grand Bleu*)

(1988,法国、意大利)

导演:吕克·贝松

出演:罗姗娜·阿奎特

"大海的美丽，是一种清凉剂。

"最后，雅克·迈约尔（让-马克·巴尔）在海里潜水的镜头，着实让人心惊肉跳。

"居然还有这样结束人生的方式啊。

"我感受到了大海的碧蓝，想起了在西表岛潜水时的情景。

"体型巨大的蝠鲼鱼游过来，我便停在岩石滩一动不动，那家伙居然从我的头顶上慢条斯理地游了过去！这简直是另外一个世界。

"这个时候我就会反思：人类是不是地球上最为傲慢的生物呢？"

**《天堂电影院》**（*Nuovo Cinema Paradiso*）

（1988，意大利、法国）

导演：吉赛贝·托纳多雷

出演：菲利普·努瓦雷

"菲利普·努瓦雷跟我差不多同龄。

"随着年龄的增长，他会变得更好。我喜欢莫里康内的音乐，日本的广播电台节目《在旅途中》的主题曲就用了这一首。"

**《爵士杀手》**（*Bird*）

（1988，美国）

导演：克林特·伊斯特伍德

出演：福里斯特·惠特克

"我是在事先没有得到任何相关信息的情况下去电影院里观看的，主演是福里斯特·惠特克，我一下子就记住他了。在得知该片制作及导演是克林特·伊斯特伍德之后，我又吓了一跳。虽然片子朴实无华，但我喜欢。"

### 《理发师的情人》(*Le Mari de la coiffeuse*)

(1990，法国)

导演：帕特利斯·勒孔特

出演：让·罗什福尔、安娜·加列娜

"这就是法国电影。关于'爱'的琳琅满目。

"这位罗什福尔拥有的，就是所谓的演员魅力吧？

"我不想模仿，也模仿不了。

"罗什福尔所展示的少年时代，就像穿着红色毛线编织的沙滩裤，有种毛毛糙糙的感觉。那正是青春期的瘙痒与躁动。

"我觉得，总有一天他将变成不用说话的导演，这就是勒孔特。"

### 《尼基塔》(*Nikita*)

(1990，法国)

导演：吕克·贝松

出演：安妮·帕里洛德

"吕克·贝松导演改变了法国电影的潮流。让·雷诺也令人印象深刻。"

**《复仇》**(*Revenge*)

(1990,美国)

导演:托尼·斯科特

出演:凯文·科斯特纳、安东尼·奎恩

"安东尼·奎恩的选角真让人着迷。

"在那之前他已拍过《萨帕塔万岁》(1951)、《道》(1954)、《希腊人佐巴》(1964)。

"啊,像安东尼·奎恩那样能够岁月不留痕,且能让职业生涯节节高的处事智慧,要到哪里去寻求呢?

"我本人已经接近这样的年龄了。"

**《俄罗斯大厦》**(*The Russia House*)

(1990,美国)

导演:弗雷德·谢皮西

出演:肖恩·康纳利

"我对肖恩·康纳利着了迷,也喜欢影片里的音乐。

"我看了这部作品,所以后来才出演了《棒球先生》(1992年,谢皮西执导)……"

**《火线狙击》**(*In the Line of Fire*)

(1993,美国)

导演：沃尔夫冈·波德森

出演：克林特·伊斯特伍德

"哦，伊斯特伍德的这个角色真好！我也想演一次试试。

"但是放在日本的话，无法置换成合适的人物。因为怎么看怎么假。

"即便能演，我也已是退休年龄的人了。很遗憾啊！（笑）"

**《辛德勒名单》（*Schindler's List*）**

(1993，美国)

导演：史蒂芬·斯皮尔伯格

出演：连姆·尼森

"这是史蒂芬·斯皮尔伯格导演创造的宿命。"

**《肖申克的救赎》（*The Shawshank Redemption*）**

(1994，美国)

导演：弗兰克·德拉邦特

出演：蒂姆·罗宾斯、摩根·费里曼

"作为演员，蒂姆·罗宾斯赢得了他人生中为数不多的机会。还有摩根·费里曼也真的很好啊！杰出的演员都聚在一起了。"

**《生死时速》（*Speed*）**

(1994，美国)

导演：简·德·邦特

出演：基努·里维斯

"这位导演的处女作大受欢迎。

"简·德·邦特是《黑雨》的摄影导演，来自荷兰。他人品很好，跟工作人员颇有缘分。

"这也让他的工作舞台日渐变得宽广，真是令人欣慰。"

《这个杀手不太冷》（*Léon*）

（1994，法国、美国）

导演：吕克·贝松

出演：让·雷诺、娜塔莉·波特曼

"这算是法国导演在美国拍的一部非常成功的作品吧。

"导演甚至让主角让·雷诺去预测少女娜塔莉·波特曼未来的可能性。"

《红潮风暴》（*Crimson Tide*）

（1995，美国）

导演：托尼·斯科特

出演：丹泽尔·华盛顿、吉恩·哈克曼

"丹泽尔·华盛顿的眼光真好。

"他在这部作品中遇到了托尼·斯科特，催生了《怒火救援》。没有其他事情比演员和导演投缘更重要了。"

**《盗火线》**(*Heat*)

(1995，美国)

导演：迈克尔·曼

出演：阿尔·帕西诺、罗伯特·德尼罗

"作为一个犯罪集团，他们的表演太惊艳了。

"德尼罗的演技一如既往的好，相比之下，阿尔·帕西诺的戏虽然动作较少，但是他饰演的是刑警，咆哮的戏份多，两人的角色恰好形成鲜明对照。

"换作是我，会选哪一个呢？我想，最终还是选德尼罗的角色吧。"


**《廊桥遗梦》**(*The Bridges of Madison County*)

(1995，美国)

导演：克林特·伊斯特伍德

出演：克林特·伊斯特伍德、梅丽尔·斯特里普

"正是因为有梅丽尔·斯特里普出演，这部片子才得以成立。她和伊斯特伍德配合得天衣无缝，相得益彰。

"这样的成人电影，在日本很难出彩。"


**《洛城机密》**(*L. A. Confidential*)

(1997，美国)

导演：柯蒂斯·汉森

出演：罗素·克劳、盖·皮尔斯、金·贝辛格

"在这部电影中，我的意识焦点都在男主角罗素·克劳身上。

"在垃圾堆一般的灰色人群里，一个气质优雅的高级妓女（由金·贝辛格饰演）对刑警（克劳饰演）怀有爱慕之心，当她将刑警领进自己私密的卧室时，心理上发生了微妙的变化。

"演员在表演这场戏时表现得极好，没有出卖自己的灵魂，维护自尊。如此复杂的女性心理，被她演绎得淋漓尽致啊。"

### 《小鞋子》（*Children of Heaven*）

（1997，伊朗）

导演：马基德·马基迪

出演：穆罕默德·阿米尔·纳吉

"当时，在《骷髅13》（1973）拍摄期间，伊朗建成了一个有一定规模的外景基地。搁现在的话，真的无法想象。

"他们在波斯波利斯古城遗址（联合国教科文组织认定的世界文化遗产），拍下了那些混沌的场面。

"我完全不懂波斯语，但是我能从中感受到波斯文化和中东文化的馨香。

"这部电影讲述了哥哥和妹妹之间、爸爸和妈妈之间的故事。故事从哥哥丢失了妹妹仅有的一双鞋这件事讲起。我都不知道自己究竟有多少双运动鞋。所以从电影一开始，我就开始深刻反省自己。（笑）

"这部电影充满了人间温情,看着令人感到舒适、安全、惬意。"

### 《天使之城》(*City of Angels*)

(1998,美国)

导演:布拉德·塞伯宁

出演:尼古拉斯·凯奇。

"医院里有人去世了,天使问他:'你最喜欢的东西是什么?'我已经想好自己的答案了。

"有人说,这部影片是翻拍《柏林苍穹下》(1987)的,但我还是喜欢这个片子。"

### 《爱的困惑》(*L'assedio*)

(1998,意大利)

导演:贝尔纳多·贝托鲁奇

出演:桑迪·牛顿

"《巴黎最后的探戈》《末代皇帝》《一九零零》等电影,应该都是贝托鲁奇导演的吧。

"他一路走到这里,似乎心境发生了什么巨大的变化。应该说是冲着现在来的吧。影片里钢琴曲的音色很温柔。"

### 《偷天陷阱》(*Entrapment*)

(1999,美国)

导演：乔恩·阿米尔

演员：肖恩·康纳利

"我以前就对小偷题材的电影很感兴趣，这种洒脱、俏皮的作品在日本怎么就做不到呢……"

**《我的父亲母亲》**（*The Road Home/My Father and Mother*）

（1999，中国）

导演：张艺谋

出演：章子怡、郑昊、孙红雷

"情感的维系——一切都被简化了。在当今这个时代，我已经看不到真正需要传达的想法了。再次体会到'情感维系'这个词义的重要性。"（摘自高仓的推荐评论语）

"这是张艺谋的精髓。在中国，或许会有人提醒你：不要提陈年旧事。我喜欢张艺谋，因为他会堂堂正正地夸耀自己内心那些并不简陋的祖国文化。

"张艺谋对文化和历史有着深厚的造诣，他投向别人的视线是温暖的，他对电影制作的热情是杰出的。"

**《双重阴谋》**（*Double Jeopardy*）

（1999，美国）

导演：布鲁斯·贝雷斯福德

出演：艾什莉·贾德、汤米·李·琼斯

"早在《盗火线》（1995）这部电影里，艾什莉·贾德饰演瓦尔·基尔默的妻子一角，虽然戏份很少，但那时她就显得熠熠生辉了。

"在本片中，饰演监护人的汤米·李·琼斯，很好地衬托了身为主角的艾什莉·贾德，真的是很出彩啊。"

### 《天罗地网》(*The Thomas Crown Affair*)
(1999，美国)

※该片是麦奎因的《华丽的赌注》(1968) 的翻拍版。

导演：约翰·麦克蒂安南

出演：皮尔斯·布鲁斯南

"麦奎因版远远没有达到老练又风趣的水准。

"说得更清楚一些，麦奎因营造不出大富豪的味道，而《007》中的皮尔斯·布鲁斯南却能够巧妙且有趣地展现富豪的世界。"

### 《角斗士》(*Gladiator*)
(2000，美国)

导演：雷德利·斯科特

出演：罗素·克劳

"这是一部演员邂逅导演，导演邂逅演员的电影。

"玛吉茅斯（由克劳饰演）在向皇帝的谏言里曾提及家乡的农舍。

"那里有一堵用阳光温暖着的石墙，大门旁边有大白杨树、无花果树、苹果树、梨树……

"在思念故乡的场景中,出现了闪耀着金色光芒的一片麦田,他一边用指尖轻柔地触碰着麦穗,一边徜徉在麦浪滚滚的田园之中。这个画面在我脑海里挥之不去。"

### 《深入敌后》(*Behind Enemy Lines*)
(2001,美国)
导演:约翰·摩尔
出演:欧文·威尔逊、吉恩·哈克曼

"吉恩·哈克曼背负一切责任,辞去其职务。这个角色太棒了!"

### 《黑鹰坠落》(*Black Hawk Down*)
(2001,美国)
导演:雷德利·斯科特
出演:乔什·哈奈特、伊万·麦格雷戈

"生活在乱世里的男人的骄傲和哀伤。看完就能感受到那些无可奈何的悲伤究竟为何了。"(摘自高仓的推荐评语)

"开头的画和汉斯·齐默的音乐,转瞬间就把你拽进了索马里的世界。雷德利的战争电影展现了一个普通人永远不会进入的领域,他最擅长引发观众思考。"

### 《天堂》(*Heaven*)
(2002,法国、德国、英国、美国)

导演：汤姆·提克威

出演：凯特·布兰切特、吉奥瓦尼·瑞比西

"西德尼·波拉克担任制片人，以意大利都灵为舞台。

"欧罗巴根底里所流淌着的信仰心与爱，以及萍水相逢的业障……

"'为什么人类在最重要的瞬间却无能为力呢？'这句台词太震撼了！"

**《谍影重重》**（*The Bourne Identity*）

（2002，美国）

导演：道格·里曼

出演：马特·达蒙、弗兰卡·波坦特

"那位曾在《杰罗尼莫》（1993）中出场的青年，到了这里感觉一下子就像花儿开放了一般，变得光彩照人了。其性格之温润，是由里向外渗透着的，这一点一看便知。女主角波坦特的气质，与欧洲的外景非常吻合。尤其是那脱去了本色女演员旧习的表演，更是令人拍案叫绝。"

**《神秘河》**（*Mystic River*）

（2003，美国）

导演：克林特·伊斯特伍德

出演：西恩·潘

"克林特·伊斯特伍德毅然亲手触碰这个此前一直被好莱坞

极力回避的禁忌,作为导演,他的勇气值得赞许!"

### 《百万美元宝贝》(*Million Dollar Baby*)
(2004,美国)

导演&出演:克林特·伊斯特伍德

"与骨肉亲之间的相互关系出现了彻底扭曲,出生于不同年代的男人和女人,通过拳击实现了心灵的沟通。

"我们无法改变处境。重要的是竭尽全力活下去,践行无悔的人生!

"我突然想去看看山本周五郎的书了。"

### 《007:大战皇家赌场》(*Casino Royale*)
(2006,美国、英国)

导演:马丁·坎贝尔

出演:丹尼尔·克雷格

"我第一次觉得邦德的角色看起来像是一个活生生的人,克雷格功不可没。"

### 《火车上的男人》(*L'Homme du train*)
(2002,法国)

导演:帕特利斯·勒孔特

出演:让·雷谢夫、约翰尼·哈里戴

"如果不谈年龄,我还是想演那个抢劫银行的男人(由哈里戴饰演)。

"被邀请到雷谢夫(法语教师一角)家的时候,男人会注意到室内用鞋吧。那就是男人走过另一个世界的象征。"

### 《英雄》(*Hero*)

(2002,中国)

导演:张艺谋

出演:李连杰、章子怡

"因为是武打片,所以我拒绝这个片约了。如果当初接受的话该多好啊!"

### 《怒火救援》(*Man on Fire*)

(2004,美国)

导演:托尼·斯科特

出演:丹泽尔·华盛顿、达科塔·范宁

"很多人向我提议,翻拍一下《怒火救援》的日本版,会不会很有趣呢?

"我接受了这个提案,这部作品确实有些地方吸引了我。

"我读过原作(A. J. 奎奈尔著的《怒火救援》),所以期望值很高。

"尽管斯科特·格伦主演(1987年)的影片很接近原作,但我还是决定夸一夸托尼·斯科特执导的这部片子。

"特别是饰演孩子的那个小演员(范宁),简直就是上天赐予的礼物。小演员在拍摄过程中容貌也会有所改变,特别是欧美人,成熟速度之快简直夸张。

"被迫肩负杀人任务的男人要赎罪,他遇到了救赎天使……

"琳达·朗丝黛的 *Blue Bayou*,还有最后的 *Una palabra*,都充分体现了托尼·斯科特作品独有的音乐品位。

"这真是一部好电影。我认为这是斯科特导演的最高杰作。"

### 《玫瑰人生》(*La Môme*)

(2007,法国)

导演:奥利维埃·达昂

出演:玛丽昂·歌迪亚

"演员把真实的人物演到了极致。女主角(由歌迪亚饰演)凭此拿到了奥黛丽·赫本的《罗马假日》。雷德利·斯科特也很快选中她出演《美好的一年》(2006)。

"她今后会越来越活跃的!"

### 《遗愿清单》(*The Bucket List*)

(2007,美国)

导演:罗伯·莱纳

出演:杰克·尼科尔森

"这是一个令人着迷的剧本,节奏感很好。似乎在哪个国家都可以翻拍。

"至于标题嘛,我觉得还是原标题更能点化其中的痛切之情。"

**《勇敢的人》**(*The Brave One*)

(2007,美国、澳大利亚)

导演:尼尔·乔丹

出演:朱迪·福斯特

"我能从中感受到朱迪·福斯特的能量。从童星时期开始,她就一直隐忍以行地在一个艰难的世界里跋涉。

"女主人公(福斯特饰演)尽管受困厄逼迫,但是为了生存下去,她浑身充满着坚毅与力量。

"福斯特这个广播 DJ 的人物设定,在扩展声音世界方面起了很好的效果。"

**《老爷车》**(*Gran Torino*)

(2008,美国)

导演 & 演出:克林特·伊斯特伍德

"如果能拍日本版,我想试试。这部片子可把我吓坏了!"

**《不速之客》**(*The Visitor*)

(2007,美国)

导演:汤姆·麦卡锡

出演:理查德·詹金斯

"2001 年的'9·11'事件之后,美国究竟发生了什么?

"影片安静又强烈地激荡着观众的情绪。

"我很想扮演片中大学教授一角(由詹金斯饰演)。"

### 《成事在人》(*Invictus*)

(2009,美国)

导演:克林特·伊斯特伍德

出演:摩根·弗里曼

"决定自己命运的是我。征讨自己灵魂的是我。

"纳尔逊·曼德拉是一个不屈不挠的人。这就是现代社会,大家应该知道的。"

### 《给雅各布神父的信》(*Postia Pappi Jaakobille*)

(2009,芬兰)

导演:克劳斯·哈洛

出演:卡琳娜·哈萨

"感谢这部电影的诞生,也感谢有人能观看这个作品。

"我希望有一天能饰演片中德牧师一角。

"在《我们不是天使》(1989)一片中,看到德尼罗扮演似是而非的神父的时候,我也有过这样的念头。

"你不觉得我也很适合吗?"

### 《触不可及》(*Intouchables*)

(2011,法国)

导演：艾力克·托兰达、奥利维·那卡什

出演：弗朗索瓦·克鲁塞

"故事有很多粗糙的地方，人能活着就好，不该放弃的！对吧？

"这个作品应该可以在日本翻拍吧……角色嘛，虽然不能说是哪一个，不过大富豪那个角色不错。

"我还从没演过这样的角色呢，也许很有意思。"

### 《亡命驾驶》(*Drive*)

（2011，美国）

导演：尼古拉斯·温丁·雷弗恩

出演：瑞恩·高斯林

"看过这部电影的人对我说，主人公（由高斯林饰演）就像以前的阿健先生。

"介绍电影的有关报道称，导演看过我那部《高手》，还进行了研究。

"我得反省一下了。（笑）"

### 《猎杀本·拉登》(*Zero Dark Thirty*)

（2012，美国）

导演：凯瑟琳·毕格罗

出演：杰西卡·查斯坦

"和《爱心储物柜》（2008）一样，女导演拍的片子都能让我大吃一惊。非常顽强,也非常犀利。

"继咪咪·莱德的《和平制造商》(1997)、《彗星撞地球》(1998)之后,这又是一部让人感到时代变迁的作品。"

### 《孤独的幸存者》(*Lone Survivor*)
(2013,美国)
导演:彼得·博格
出演:马克·沃尔伯格,泰勒·克奇
"光是看着身体就会发疼,有一种强烈的身临其境的感觉。"

# 代后记

树影澹

"为我写点儿什么吧。"

这本书诞生自我与高仓的约定。

我与高仓生前共同阅读过的一本书成了我们的精神支柱，书名为《一切都在给你的信里》（晶文社出版），作者是诗人长田弘先生。

"写作，是朝着不在那里的人的一种书写行为。运用文字书写，就是将不在眼前的人，变成对自己而言必须存在的人。"

而且，有一种声音在背后不停催促我"拿出勇气来"。那便是高仓行将离世的两个月前以书面形式留给我的一句话：

在我的人生里，最为开心的事情，就是与阿贵相遇。

小田刚一

我所理解的高仓，是这么一个人：在没有拍摄任务的日子里，他热爱着四季的交替，与自然亲密接触，稳健安宁地生活着。不过，与这种日常形成鲜明比照的事件也偶有发生，"住宅化为灰烬""离婚""《南极物语》拍摄过程中遇险"，以及所谓"患艾滋病死亡"的不实报道，这些都屡次三番地给他生活造成阴影，通过他时而变得黯淡的眼眸，我们不难察觉这些情绪。

常言道，"自知者不怨人"。然而，为了消化那些突发的、有口莫辩的事件和报道，一个人的内心该需要多大的柔韧度和承受力啊……

——高仓健——

他认生,不愿出入稠人广坐的场合。

虽然自知生性不擅长做表演者,但是,心里却隐藏着连自己都难以驾驭的强烈的反叛精神。而且,一旦这种精神发生化学反应,就能够助他超越时代的风雪。

他,就是这样的电影演员。

高仓身高180厘米,体型瘦削,面容端正。

他体貌外表得天独厚,属于万人迷那种类型。幸亏在就业关头遇到困难,令他撞开了通往电影演员的大门,这似乎是时代的召唤。

然而,其前进的道路并非一帆风顺。出道之后的一段时间里,他并没有扶摇直上的势头。直到第六年(1961年),某电影杂志还在刻薄地品评他:"在东映的现代剧中,高仓健算是顶级明星了。但是,他做事半途而废,一向乏善可陈。"当时电影界人气排名第一位的是大川桥藏,第四位是石原裕次郎。而高仓排名仅仅是第十六位。

"以主演身份出场,这种事情在现场起不到任何作用。重要的是你演的电影能不能让人前来观看,仅此而已。这一点嘛,现场的工作演员最清楚,好坏一目了然。

"记得最清楚的应是负责小道具的工作人员。若是大咖级的人物的话,哪怕你饰演的是随从,人家都是双手递东西过来的。可是,对待像我这样的新人,人家只会"哦"的一声,把道具甩过来。

"可是，等到我的电影叫座了，人家又改用'请'字了。真是天地之别，一张嘴两面皮呀。那确实很可笑。有一次，我说：'××伙计，今后请您对新人也同样客气点儿啊！'说完，忍不住还笑了出来。"

每次一收到别人寄过来的已被转录成 DVD 版的东映作品，他都会一边看着字幕，一边追忆起令人难忘的记忆。

"初次见面，我是高仓，敬请多指教。"

高仓跟人初次见面时，这种态度始终没有改变过。无论对方是新人抑或童星，哪怕是外景地的平头百姓。其渊源可溯及其生活在底层的时代。

一生中，他拍摄过 205 部片子。自其处女作问世，直到《网走番外地》《日本侠客传》《昭和残侠传》等《任侠》系列相继走红，其间，流逝了大约十年的时间。

《任侠》系列开始热卖始自 1968 年（昭和四十三年）11 月的东京大学驹场文化节。

"不要阻止我，妈妈后背上的银杏，在哭泣着呢。"

影片中的这句话居然成了东京大学校园斗争的象征，足见高仓对社会影响之大。自此，他开始以"阿健先生"这一称谓受到世人的热爱。

与此同时，高仓本人对东映的违和感也与日俱增。因为该公司常态化地推进人气系列，并将经营路线由任侠题材切换到纪实题材，如此等等。最终，他于1976年（昭和五十一年），即自己45岁时，宣布独立经营。

在成立个人事务所之际，他在记事本上写下了社训十五条。其中一条有云：

"无论何时都能够笑着死去！"

独立后，每当一部作品杀青，他都积极面对，做到无怨无悔。这种态度的背后就有着上面那句话在起支撑作用。

"我都哭出来啦……在南极拍电影的时候，脸部发生局部冻伤，也顾不上治疗，硬撑着坚持到最后。拍完之后，心想这下终于要回去了。在飞往新西兰的飞机上，当陆地上的绿植映入眼帘的时候，我不禁感慨：'啊啊，终于能够活着回到有色彩的世界啦！'

"《南极物语》属于纪录电影。以此为契机，我的人生观、价值观被彻底改变了。没经历那种体验的家伙，是不会明白这点的。也没法跟他说明。"

可以说，在《南极物语》极地外景地的遇险、冻伤等体验，让他对大自然产生了敬畏感，也深深改变了他的生死观。

例如，在拍摄《高手》一片时，他发现了一本罗伯特·弗罗斯特的诗集，其中有一首诗是 *Stopping by Woods on A Snowy Evering*（《在雪夜林边小驻》）——随着步入晚年，他咬紧牙关大声朗诵诗句的情况也日渐增多了。而且，他还将电影《最强狙击手》（*Navy Seals*）中所引用的美国原住民迪卡穆萨的话语，像对待罗伯特·弗罗斯特的诗一样，打印出来摆设在案头：

"切勿让死亡的恐惧侵入,去度过你的人生吧。切勿贬低人的宗教,尊重他人的想法,亦寻求别人对私见的尊重吧。热爱人生,努力充实自己,让自己的周边流光溢彩。漫长的人生,为珍贵的人恪尽职守。切勿变成直到临终之际,为死亡的恐惧所囚禁的人。切勿成为喟叹不已后悔不迭,哀求还需要时间的懦夫。嘴里吟唱着赞歌,像英雄荣归一般逝去。"

高仓一向远离繁华喧嚣的场所,过着离群寡居的日子,规规矩矩地守护着自己的生活节奏。在其背后,也有前述那些话语的力量。

"在家里的话也许看不出来。但是我这个人呀,瞧着是这样的,一旦到了摄影所,就是那种别人颇把你当成一回事的演员啦!(笑)我明白有的人是在刻意谄媚逢迎我,有时还会诱惑我,可是,我不会去的!

"以前,发生了各种各样的事情使我感到痛苦不堪,便去比睿山过了一阵子。当时,酒井雄哉先生的上一代是箱根文应先生主政寺院。我每天打扫庭院,去冲瀑布浴。起初,箱根先生只是略微瞧了我一眼,连口都没有开。

"大概过了三周吧?有一天,他问我:'听说你是演员?你来这种地方想干什么?'我回答道:'有辱大师垂视。我在这儿,心里才放得下。'大师闻言,又回道:'虽不知你的烦恼是什么,但是,无论是物还是人,只要你能够抛得下执着,心里立马就会快乐起来哟。'

"箱根先生颇喜欢喝酒。'一旦下山去城里,无论何时弟子们都会请我喝酒。寺院可不是监狱,去与不去,是你的自由。太阳落山之后,从山上可以望见星星点点的灯火吧?远远眺望着那万家灯火,你还要克制自己的欲望,那会比蹲在牢里还要痛苦!'已修得道行的大阿阇梨尚且如此,身为肉体凡胎之人,在活着的过程中,遇到形形色色的烦恼,不是太理所当然了吗?"

另外一个支撑着高仓的元素,就是反叛精神。

"我不是明星。所谓明星,是那样子的吧?……例如,三船敏郎先生,或是阿裕(即石原裕次郎)哥儿们那样的腕儿。为了拿到月薪,我一个接着一个挑担子,简直是要工作不要命啦。

"作为新人初出茅庐的时候,有一次在九州拍外景,就顺便回了一趟老家看看。有亲戚当面就数落我说:'你呀,就永远心甘情愿地干那种工作?哈哈哈——'当时发生的事情,我一直都没有忘记!当初,我跟父亲说要当演员的时候,父亲吼道:'都上过了大学,还去当演员?!这个家你不用回来了!'立马就开除了我的家籍。在这种文化土壤里,所谓演员,就是不正经的职业,会遭到耻笑……

"喏,那个时候,我确实已出现在荧屏上,但是作为演员,还不足以去反驳人家。这着实让人郁闷。当时,肠子都悔青了。不过,既然这么不被人待见,我就想:'就要这么干!我绝不会输的!'就是这样,坚持了下来。"

在接受杂志访谈之际,他曾这样剖白道:

"某一天,在社长室跟大川社长寒暄之际,当时正大红大紫的中村锦之助先生进来了。社长蹭地站起身,走上前去,主动跟人家握手。当时,我就下定决心:

"'好吧,我也一定要成为能够让社长站着跟我打招呼寒暄的演员,你们等着瞧!'"(摘自《SUNDAY 每日》1972 年 12 月 1 日)

后来,高仓以"阿健先生"的昵称获得了崇高的知名度。他曾说:

"后来,我在公司有了一定的话语权。不过,我在意的是出场费的标准。我认为,那是最直接的评价。"

可见,他对能否成为日本出场费最贵的演员非常执着。

独立经营后,高仓出演的作品一旦受到赞誉,他就会意识到自己作为领衔主演的职守。他曾在接受《朝日 GRAPH》杂志采访时谈道:

"拍摄《夜叉》的时候,(中略)在敦贺海边的夜间外景地,也有几个人在观看我们录制节目。(中略)我跟其中的一位老大爷聊上了。老爷子姓万藏。我问万藏老爷子:'你认识我吗?'(中略)老爷子回答说:'当然认识啦!你是日本的脸面呐!'听到这句话,一股电流通过我的全身。我觉得,就是他们,每到关键时刻,便给予我莫大的鼓励。借此,我才能够走到今天。"

从此以后,高仓的责任感变得更加强烈,立志将演员这个维持生计的职业提升到新的高度。为此他表现出这样一种姿态:殚精竭虑、精益求精地拍好每一部自己出演的作品。

在撒手人寰的一年前，高仓获得了文化勋章。身为电影演员，他为日本电影界做出了巨大贡献，所以这枚勋章是为了表彰其丰功伟绩。为此，他写下了这段感谢的话：

> 当电影演员五十八年，出演过205部电影。
>
> 大学毕业后，为了生存，误打误撞选择了这个职业，初入演员培训所，沦落不堪，曾被人怒斥："会耽误别人训练，一边站着去！"尽管如此，我心中始终牢记着母亲的那句话："要坚持住！"我从国内外为数众多的导演那里获得刺激，通过扮演各种不同角色的人物，了解到了人生百态，洞悉了社会，观察了世界。
>
> 我知道，电影超越国界、超越语言，它潜藏着巨大力量，能够将"生之悲哀"转化为希望和勇气。
>
> 今后，我还要饰演能够为生于日本而感到欣慰的人物形象，继续涵养热爱人生之心、感动之心。
>
> 深深感恩众多人士，是你们给予电影演员高仓健大力支持。谢谢！
>
> 平成二十五年十月吉日
>
> 高仓健

"我之所以能够工作到今天，有赖于长期以来有广大的高仓粉丝团的各位在观看我的电影。总有一天要报恩的……但也一下子想不起用什么方式，总之，我必须报恩。帮我想一下吧。"

获得文化勋章之后，高仓跟我说了上述这些话。

我想他所说的报恩，本来应该是指创作出新的电影，可是2014年（平成二十六年）11月10日，高仓却与世长辞了。

不久，我就接到来自《每日新闻》社的邀请函，希望我配合他们召开高仓健追悼展。但是，由于当时我身体状况极差，未能够立马拜会相关方面的人士。就在这个时候，我不由得想起了高仓的那句话"必须报恩"。

根据高仓生前遗愿，我们没有举办告别会。所以，为了一同走过风雨历程、一直在鼎力支持着高仓的广大粉丝们，我希望能把追悼展办成告别会。于是我提议：能否将会场设在全国各地的美术馆？因为在那里我们可以分享静谧时光。举办方拿出了最终方案：将全部205部影片的精华部分提炼出来汇在一起，借此追寻电影演员高仓健的人生轨迹。追悼特别展于2016年（平成二十八年）11月在东京火车站画廊启动。

主会场里设有三十余台显示器、投影仪等放映设备，滚动播出高仓从初次触屏直到遗作的艺海映像。我觉得，这些珍贵的影像散发着不同时代的气息，与此同时，还可以从中感受到高仓容颜变迁的动态画卷。

之后，仰仗大家的协助，两年间，顺利地在福冈县北九州市立美术分馆、北海道道立钏路艺术馆、北海道道立带广美术馆、北海道道立近代美术馆、北海道道立函馆美术馆、兵库县西宫市大谷纪念美术馆、福岛县岩木市立美术馆、冈山县高梁市成羽美术馆、长崎历史文化博物馆等全国十个会场实现了巡回展出。

电影演员的追悼展在美术馆举办，在日本是首创。在此，谨向为此次巡回展览做出不懈努力的各位相关人士，和每位莅临全国各地展览会现场的朋友们，表示衷心感谢！

会场里还设有感想记录簿。上面留下了各种各样弥足珍贵的感言："我一直期盼着巡回展临近""能够与您出生在同一时代，不胜荣幸""阿健先生仍然活在我们心中"，等等。

其中，"谢谢你！阿健先生"是留言最多的感言，这是大家写给高仓的心声。

在留言者中，我们还可以看到来自近邻亚洲各国人士的名字。

高仓当作心灵明灯的话语里有一个词语叫"四耐四不"（王阳明）。

每当思考什么事的时候，高仓便将刻着这个语词的吊件挂在脖子上。

"耐冷、耐苦、耐烦、耐闲、不急、不躁、不竞、不随，须以此成大事"。

我想，高仓可能进而加上了"不骄"二字，借此稳健度日。

他的职业是高仓健。"高仓健"这具盔甲，长期与其肉身融为一体。它是证明电影演员乃"炫示自己＝魅惑他人"的生计美学，也是一种职业精神。如今，它在这个世界上的修行似乎已经结束，它得被放下来，消散而去。

高仓的拿手恶作剧是胡乱地躺在客厅里的皮革沙发上装死。其体态及朝向扭曲得有些勉为其难，形象可怖，就连呼吸都是停止了的。

真是天真烂漫、活泼好玩。我假装没有留意到，继续搞卫生。他终于憋不住了，大声笑道："你好歹留意一下嘛！啊啊，累死我了。"这不免暴露了他略带童趣的一面。有时，则表现得恰恰相反。可能是在他去世的三年前吧，他总是神神道道地反复唠叨这么一句话："若是我不在了，你会寂寞的吧？"

东映时代有这么一则回忆。

"催眠术，我很拿手哟。是在拍外景的闲暇时跟丹哲（即丹波哲郎）学的。就跟同去的工作人员一起检验了一下。什么'早上起床后睁不开眼睛'啦，'跟初次相逢的女演员搂抱在一起，无法分开'啦之类的。

"'亲吻导演'这个就太可笑了。导演被撩得心情极糟，拼命想推开对方。可是，人家仍然如影随形地追在后面。虽然是现学现卖，但确实滑稽有趣呢。最后，导演不得不央求道：'阿健先生，请放过我。求求你，不要再用你的眼睛瞅着我！'（笑）我知道催眠术这种事，施法术的人也是很累的。所以，我便见好就收了。"

"若是我不在了，你会寂寞的吧？"是不是高仓使尽浑身解数施展出来的催眠术呢？（现在这个已不重要）他驾鹤西归时的情形，在我记忆里是那么鲜明。寂寥落寞乘虚而入，即便在今天，也成为我日常生活的一部分。

这种时候，我便仰望天空，还会吟唱《向日葵的约定》（原唱者秦基博）：

> 想陪在你身边
> 为了你
> 我能做些什么？
> 无论何时
> 我都希望
> 你能一直笑口常开
> 就像向日葵那般
> 传递那份直率的温柔和暖意
> ……
> 我渴望回报予你
> 但你肯定会说
> 一切皆足矣

晴朗的日子里，当夕阳西下之时，阳光便温柔地照射进住宅的室内，将洁白的墙壁渲染成细腻的金黄色。高仓便伫立在那阳光里，眼神是那么平静，恍若树影在微风中轻轻地摇曳，又像是在凝神思考着什么。

在我眼中，那种转瞬即逝的模样就仿若影向（指佛、神以暂时性的姿态显现在人们眼前）。这样的场景一度温暖了高仓的心，为表谢意，我将这一瞬间命名为"树影澹"。

所谓澹，是指随着风或者波浪等轻缓动弹的状态。现在，我将自己单独凝视着的树影澹与高仓的气息、笑貌重叠到了一起。

高仓去世后，我的时间轴发生了偏移，我甚至来不及释放自己的伤悲。在这过程中，许多人士与我结缘，给予我无限的温情与体恤。这些充满温情的激励性话语，成了我生存下去的勇气，滋润了我的全身。感谢你们！

母亲总是静静地在一旁守望着我，她的存在，也是我巨大的精神支柱。

书稿成型花去了数年时间。其间，文艺春秋纪实文学出版部部长向坊健先生，始终任劳任怨地协助我。

文艺春秋图书装帧设计部的大久保明子女士，耐心细致地工作，使得此书的装帧十分精致。由衷地表示感谢！

还有，我要对直到最后还与高仓音容笑貌紧紧相依的广大读者朋友们说一声：真的很感谢你们！

2019年初秋　小田贵月

# 高仓健年谱

**1931 年（昭和六年）2 月 16 日**

出生于福冈县中间市

**1954 年（昭和二十九年）23 岁**

3 月毕业于明治大学商学部商学专业

**1955 年（昭和三十年）24 岁**

东映 New Face 第二批学员

**1956 年（昭和三十一年）25 岁**

(1)《电光空手搏击》

(2)《流星空手搏击》

(3)《无敌的空手！拳击手》

(4)《大学的石松》

(5)《日本刑事：特别武装班出动》

(6)《大学的石松：消灭流氓团队》

(7)《大学的石松：向太阳族挑战》

(8)《夕日手枪：日本篇·大陆篇》

(9)《孔雀母亲》

(10)《手枪放下！》

(11)《恐怖的空中杀人》

📺 KR（现为 TBS）　《少爷加油》

第 1 届黄金飞翔奖 新人奖

**1957 年（昭和三十二年）26 岁**

（12）《打架职员》

（13）《无敌职员》

（14）《第十三号栈桥》

（15）《大学的石松：突破女人群》

（16）《多情佛心》

（17）《中日甲午战争秘闻：雾街》

（18）《斗鲸勇士》

（19）《蔚蓝的海原》

（20）《浴血决斗》

（21）《喷气式飞机出动：第 101 航空基地》

**1958 年（昭和三十三年）27 岁**

（22）《女大不由娘》

（23）《多罗尾伴内：十三魔王》

（24）《台风之子：休学旅行篇》

（25）《台风之子：最高勋章篇》

（26）《警戒线》

（27）《恋爱自由型》

（28）《在季风的彼岸》

（29）《那家伙的枪口通地狱》

(30)《云雀名侦探合战》

(31)《空中马戏：呼风唤雨的野兽》

(32)《希望之花》

(33)《森林与湖的祭祀》

(34)《姑娘中的姑娘》

🎤 《勿要灭那盏灯》

**1959 年（昭和三十四年）28 岁　2 月 16 日结婚**

(35)《无法街的年轻人们》

(36)《旋风家族》

(37)《黑指汉》

(38)《野兽的通道》

(39)《流尸》

(40)《陪你到十八层地狱！》

(41)《疑惑之夜》

(42)《无声的暗杀子弹》

(43)《高度 7000 米：恐怖四小时》

(44)《机场魔女》

🎤 《切勿爆粗口！》《爱的布鲁斯》

**1960 年（昭和三十五年）29 岁**

(45)《天下快意男儿：万年儿郎》

(46)《第二枪送你去地狱！》

(47)《云雀续集》

(48)《漫长的旅程》

(49)《女盗天使》

(50)《长空里的无法之徒》

(51)《天下快意男儿：突进太郎》

(52)《云雀续集之续：东京艺伎》

(53)《沙漠里的太阳》

(54)《巡洋舰队》

(55)《男人该做的》

## 1961年（昭和三十六年）30岁

(56)《东京艺伎逗英豪》

(57)《我乃地狱魔术师》

(58)《天下快意男儿：旋风太郎》

(59)《男儿热血必有报》

(60)《鱼河岸的女石松》

(61)《花儿·暴风雨·强盗》

(62)《云雀民谣之旅：东京艺伎佐渡行》

(63)《万年太郎与大姐社员》

(64)《云雀民谣之旅：东京的木材姑娘》

(65)《恶魔的手球歌》

📻 文化广播：

锦之助时段　连续广播剧《宫本武藏》饰演佐佐木小次郎

**1962 年（昭和三十七年）31 岁**

（66）《南太平洋的波涛》

（67）《东京艺伎与大阪姑娘》

（68）《二二六事件：突围》

（69）《恋爱、太阳与暴力团》

（70）《千姬与秀赖》

（71）《黄门社长漫游记》

（72）《樱岛民谣之旅·梦美姑娘》

（73）《东京丸之内》

（74）《三百六十五夜》

（75）《黑暗街最后的日子》

（76）《东京不可触及》

（77）《游民街的枪弹》

（78）《叛徒就得下地狱!》


**1963 年（昭和三十八年）32 岁**

（79）《黑暗街的老大：十一人的黑帮》

（80）《第八伞兵部队：壮烈鬼队长》

（81）《暴力街》

（82）《人生剧场：飞车角》

（83）《东京不可触及：逃走》

（84）《最后的头面人物》

(85)《打倒老大!》

(86)《黑暗街最大的决斗》

(87)《宫本武藏：二刀流开眼》

(88)《恐吓》

(89)《暴力团忠臣藏》

(90)《魔鬼检察官》

**1964年（昭和三十九年）33岁**

(91)《宫本武藏：一乘寺的决斗》

(92)《东京黑帮对香港黑帮》

(93)《蛇笼万与铁》

(94)《亡命之徒》

(95)《黑暗街大道》

(96)《日本侠客传》

(97)《狼、猪、人》

(98)《风暴突击队》

**1965年（昭和四十年）34岁**

(99)《头面人物》

(100)《饥饿海峡》

(101)《日本侠客传：浪花篇》

(102)《网走番外地》

(103)《网走番外地续集》

（104）《日本侠客传：关东篇》

（105）《宫本武藏·岩流岛的决斗》

（106）《昭和残侠传》

（107）《网走番外地：望乡篇》

（108）《网走番外地：北海篇》

🎤 《网走番外地》《男人的厚街》《侧脸》《唐狮子牡丹》《男人泪如雨下》《男人的誓言》《难以割舍你》《俺选择的路》

**1966 年（昭和四十一年）35 岁**

（109）《昭和残侠传：唐狮子牡丹》

（110）《日本侠客传：血斗神田祭》

（111）《网走番外地：荒野决斗》

（112）《神风野郎：光天化日之下的决斗》

（113）《男人的胜负》

（114）《昭和残侠传：一匹狼》

（115）《网走番外地：南国的对决》

（116）《日本侠客传：雷门的决斗》

（117）《地狱之法没有明天》

（118）《网走番外地：大雪原的决斗》

🎤 《雾里的防波堤》《网走番外地》《假如是男人的话》《让你哭泣哦》

**1967年（昭和四十二年）36岁**

(119)《日本侠客传：白刃之杯》

(120)《网走番外地：决斗零下30度》

(121)《啊，同期的樱花》

(122)《昭和残侠传：血染的唐狮子》

(123)《网走番外地：向邪恶挑战》

(124)《日本侠客传杀!》

(125)《侠客的规矩》

(126)《侠骨一代》

(127)《网走番外地：暴风雪中的斗争》

**1968年（昭和四十三年）37岁**

(128)《日本侠客传：绝交信》

(129)《狱中的头面人物》

(130)《荒野徒》

(131)《侠客列传》

(132)《绯牡丹博徒》

(133)《渡世人》

(134)《人生剧场：飞车角与吉良常》

(135)《祇园祭》

(136)《新网走番外地》

(137)《赌徒列传》

🎤 《男人的心思》《男人无情》

**1969 年（昭和四十四年）38 岁**

（138）《绯牡丹博徒：花札胜负》

（139）《昭和残侠传：唐狮子仁义》

（140）《绯牡丹赌徒：第二代袭名》

（141）《战后最大的赌场》

（142）《惩役三兄弟》

（143）《日本侠客传：花与龙》

（144）《日本女侠传：侠客艺伎》

（145）《新网走番外地：血斗流人岬》

（146）《日本暗杀秘录》

（147）《昭和残侠传：人斩唐狮子》

（148）《渡世人列传》

（149）《新网走番外地：最后的流浪者》

**1970 年（昭和四十五年）39 岁　1 月 21 日家里失火**

（150）《日本女侠传：鲜红的胆量花》

（151）《赌徒一家》

（152）《亡命之徒矢岛》

（153）《日本德比》

（154）《游侠列传》

（155）《新网走番外地：大森林的决斗》

(156)《昭和残侠传：请君归天》

(157)《战场灰烟》

(158)《最后的特攻队》

(159)《日本侠客传：升龙》

(160)《新网走番外地：暴风雪里的孤狼》

**1971 年（昭和四十六年）40 岁　2 月 14 日离婚**

(161)《日本黑帮传：组长之路》

(162)《日本女侠传：血斗乱花》

(163)《日本侠客传：刃》

(164)《流浪汉》

(165)《新网走番外地：风暴呼啸知床岬》

(166)《昭和残侠传：怒吼吧，唐狮子》

(167)《任侠列传》

(168)《新网走番外地：暴风雪中的大逃亡》

📺 东京 12 频道（现为东京电视台）《决定版：这就是高仓健!》

🎤 《望乡摇篮曲》《花与龙》

📖 横尾忠则编《忧魂高仓健》（都市出版社）

广告：朝日麦酒（现为朝日啤酒）

**1972 年（昭和四十七年）41 岁**

(169)《关东绯樱一家》

（170）《望乡摇篮曲》

（171）《博徒外传》

（172）《新网走番外地：呼风唤雨的垃圾仁义》

（173）《昭和残侠传：破伞》

广告：朝日麦酒（现为朝日啤酒）

## 1973 年（昭和四十八年）42 岁

（174）《山口组三代目》

（175）《现代任侠史》

（176）《骷髅 13》

## 1974 年（昭和四十九年）43 岁

高仓推荐协会设立

（177）《三代目袭名》

（178）《无宿》

（179）《高手》

## 1975 年（昭和五十年）44 岁

（180）《日本任侠道（激突篇）》

（181）《大越狱》

（182）《新干线大爆破》

（183）《神户国际帮派》

🎤 《爆裂之旅》《孤独啊》

**1976 年（昭和五十一年）45 岁　东映退社**

（184）《追捕》

🎤 《喇叭花之诗》《一个人的房间》《书信》《无需言语》《三十路坡》《流浪》《沙漠》《里斯本亭》《北边的旅人》

第 22 届亚太电影节　最佳男主角奖


**1977 年（昭和五十二年）46 岁**

（185）《八甲田山》

（186）《幸福的黄手帕》

📺 TBS 连续剧《家兄》

📺 东京 12 频道《咱们的主角》


**1978 年（昭和五十三年）47 岁**

（187）《冬之华》

（188）《野性的证明》

📺 NHK《高仓健·北归行：再见啦，道产马》《北海道 7:30 北归行》

📺 NHK 特集《猎马岛、高仓健根室围炉里岛》

广告：Renown

第 1 届日本电影学院奖　最佳男主角奖

第 22 届黄金飞翔奖　特别奖

第 20 届蓝绶带奖　男主角奖

第 2 届报知电影奖　男主角奖

第 24 届亚太电影节　男主角奖

第 51 届电影旬报"十佳"演员　个人奖男主角奖

第 32 届每日电影大赛　男演员演技奖（获奖作品《幸福的黄手帕》）

第 2 届 Cine–front 奖　男主角奖

第 15 届 Golden Arrow 奖　大奖/电影奖

第 23 届黄金飞翔奖　特别奖

1977 年度日本电影电视制片人协会　特别奖

**1979 年（昭和五十四年）48 岁**

美国纽约 Japan Society 主办"高仓健电影展"

广告：Renown

🎤 《男人的遗失物》《一个人寂静时的花语》《日本海》

**1980 年（昭和五十五年）49 岁**

(189)《动乱》

(190)《远山的呼唤》

因《动乱》和《远山的呼唤》获得第 4 届日本电影学院奖最佳男主角奖、第 3 届横滨电影节日本电影个人奖特别大奖

📻 TBS 广播节目特别节目《熊岚》

广告：Renown、三菱汽车

**1981 年（昭和五十六年）50 岁**

(191)《车站》

广告：Renown、三菱汽车

东大学生"东大样样都 NO.1"票选的"理想型男人"第 1 位

**1982 年（昭和五十七年）51 岁**

(192)《刑事物语》

(193)《海峡》

广告：Renown、三菱汽车

第 5 届日本电影学院奖　最佳男主角奖

第 28 届亚太电影节　男主角奖

**1983 年（昭和五十八年）52 岁**

(194)《南极物语》

(195)《居酒屋兆治》

🎤　《落伍时代的酒馆》《幸福这家伙》

📖　《独白》（学习研究社出版）

📖　《影像 25》（学习研究社）

广告：Renown、三菱汽车

**1984 年（昭和五十九年）53 岁**

📺　RKB 每日放送《古昔有一男子》

- 印第安纳警察500

广告：三菱汽车

**1985 年（昭和六十年）54 岁**

（196）《夜叉》

《影视文献集录：高仓健》（东映摄制）

电影旬报读者选出十大明星　男演员第 1 名

广告：三菱汽车

**1986 年（昭和六十一年）55 岁**

6 月 16 日—23 日初次访问中国

广告：日本雀巢公司

**1987 年（昭和六十二年）56 岁**

广告：日本生命保险公司

**1988 年（昭和六十三年）57 岁**

（197）《沙海勇士》

广告：日本生命保险公司

**1989 年（昭和六十四·平成元年）58 岁**

（198）《黑雨》

（199）《情义知多少》

第35届亚太电影节 男主角奖

广告：日本生命保险公司

**1990 年（平成二年）59 岁**

出席第90届日本电影节（于中国内蒙古自治区呼和浩特市）

**1991 年（平成三年）60 岁**

📖 《期待着您的夸奖》（林泉舍出版）

第13届日本文艺大奖随笔奖（1993）

**1992 年（平成四年）61 岁**

📺 NHK综合周六剧场《蒂罗尔的挽歌》

广告：JRA（日本中央赛马会）

**1993 年（平成五年）62 岁**

（200）《棒球先生》

出席第2届中国金鸡百花电影节

📺 富士电视2小时剧场《从现在开始：海边的旅客们》

广告：JRA（日本中央赛马会）

**1994 年（平成六年）63 岁**

（201）《四十七人之刺客》

🎤 《各站停车》

广告：富士通公司

**1995 年（平成七年）64 岁**

■ NHK 周六剧场《刑警之横穿的蛇》

🎤 《约定》(NHK 周六剧场《刑警之横穿的蛇》主题曲)

读卖新闻最喜爱的日本男影星　第 1 名

广告：富士通公司、LARK

**1996 年（平成八年）65 岁**

📻 日本广播《在旅途》

广告：富士通公司、LARK

🎤 《约定》《旅人》《河内的雨》

**1997 年（平成九年）66 岁**

📻 日本广播《在旅途 2》

■ 东京电视《北海道电影图鉴　高仓健　冬之旅》

广告：LARK、Pokka Corpration

**1998 年（平成十年）67 岁**

📻 日本广播《在旅途 3》

第 25 届广播文化基金奖　策划奖　紫绶勋章

**1999年（平成十一年）68岁**

（202）《铁道员》

📻 日本广播《在旅途4》

广告：《北海道推荐会》

第23届蒙特利尔国际电影节 男主角奖

**2000年（平成十二年）69岁**

📻 日本广播《在旅途5》

广告：麒麟饮品

第44届亚太电影节 男主角奖

第44电影日 特别功劳奖

第41届每日艺术奖

第23届日本电影学院奖 最佳男主角奖

第42届蓝绶带奖 男主角奖

第73届电影旬报最佳前十 个人奖男主角奖

第21届横滨电影节 日本电影个人奖男主角奖

**2001年（平成十三年）70岁**

（203）《萤火虫》

第21届藤本奖 特别奖（《萤火虫》制作贡献奖）

📺 NHK综合Close Up现代《高仓健：素颜的诉求》

📖 《南极企鹅》（集英社出版）

广告：麒麟饮品

**2002 年（平成十四年）71 岁**
广告：麒麟啤酒

**2003 年（平成十五年）72 岁**
广告：麒麟啤酒
📖 《在旅途中》（新潮社出版）

**2004 年（平成十六年）73 岁**
广告：麒麟啤酒

**2005 年（平成十七年）74 岁**
📺 NHK 特别节目《高仓健邂逅的中国》
NHKBS 高清电视特集《高仓健行走千里》
广告：麒麟啤酒

**2006 年（平成十八年）75 岁 获得"文化功劳者"称号**
（204）《千里走单骑》
📺 TBS《世界遗产》10 周年　特别画外音
📖 写真集《想》（集英社出版）
广告：麒麟啤酒

**2007 年（平成十九年）76 岁**

- 朝日电视台《高仓健·新的旅程》

第 11 届圣地亚哥电影批评家协会奖　男主角奖

第 51 届电影日　特别功劳大奖

**2009 年（平成二十一年）78 岁**

- 《忧魂高仓健》（国书刊行会出版）

**2012 年（平成二十四年）81 岁**

(205)《只为了你》

- 朝日电视台《高仓健一期一会之旅》
- NHK 综合职业采访节目　工作的风格《高仓健特别访谈》

广告：永谷园

**2013 年（平成二十五年）82 岁 获文化勋章**

第 37 届日本电影学院奖　协会荣誉奖

广告：永谷园

第 37 届报知电影奖　男主角奖

第 25 届日刊体育电影大奖　男主角奖

第 60 届菊池宽奖

**2014年(平成二十六年)83岁**

第39届报知电影奖　特别奖

第27届日刊体育电影大奖　特别奖

广告：健康家族

11月10日与世长辞


(注：以上获奖奖项仅限于个人奖，唱片不包含合唱曲目)

© taka oda

人生之喜悦,并非获取什么,而是获得之后懂得珍惜。
"不期而遇"。